BAJO LA LUNA AZUL

MARÍA JOSÉ TIRADO

Editado por Harlequin Ibérica.
Una división de HarperCollins Ibérica, S.A.
Núñez de Balboa, 56
28001 Madrid

© 2017 María José Tirado García
© 2018 Harlequin Ibérica, una división de HarperCollins Ibérica, S.A.
Bajo la luna azul, n.º 151 - 28.3.18

Todos los derechos están reservados incluidos los de reproducción, total o parcial. Esta edición ha sido publicada con autorización de Harlequin Books S.A.
Esta es una obra de ficción. Nombres, caracteres, lugares, y situaciones son producto de la imaginación del autor o son utilizados ficticiamente, y cualquier parecido con personas, vivas o muertas, establecimientos de negocios (comerciales), hechos o situaciones son pura coincidencia.
® Harlequin, HQN y logotipo Harlequin son marcas registradas por Harlequin Enterprises Limited.
® y ™ son marcas registradas por Harlequin Enterprises Limited y sus filiales, utilizadas con licencia. Las marcas que lleven ® están registradas en la Oficina Española de Patentes y Marcas y en otros países.
Imágenes de cubierta utilizadas con permiso de Dreamstime.com y Fotolia.

I.S.B.N.: 978-84-9170-570-3
Depósito legal: M-34937-2017

Para Antonio, Hugo y Eric

*Conservar algo que me ayude a recordarte
sería admitir que te puedo olvidar.*
Romeo y Julieta
W. Shakespeare

Prefacio

La luna brillaba sobre sus cabezas, redonda, inmensa, mecida por el arrullo del mar que convertido en un espejo dejaba deslizarse las olas hasta la orilla casi con cuidado, como si temiese interrumpir el susurro de voces que se producía a escasos metros, en la arena.

Hugo sujetaba su guitarra con firmeza contra el pecho, apoyándola sobre los muslos con las piernas peludas cruzadas por los tobillos. Sus dedos se deslizaban por las cuerdas mientras sus ojos permanecían fijos en la joven que sentada a su lado le oía entonar la melodía con atención. Contemplaba con éxtasis su larga melena castaña mecida por la brisa, su mirada cándida y sus mejillas sonrosadas, sus ojos claros, con un particular tono verdoso casi dorado por el reflejo del fuego. Era la chica más guapa que había visto en toda su vida y al fin estaba a solas con ella, por primera vez desde que se conocieron allá en el parvulario.

Estela nunca podría imaginar todo lo que había hecho para conseguir estar así, solos, en mitad de aquella hermosa noche estrellada. Porque sabía que después de aquel verano sus caminos se separarían irremediablemente, en su interior esperaba que solo por un tiempo. Pero necesitaba decirle muchas cosas antes de marcharse del pueblo y sentía que aquella sería su última oportunidad.

Se las había ingeniado para que su mejor amigo aceptase invitarlas a ella y a Nuria, aunque hubiese necesitado engañarle para conseguirlo. Porque la idea de una fiesta de despedida para Javi no contemplaba en absoluto invitar a su hermana y a su prima, sino a chicas como Macarena Fernández y sus amigas, las más sexys del instituto, a sus ojos, por supuesto.

Y es que Javi desconocía que él estaba enamorado de su hermana pequeña desde hacía dos años. Desde que esta regresó de Irlanda, donde pasó todo un verano como estudiante de intercambio.

Después de aquel verano la pequeñaja de coletas y la cara salpicada de pecas cobrizas que conocía se había transformado en toda una mujer. Había comenzado a utilizar maquillaje cuando salía con sus amigas los fines de semana, y desarrolló unas curvas que para su propia sorpresa no le pasaron en absoluto desapercibidas y le llevaron a darse cuenta de que algo había despertado en él. Que cuando ella reía con las tonterías que le decía a su hermano el corazón le latía en los oídos y cuando Javi la hacía fastidiar solo por diversión se enfadaba con él y unas insanas ganas de partirle la cara lo azotaban.

Al principio le costó aceptar que se había enamorado de la hermana menor de su mejor amigo, de la misma niña con la que había jugado a las guerras de piedras cuando eran pequeños, a la que había soplado en los raspones de las rodillas cuando se había caído en el patio de casa con sus patines nuevos.

Pero aquellos sentimientos que habían nacido sin previo aviso y sin permiso alguno no solo no desaparecieron, sino que fueron acrecentándose con el paso de los meses, de modo exponencial. Y se descubrió a sí mismo embelesado con su sonrisa, con sus miradas furtivas en los pasillos del instituto, con el modo en el que hacía caracolillos con el cable del teléfono cuando hablaba con sus amigas recostada en el sofá mientras él fingía prestar atención al videojuego al que jugaba con su hermano.

Así que no tuvo más remedio que admitirse a sí mismo que estaba completamente enamorado de Estela, como nunca antes, a sus dieciocho años, lo había estado de nadie.

Y aquella mágica noche había logrado tenerla allí, solo para él, al fin, inventando que uno de sus vecinos del barrio, el Farolas, un auténtico calavera, le había confesado que iba a pedirle salir ese fin de semana; sabía que Javi pondría el grito en el cielo.

Así fue como para sorpresa de todos, incluidas ellas dos, este insistió a Estela y a Nuria para que acudiesen a la barbacoa de despedida junto a sus amigos.

Ella nunca sabría de su estratagema, Javi tampoco.

Hugo solo necesitaba tener la oportunidad de descubrir si albergaba los mismos sentimientos hacia él. Necesitaba saber si se le aceleraba el corazón al tenerle cerca, tanto como lo hacía el suyo, o por el contrario todas esas miradas en las que sus ojos se cruzaban y pareciesen saltar chispas eran fruto de su imaginación.

Y a la vez le urgía hallar el valor necesario para confesarle algo que había sucedido entre ambos y que sin embargo ella desconocía.

–Qué bien tocas, Hugo, ha sido precioso –dijo mirándole con ojos embelesados–. ¿Cómo es que nunca te había oído tocar la guitarra?

–No me gusta demasiado hacerlo en público. Y... tampoco es que hayamos estado así, a solas antes. –Estela sonrió, colocándose un mechón rebelde tras la oreja, y pareció que la noche se iluminase de repente.

–Ya sabes cómo es mi madre, no me deja estar a solas con ningún chico, ni siquiera contigo. Y me ha dejado venir porque sabe que mi hermano estará atento a que ninguno se me acerque. Debe desear que me meta a monja o algo.

–Sería una lástima, eres demasiado guapa. –Se lanzó. Era la primera vez que le hacía un cumplido desde que se conocían.

–Gracias. –Aceptó con cierto pudor en la mirada–. Ojalá el resto de chicos del instituto pensase como tú.

–¿Por qué dices eso?

–Por nada.

–Vamos, nos conocemos desde pequeños, estamos en confianza, cuéntamelo.

–Es que... nunca nadie me ha pedido salir.

–¿Qué?

–Que ningún chico me ha pedido salir, por no pedir no me han pedido ni que nos enrollemos.

–¿Nunca, nadie? ¿Ni siquiera ese verano en Dublín?

–No. Allí conocí a mucha gente, incluidos muchos chicos, pero ninguno especial. No es que vaya a aceptar al primero que llegue, claro que no. Pero a toda chica le halaga que se lo pidan. A mi prima Nuria le han pedido salir tres, ninguno le gustaba pero al menos sabe lo que se siente.

–¿Nunca has besado a nadie? –se atrevió a preguntar, aunque conociese la respuesta.

–Solo una vez –admitió, enrojeciendo hasta la raíz del pelo–. Pero fue muy extraño.

—¿No te gustó? –preguntó con el corazón en la garganta.

—Sí, sí me gustó, mucho. Fue muy especial, y a la vez extraño... ni siquiera sé quién era ese chico y no he vuelto a saber nada de él –dijo con las mejillas tan rojas que casi iluminaban más que el propio fuego.

Hugo sintió que el pecho le ardía, el fuego prendido en su interior amenazaba por abrasarle por completo. Quería decirle que él era ese chico, que le hacía muy feliz saber que le había entregado su primer beso, que se alegraba de que ningún otro la hubiese tocado, porque no había nada que anhelase más que besarla, tocarla, sentirla... Pero le asustaba su reacción cuando confesase que había sido él. ¿Y si él no era lo que ella buscaba? ¿Y si la decepcionaba al confesárselo?

—Y si pudieses volver a verle, ¿te gustaría? –inquirió mirándose en sus ojos, dejando la guitarra a un lado en la arena, al borde de la taquicardia.

—No lo sé. Nos besamos entre penumbras, no sé si le gustaría cuando me viese la cara a la luz del día.

—¿Cómo no ibas a gustarle? Estela, por favor, si eres preciosa.

—Gracias, aunque sé que lo dices porque soy la hermana de tu mejor amigo –admitió con una sonrisa contenida.

—No. Lo digo porque es cierto. Eres preciosa. Y si los chicos del instituto no se te acercan es porque le temen a tu hermano. Saben que quien se acerque a ti tendrá problemas con él.

—Me parece muy fuerte que mi hermano haya estado besuqueándose por los pasillos con la Macarena esa y con veinte más, muchas de ellas de mi misma edad, y a mí me trate como a una niña.

—Siempre serás su hermana pequeña –dijo entre dientes. Para su propio pesar.

—Prefiero que hablemos de otra cosa... –Parecía abochornada, pero él no había pretendido avergonzarla, solo constataba una realidad–. Qué bonita está la luna, ¿verdad?

—Es la luna azul.

—¿La luna azul?

—Es la segunda luna llena ocurrida en el mismo mes. Algo que solo sucede cada tres o cuatro años y según dice una leyenda es la luna más mágica y poderosa de todas.

—Poderosa, ¿en qué sentido?

—Muchas brujas y magos realizarán sus hechizos esta noche. Las promesas que se hagan bajo la luna azul deberán cumplirse a toda costa.

—¿Y si no, qué?

—Si no... Quienes las hayan hecho serán infelices –proclamó sin demasiada convicción.

—¡Te lo estás inventando! –Estela echó a reír, avivando con su risa el fuego de sus entrañas, no podía estar más hermosa que cuando reía. Le dolían las manos de contener las ganas de tocarla–. ¿Cómo crees que será vivir lejos de Vejer, Hugo?

—No lo sé. Granada es una ciudad preciosa y la carrera que voy a estudiar es mi mayor ilusión, así que supongo que estará bien, aunque echaré de menos muchas cosas.

—¿Qué cosas?

—A mi familia, por supuesto. Al loco de tu hermano y el resto de colegas. A alguna chica... –De nuevo se envalentonó para intentar declararse, pero Estela echó a reír.

—Pobrecita de esa chica. Tú y mi hermano estáis hechos unos rompecorazones.

—No creas.

—Sí creo, sí. Y en cuanto saques la guitarra en una de esas reuniones de universitarias caerán todas rendidas a tus pies.

—¿Y si a mí no me interesasen todas… sino solo una?

—Pues seguro que la conquistas —aseguró mirándole con fijeza, muy cerca aunque sin tocarle, con las sombras anaranjadas de la hoguera dibujando fugaces siluetas en su rostro. ¿De verdad no se daba cuenta? ¿O es que se hacía la desentendida? Su pecho bullía de nerviosismo, las manos le temblaban tanto que en ese momento, con ella mirándole de ese modo no sería capaz de interpretar ni *Cumpleaños feliz*–. Hugo, eres el único amigo de mi hermano que no me trata como a una mocosa, que me escucha cuando hablo y tiene en cuenta mi opinión. Solo te pido una cosa, que no cambies nunca, por favor. Y que cuando volvamos a vernos el verano que viene o algún fin de semana, aunque te conviertas en un veterinario rico e importante, sigas siendo el mismo.

—Te prometo que no cambiaré. Y que cuando volvamos a vernos será como si el tiempo no hubiese pasado. Ahora, promételo tú, promete que nunca cambiarás, que nunca te olvidarás de mí, aquí, bajo la luna azul —dijo atreviéndose a tocarla por primera vez, cogiendo su mano. Fue como si una descarga eléctrica le ascendiese por el antebrazo hasta el corazón, acelerándole el pulso. Ella comenzó a temblar como un pajarillo y le miró a los ojos, sonrojada.

—Te lo prometo, nada ni nadie me cambiará, siempre me acordaré de esta noche y de ti.

Capítulo 1

Estela

Doce años después

—Estela, dice mi tío que envíes la propuesta de Martin's Sea Transport Worldwide a Redford Associates. Ahora mismo. El expediente completo.

—¿A Redford Associates? Señorita Walcott, el señor Walcott me pidió que esperase a que él mismo me diese la orden de enviarlo.

—¿Es que estás sorda? —preguntó, dejando traslucir su acento norteamericano, Eliza. La sobrina de Samuel Walcott se había criado en Nueva Jersey y no parecía orgullosa de ello. Trataba de fingir un acento inglés del que carecía por completo, excepto cuando se irritaba, como en aquel momento—. Te lo estoy diciendo yo porque él está reunido, mi tío ha cerrado ya el acuerdo con Redford Associates, ¿qué más necesitas?

Estela miró hacia el despacho vacío de su jefe, permanecía con la puerta entreabierta y desde su posición solía verle sentado en el sillón de cuero reclinable. Peinando su barba cana con los dedos o mesándose las sienes, un acto que siempre indicaba que se encontraba debatiendo algo en su interior. De cuando en cuando la miraba y le dedicaba un gesto afectuoso.

Y es que durante los cinco años que llevaba trabajando para Samuel Walcott se había convertido en su mano derecha. Había ido ascendiendo puestos en el estudio de arquitectura más importante de Gibraltar, que realizaba trabajos por medio mundo. En aquel momento era su arquitecta primera, sobre ella tan solo estaba Walcott… hasta que llegó su sobrina Eliza de allende el océano y a empujones se situó en un lugar intermedio.

Walcott parecía saber que su sobrina no era ninguna eminencia, había tardado más de diez años en concluir sus estudios, que deberían haber tenido una duración de cuatro, y le costaba manejar los tan necesarios programas de diseño con los que se movían los proyectos. Eso cuando asistía al trabajo y no se encontraba *enferma* tras una jornada de marcha en la noche gibraltareña.

Pero Estela conocía de la gran humanidad de su jefe y creía a ciencia cierta que la había aceptado por un quizá demasiado desarrollado sentido del deber para con su hermano menor, que no parecía saber muy bien qué hacer con aquella hija díscola.

Se incorporó y caminó hasta la secretaria personal de Walcott, Emily, y aún con un regusto amargo que le provocaba la desconfianza, se dispuso a dar la orden.

Algo en su interior le decía que no debía hacerlo, tomó el teléfono decidida a llamar a su jefe para asegurarse, pero entonces pensó que Eliza no tenía porqué mentirle, si ella le había dicho que la orden provenía de Walcott es que era así.

—Emily, envía el proyecto a Martin's Sea Transport Worldwide a Redford Associates.

—¿A Redford Associates? ¿Completo? ¿Con presupuesto incluido?

—Completo, eso ha dicho Eliza –respondió.

Y después llegó el fin del mundo…

Capítulo 2

Se miró ante el espejo y contempló cómo una vez más sus labios se curvaban hacia abajo y los ojos se enrojecían y llenaban de lágrimas.

Su móvil comenzó a vibrar ante una llamada. Lo miró de reojo, fuese quien fuese no le apetecía contestar. Después de unos segundos castañeteó ante la llegada de un mensaje, lo miró aún sin desbloquearlo.

Honey, what hpnd?[1]

Era Kate, su compañera en el pequeño apartamento del número cuatro de Red Sands Road, justo frente a la base del teleférico.

El mismo apartamento en el que ya no viviría más. Era humilde y sin lujos, hogar de gente obrera, muy alejado de la imagen de riqueza y derroche de Gibraltar representado en Main Street, adonde con su último ascenso podría haberse mudado, pero se había acostumbrado a vivir allí, se había habituado a la compañía de Kate y no se imaginaba en ningún otro lugar.

Cuando llegó el apocalipsis, Kate estaba de vacaciones en New Castle con una antigua amiga del cole-

---

[1] ¿Cariño, qué ha pasado?.

gio. Le había dejado una larga nota en la cocina en la que le explicaba lo sucedido y debía haberla encontrado en ese momento.

Pero no se sentía con fuerzas para hablar de lo sucedido, así que decidió que después la llamaría, si lo hacía en ese instante acabaría llorando a moco tendido.

Todos sus amigos y compañeros de la oficina de arquitectura en el peñón la habían llamado o le habían enviado mensajes: Emily, Coral, Charles. E incluso Beatrice, representante de la empresa en Dubái con la que mantenía una excelente relación después de trabajar codo con codo a su lado en diversos proyectos en los Emiratos.

Si aquella terrible situación había servido de algo había sido para demostrarle la cantidad de buenos amigos que había hecho a lo largo de aquellos cinco años.

Volvió a mirar sus pupilas verdes en el espejo, resaltadas por el tono rojizo de su esclerótica. Las lágrimas resbalaban de nuevo por sus mejillas y se deslizaban por los laterales de la nariz recta y chata hasta los labios finos, que no se molestaba en limpiar. La pena la embargaba al pensar en sus compañeros, en la parte de su vida que acababa de terminar de modo tan abrupto, de un día para otro.

Se recogió el largo cabello castaño en una coleta alta y se sonó los mocos.

—Estela, cariño, ábreme la puerta. —Oyó la voz compasiva de su madre, la mujer que había llorado a su lado cuando apareció en casa cargada de maletas hecha pedazos.

—Entra, mamá —pidió después de girar el pestillo del picaporte, sentándose sobre la cama con un pañuelo de papel entre las manos.

—¿Sigues llorando, Estelita? —le preguntó entrando en la habitación.

—No lo puedo evitar mamá, lloro de rabia y de pena... y no me llames Estelita.

—Por lo que sea que llores, cariño, tienes que parar ya. Llevas cinco días llorando encerrada en esta habitación. Han venido a verte tus primas y tu tía Ana.

—No tengo ganas de ver a nadie, mamá. A nadie.

—Ya lo sé, corazón. Pero es la segunda vez que vienen, están preocupadas por ti. En realidad todos estamos preocupados por ti. Hazme el favor, lávate la cara, sal y da una vuelta con las primas.

—¿Y de qué hablo con ellas, mamá?

—Siempre te has llevado muy bien con tu prima Nuria.

—Sí, cuando teníamos quince años y hablábamos de los chicos del instituto. Pero sabes que desde que me fui apenas nos hemos visto en las reuniones familiares y en contadas ocasiones.

—Quizá sea porque tú siempre estabas muy ocupada y no tenías tiempo para echar un rato de charla con tus primas las pocas veces que venías al pueblo. De todas formas, aún podéis hablar de chicos.

Estela la miró de reojo.

—Mamá...

—Hija mía, habla de lo que quieras, pero sal, por favor, de esta habitación.

—Mi vida se ha ido a la mierda, mamá.

—No digas eso, era solo un trabajo.

—Era el trabajo por el que llevaba años luchando, por el que empecé sirviendo cafés porque era la becaria española, a pesar de tener la carrera terminada con sobresaliente, el trabajo en el que fui ascendiendo paso a paso y en el que llevaba años...

—Escúchame bien, Estela Sánchez Córdoba, aunque ahora mismo te parezca el fin del mundo, no lo es. Es solo un trabajo, tienes veintiocho años y toda la vida por delante. Si tu jefe es tan listo como decías, en algún momento se dará cuenta del error que ha cometido, y, si no lo es, mejor que hayas dejado de trabajar para un idiota tan grande como sus edificios. Así que sal de este cuarto, date una ducha, que hueles a choto, y ponte antiojeras que tus primas Nuria y Raquel te van a acompañar a dar una vuelta. Ellas y tu tía Ana te esperan abajo en el patio mientras les pongo un cafecito a las tres.

—Está bien, mamá —dijo abrazándola emocionada—. Te quiero mucho.

—Y yo a ti cariño, pero deja de llorar de una vez.

Estela se sumergió en una ducha larga y ardiente de la que al salir se sintió reconfortada. Una vez en su habitación estaba terminando de vestirse cuando su madre regresó con el móvil en las manos. No le sorprendió haberlo dejado olvidado, aquel teléfono era el personal, cuyo número solo lo tenía la gente de mayor confianza, y no sonaba tan a menudo como el terminal de la empresa, que solía enloquecerla con sus llamadas. La sorprendió echar de menos incluso su repicar frenético, algo que antes tanto la incomodaba.

—Estela, te has dejado el teléfono en el salón, te han llamado y lo he cogido porque creí que aún estabas en la ducha.

—¿Quién es?

—Dice que es tu abogado —afirmó con expresión de extrañeza.

—¿Mi abogado? Yo no tengo abogado.

—Eso me ha dicho. ¿Lo mando a paseo?

—No, dame —pidió, cogiéndoselo de las manos. Miró el número, era un teléfono fijo de Gibraltar, pero no le sonaba de nada.–. ¿Diga?

—¿Miss Sánchez?

—Sí, quiero decir, *yes*.

—¿Prefiere que hablemos en español? A mí me es indiferente.

—A mí también... ¿Quién es?

—Oh, discúlpeme. Mi nombre es Tyron Lancaster, y soy abogado. La señorita Cromwell me ha dado su número porque me ha pedido que la represente.

—¿A mí? —La señorita Cromwell era Kate, Kate Cromwell, su compañera de piso.

—¿No acaba usted de ser despedida? —preguntó con ese acento mezcla inglés mezcla andaluz tan significativo del peñón.

—Sí, sí.

—Entonces, ¿no me equivoco de persona?

—No, claro que no, perdóneme. Es que estoy... en fin, llevo unos días abotargada con todo...

—Es lógico, señorita Sánchez. Como le digo, tengo un despacho de abogados y además soy amigo personal de Kate desde hace años. Ella me ha contado su situación y me ha preguntado si estaría dispuesto a representarla. Y lo estoy.

—¿A representarme para qué?

—Para denunciar al señor Walcott, de Walcott Architecture Design por despido improcedente. —Al oír aquellas palabras se quedó petrificada, como una estatua de sal, ni siquiera se le había pasado por la cabeza una idea semejante–. Señorita Sánchez, ¿sigue ahí?

—Sí, sí.

—Si está de acuerdo, y si los datos que me ha pasado

Kate son correctos, les demandaremos por al menos cien mil libras.

–¿Qué?

–Los trabajadores tienen derechos en nuestro país, señorita Sánchez, incluidos los foráneos como usted, y más tratándose de personal cualificado del más alto nivel, cuyo derecho al honor y a una defensa han sido vilipendiados, humillándola del modo en el que lo han hecho y dañando sus posibilidades de ser contratada de nuevo por una empresa del sector…

–Vaya. Es usted bueno.

–Gracias. Ahora necesito que, con detalle, me relate todo lo sucedido la mañana en la que fue despedida.

Capítulo 3

Tnks Kate, call u tonight.[2] Escribió en su teléfono, y lo envió a su amiga, quien ya debía haber comenzado su turno como camarera en el restaurante italiano Mia Mamma, situado al final de Red Sands Road.

Ok. XXX. Respondió esta enviándole besos, suponía que con sus habituales prisas en el trabajo.

La luz del atardecer de aquel primer miércoles de mayo llenaba de tonos anaranjados el patio de la vivienda familiar del pueblo pintoresco de fachadas encaladas situado en la cima de la montaña.

–Buenas tardes, prima, ¿cómo estás? –la saludó Nuria incorporándose para darle dos besos, seguida de Raquel, un par de años menor que ellas.

–¿Por qué has tardado tanto, cariño? –le preguntó su madre.

–He estado hablando un buen rato con el abogado.

–¿Y qué ha dicho? –Se preocupó, capturando el interés de toda la familia, incluida la gata, que saltaba tras las sillas y pareció detenerse un segundo a oír su respuesta.

---

[2] Gracias Kate, te llamo esta noche.

—No sé, dice que puedo reclamar daños morales o no sé qué, que quiere pedir cien mil libras...

—Eso es mucho dinero, ¿no?

—Eso será como cien mil euros –sugirió su tía, levantándose para besarla.

—Más tía, las libras están más altas que el euro –respondió recibiendo sus besos.

—Ojalá. Ojalá el abogado le saque todo ese dinero, le saque hasta los higadillos al viejo ese. Muy bien le estaría merecido por tratar a mi sobrina así, el muy asqueroso.

Los ojos de Estela volvieron a empañarse, en realidad ella apreciaba a Samuel Walcott, había sido su mentor y había aprendido mucho a su lado, al menos al Samuel que había conocido antes de que Eliza llegase al despacho un año atrás.

—Mamá, parece que no te das cuenta, no digas esas cosas, ¿no ves que la prima se pone a llorar? –intervino Nuria–. Estela, se acabó, no pienses más en eso. Vámonos a dar una vuelta.

—Creo que será mejor que me quede. No tengo ganas...

—Estelita, por favor –suplicó su madre con los ojos aguados. Iba a provocarle una enfermedad con su propio penar, y eso sí que no podría perdonárselo.

—Está bien, mamá. Me voy con las primas. Pero, por favor, no me llames Estelita.

Sin demasiada convicción cogió el bolso y se colocó las gafas de sol para ocultar sus ojos enrojecidos.

—¿Adónde vamos?

—Venga, prima, ya sé qué llevas mucho tiempo sin venir al pueblo, pero no me digas que te has olvidado de nuestros rinconcitos –sugirió Nuria mirándola con sus grandes ojos castaños. Casi desde que se marchó a

Málaga a estudiar arquitectura apenas había visitado esos rinconcitos. Y es que se enamoró de aquella ciudad, de sus gentes, de las maravillosas amistades que hizo allí, de su vida nocturna y la de estudiante, tanto que apenas regresó a casa un fin de semana al mes y en Navidad. Después llegó la beca y tras esta el trabajo en Walcott Architecture Design. Llegaron los viajes a Dubái, Nueva York o Londres, y su tiempo libre se convirtió en mucho menos que escaso.

En las visitas familiares se limitaba a pasar los días en la parcela que sus padres poseían en la hermosa playa de El Palmar, donde disfrutaba de la tranquilidad y la serenidad del mar para olvidarse del ajetreo de su día a día, ese que nunca creyó llegar a añorar tanto.

–En la plaza de los Pescaítos han abierto un sitio nuevo. Todo está orientado a los guiris ahora que se acerca el verano, pero se está bien –sugirió Raquel.

–Me da igual, chicas. Donde vosotras digáis. –El único motivo por el que había accedido era contentar a su madre. Así que tan solo esperaba que el tiempo transcurriese lo más rápido posible para poder regresar a su habitación y reflexionar sobre las palabras del tal Tyron, el abogado que le había conseguido Kate.

La plaza de los Pescaítos era en realidad la plaza de España, aunque nadie la conocía por ese nombre en Vejer. La llamaban así por la colorida fuente con peces ornamentales de cerámica esmaltada, rodeada de exóticas palmeras, y coronada por unos bonitos faroles.

Habían sido muchas las horas que habían pasado en aquella plaza, conversando a la salida del colegio o jugando por las tardes, incontables las ocasiones en que se habían salpicado las unas a las otras desde los chorrillos emitidos por las ranas de cerámica, todo ello mucho antes de que su pueblo se convirtiese en el importante destino turístico que tanto bien había hecho a la economía de los comerciantes.

Sintió cierta nostalgia al recordarlo mientras caminaban hacia la terraza de la cafetería en la que tomaron asiento.

—Buenas tardes, ¿qué vais a tomar? —les preguntó la camarera.

—Yo quiero un café con leche y... ¿tenéis dulces o tarta? —preguntó Estela, apenas había comido durante el almuerzo y sentía hambre. Eso debía ser buena señal, se dijo, volver a sentir algo más que tristeza.

—Sí, claro, pasa dentro y elige lo que quieras.

—Gracias.

—A mí ponme un descafeinado de máquina —pidió Raquel.

—A mí otro. —La camarera tomó nota y regresó al interior—. Anda, que te vas a poner las botas.

—Dicen que el chocolate contiene endorfinas y yo las necesito —dijo con una sonrisa.

—Muy bien, Estela, hay que alimentarse —añadió Raquel con una sonrisa.

Siguiendo las indicaciones de la camarera pasó al interior de la cafetería, estaba repleta de gente, la mayoría turistas. Pronto identificó el refrigerador de las tartas en el que había una gran variedad de dulces y pasteles. Un par de chicas la precedían, esperando a ser servidas cuando llegó la joven que debía atenderlas. Su rostro le fue familiar, ¿habrían estudiado juntas en el colegio? Pensó en su nombre... ¿Sofía? ¿Soledad? La conocía, estaba segura.

Alguien llegó por detrás y le dio un leve empujón, haciéndola mover de su sitio. Se giró y tropezó con los impresionantes ojos azules de un hombre un par de palmos más alto que ella.

—Perdona —dijo este provocando que no pudiese evitar fijarse en sus labios, rodeados por una sutil barba cobriza de varios días. El tipo tragó saliva y su nuez de Adán se deslizó arriba y abajo en su garganta. Volvió a mirar sus ojos y este enarcó una ceja haciéndola sentir como si la analizase.

—No pasa nada, tranquilo —dijo casi en un susurro, y se giró de nuevo hacia el mostrador con una sensación extraña. También le eran familiares aquella cara, aquellos ojos...

Volvió a mirar a la chica que atendía. Se llamaba Sofía, ahora estaba segura, y tenía bastantes problemas para entenderse con las dos escocesas que estaban preguntándole si tenía un tipo muy específico de helado.

—Perdona, están preguntándote si tenéis helado de cuajada con miel —aclaró, y la joven sonrió aliviada.

—Por favor, diles que no, es mi primer día aquí y no me manejo muy bien con el inglés.

—Tranquila, tienen mucho acento, escocés además, y es aún más complicado. Yo se lo diré —dijo, y respondió a las dos turistas, que cambiaron los sabores por frutos rojos y chocolate.

Cuando al fin Sofía la atendió le pidió un pedazo de tarta de tres chocolates.

—Tú eres Estela Sánchez, ¿verdad? Eres la nieta del Pelao —dijo poniendo el pedazo de pastel sobre el mostrador de cristal. La hizo sonreír al mencionar el apodo de su abuelo materno, el que le adjudicaron cuando regresó del servicio militar con la cabeza rapada al cero, en el pueblo casi todo el mundo tenía uno. Fuera de Vejer no era la nieta del Pelao, solo Estela, y hacía años que no se referían a ella de ese modo.

—Y tú eres Sofía, tu madre tiene una mercería, si no recuerdo mal.

—Tenía. Ya se ha jubilado ¿Y estás aquí pasando unos días de vacaciones? Porque yo creía que vivías por ahí.

—Sí... algo así.

—Bueno, ¿dejamos la cháchara de una vez? Hay gente que no está de vacaciones y tiene cosas que hacer. –Las interrumpió el tipo que había a su espalda, el de los bonitos ojos color aguamarina. Sofía puso una cucharilla en el plato y se lo entregó.

—Ha sido un placer verte, Estela.

—Igualmente, Sofía –añadió dedicándole una mirada de reojo al gruñón de la barba cobriza. Era bastante más alto que ella y muy fuerte, con los músculos de los brazos marcados como columnas jónicas en la camiseta color verde caza, pero le habría dado un puñetazo a gusto.

—Has tardado mucho, ¿es que no te decidías? –preguntó Nuria.

—No. La chica del mostrador me ha conocido. Es Sofía, fue con nosotras a cuarto de ESO, creo –relató, sentándose ante su café y depositando el plato sobre la mesa de cristal.

—¿Está trabajando aquí? No lo sabía.

—Es su primer día. Me ha preguntado si estaba aquí de vacaciones, le he dicho que sí –confesó encogiéndose de hombros–. No me apetecía contarle nada.

—Normal.

—Pero entonces un antipático nos ha metido prisa.

—¿Un antipático? ¿Quién? –preguntó Raquel.

—Ese antipático –indicó apuntándole con la nariz al ver cómo salía con lo que parecía una bandeja de dulces envuelta en papel. Les dedicó una mirada colocándose las gafas de sol de aviador y para su sorpresa las saludó con desgana antes de subir a su coche, un

Volkswagen Polo estacionado en doble fila con los intermitentes encendidos.

—¿Hugo? —preguntó Nuria. Tanto ella como su hermana le habían devuelto el saludo.

—¿Le conoces?

—Claro, y tú también. Es Hugo Lago, el amigo de tu hermano, él y tú tuvisteis algo en el instituto.

—¡Qué dices! Yo no tuve nada con nadie en el instituto, era demasiado pava. Hugo Lago... —Se quedó pensando un instante con la cucharilla clavada en el pastel, antes de llevársela a la boca despacio.

—Que sí. Hugo estaba loco por ti, se le notaba a la legua.

—Que no... Ostras. ¿Hugo el Power Ranger?

—¿El Power Ranger? —Se rio Raquel—. ¿Así le llamaban en el insti?

—Se lo llamábamos nosotras, por los saltos que daba en baloncesto y cómo se enganchaba en la canasta, ya ni siquiera me acordaba de eso —explicó Nuria—. ¿Tampoco te acuerdas de las veces en las que fuimos a la playa con él, tu hermano y el resto de sus amigos en las motos?

—Pero yo no tuve nada con él. Solo éramos amigos. Pues vaya cambiazo ha dado.

—Sí, está mucho más guapo. Tiene unos ojazos...

—Me refiero a que el Hugo que yo recuerdo era un encanto y este es un idiota.

—Mujer, le habrás pillado en un mal momento —sugirió Raquel—. Conmigo siempre es muy amable y yo soy bastante pesada. Es el veterinario de mi gata Luna.

—¿Es veterinario?

—¿No te acuerdas de la barbacoa en la playa el último verano antes de que tu hermano y él se marchasen a estudiar fuera?

—No.

—Estela, parece ser que se te han borrado de la memoria todos estos años. Hugo se marchaba en septiembre a Granada y tu hermano y Alfonso el Pelanas, ese que tenía el pelo así a lo afro, se iban a Sevilla.

—Me acuerdo de Alfonso y de Hugo, claro. Pero del Hugo de entonces, este está muy distinto, no se parece en nada.

—Ese verano hicimos una barbacoa en la playa y nos quedamos a dormir en la casa de tus padres en la parcela. Tú y Hugo os quedasteis los últimos alrededor del fuego… hablando.

—Creo que me acuerdo de eso. —Algunas imágenes de aquellos recuerdos acababan de llegar a su mente como fogonazos, invocados quizá por las palabras de Nuria.

—Menos mal, comenzaba a pensar que todo el asunto del despido te había afectado al cerebro. —Por primera vez Estela fue capaz de soportar las ganas de llorar al oír la palabra despido.

—Ahora que lo dices recuerdo esa noche y también recuerdo lo dulce que era Hugo. Creo que estuvo tocando canciones en la guitarra y conversamos hasta que salió el sol.

—Porque estaba loquito por ti.

—Anda ya. Porque era muy amable. El único de los amigos de mi hermano con dos dedos de frente.

—Sí, ya. Hasta yo que era más pequeña me daba cuenta de que bebía los vientos por ti —intervino Raquel.

—Pues ha quedado claro que se le ha pasado, pero del todo, vamos —bromeó haciéndolas reír—. Así que tiene una consulta veterinaria.

—Y además es fisioterapeuta de caballos o algo así.

—¿Eso existe?

–Por lo visto sí. Les da masajes con esas enormes manos que tiene.

–Quién fuera caballo –bromeó Raquel provocándoles la risa.

Al final había pasado la tarde mejor de lo esperado. Cuando llegó a casa eran casi las nueve de la noche. Se había puesto al día de la vida de sus primas y se había dado cuenta de que a pesar de los años y de la distancia continuaban siendo amigas. Eso le provocó una singular sensación de tranquilidad y la ayudó a sentirse un poco menos extraña en su antigua vida.

Una antigua vida que aún tenía la esperanza de volver a abandonar pronto y regresar a su realidad, no sabía cómo.

Su padre, Simón, había regresado de la parcela, como solían llamar a la finca de diez mil metros cuadrados situada junto a la playa donde acudía todas las tardes al regreso de su trabajo en el taller del que era mecánico, en el cercano municipio de Chiclana. Allí se encargaba del huerto y de los animales que poseían, ese era su pequeño momento de relax diario.

Aprovechó para ponerle al tanto de la llamada del abogado aquella misma tarde. Su reacción al oír la tarifa fue la esperada.

–¿Seis mil libras? ¿Y eso cuánto es en euros?

–Más de siete mil.

–Madre mía, ¿qué es ese tío? ¿Un abogado o una sanguijuela? Más de siete mil euros por representarte. ¡Ni que hubieras matado a Manolete!

–Eso como adelanto. Si ganamos se llevaría el diez por ciento del total.

–Lo que yo te he dicho, una sanguijuela.

—Es un precio razonable, papá, si tenemos en cuenta a la gran empresa a la que nos enfrentaríamos.

—La gran empresa de un tipo sin cerebro que se deja influir por una niñata de papá con más dinero que neuronas.

—Hasta ahí estamos de acuerdo. –Resopló cansada. Su progenitor la miró de reojo–. Yo... tengo algo de dinero ahorrado, el problema es que lo metí a plazo fijo y no puedo recuperarlo hasta dentro de tres años.

—¿Y por qué has hecho eso?

—Porque me daban un buen interés y además me regalaron la vaporeta.

—¿La que me trajiste? –intervino su madre.

—Esa.

—Ay, cariño, me ha venido muy bien pero si hay que devolverla...

—No, mamá, no serviría para nada. Hasta que no pasen los tres años o me lleve un año en el paro no me devuelven las ocho mil libras.

—Tu madre y yo podemos juntar unos cuatro mil euros y pedir un préstamo para los otros tres mil y pico.

—No, papá, lo siento pero no lo voy a permitir, son vuestros ahorros.

—Acabamos de terminar de pagar la hipoteca de la parcela y con las nuevas escrituras se nos ha ido un buen pico, pero lo que tengamos es para ayudarte.

—Que no.

—¿Y qué vamos a hacer? ¿Nos quedamos de brazos cruzados ante la injusticia que han hecho contigo? Dile a esa sanguijuela que le daremos tres mil euros ahora y otros dos mil antes del juicio y va listo.

—Papá esto no es el mercadillo, no puedo regatear con el abogado. Él me ha puesto sus condiciones y yo debo contestar sí o no.

—Vaya con el *llanito*³.

—Yo aún tengo mil euros en la cuenta. Y necesito pedirte un favor, necesito que me ayudes a encontrar trabajo ya.

—Cariño, sabes que de lo tuyo es muy difícil encontrar así como así.

—No me refiero a trabajar de arquitecta. No me importa de lo que sea, papá. El abogado me ha aconsejado que espere un poco para enviar currículums a otras empresas para que las cosas se calmen un poco. Si llaman a Walcott pidiendo referencias de mí no me quitaré la fama de traidora en la vida.

Los ojos de su padre se entristecieron al oír aquella palabra.

—Yo tengo un trabajo para ti —irrumpió en la habitación Javi, su hermano mayor. Había oído la última parte de la conversación desde la entrada donde la puerta hacia el patio permanecía abierta.

Su sobrino Iván corrió a los brazos de Estela, que lo rodeó con fuerza, besándole en la sien. A su hermano y su sobrino les siguió su cuñada Sofía, embarazada de seis meses.

—¿Cómo estás? —le preguntó. Estela se echó a los brazos de su hermano y rompió a llorar—. Vamos, vamos, no llores que no sirve para nada. Si llorar sirviese para algo tu cuñada sería presidenta del gobierno.

—Qué gracioso eres, cariño —protestó esta con una sonrisa acariciándose la abultada tripa—. Son las hormonas, lloro hasta con los anuncios.

Estela echó a reír mientras su hermano y su familia repartían besos aquí y allá. Ellos vivían en Sevilla,

---
³ gentilicio cariñoso para los habitantes de Gibraltar.

Javier era profesor de gimnasia y Sofía de inglés en el instituto en el que se conocieron hacía casi diez años.

—¿Qué trabajo es ese, Javi? —preguntó su padre.

—Puedo conseguirle trabajo en Monte Alto.

—Eso estaría muy bien, con mi dominio del inglés…

—Mi contacto no es precisamente en el hotel, Estela, no sé si podría conseguirlo allí.

—¿Y entonces?

—Es en la Hacienda Hípica.

—Pero si yo no sé montar a caballo.

—Ni falta que te hará para lavarlos y prepararlos.

—¿De moza de cuadras? —preguntó su padre—. Ni hablar. Hija, espera unos meses a que te salga algo, vamos a buscar…

—¿Y sabes cuánto pagan?

—Unos mil cien euros al mes según tengo entendido. Hace poco que pregunté porque tenía un amigo interesado en entrar.

—Lo quiero, Javi, por favor. En cuatro meses podré devolverles a papá y mamá el dinero que me van a prestar.

—¿Para qué?

—Para pagar a un abogado avaricioso como el demonio.

—Papá…

Capítulo 4

Hugo

«Te lo prometo, nada ni nadie me cambiará, siempre me acordaré de esta noche y de ti».

La frase resonó en su cabeza una vez más. Qué poco podía imaginar entonces, sentados alrededor del fuego en mitad de aquella noche estrellada, que ella no cumpliría su promesa.

Esa cuyo recuerdo le había alentado a seguir adelante durante mucho tiempo, durante años. A pesar de que no habían vuelto a verse... hasta aquella misma tarde.

No pudo evitar pensar en cómo el devenir de sus vidas les había llevado por caminos cada vez más alejados. Él consiguió trabajo en una hamburguesería nada más llegar a Granada y lo compatibilizó con la universidad. El trabajo le ayudó a pagar las costosas tasas y el piso de estudiantes que compartía con otros tres chicos, pero le impidió regresar a casa los fines de semana.

Cuando lo hizo en Navidad, quedó con Javi, y con fingido desinterés le preguntó por su hermana, este le respondió que estaba en casa de sus tíos en Chiclana. En la siguiente ocasión en la que pudo regresar al pueblo por unos días y coincidir con él, en verano, le dijo que Estela estaba en Inglaterra perfeccionando su inglés. Y así transcurrieron los meses, uno tras otro, hasta cumplir dos años de aquella noche, sin apenas saber nada de ella, sin verla.

Fue como si hubiesen estado jugando al ratón y el gato, hasta que supo que había comenzado Arquitectura en la universidad de Málaga y que apenas regresaba a Vejer de tanto en tanto.

Y sin embargo, aquella tarde, cuando se giró y le miró con sus grandes ojos esmeralda, cuando la encontró frente a sí después de tanto tiempo, su primera reacción habría sido abrazarla, darle un par de besos y preguntarle qué había sido de su vida todos aquellos años. Pero entonces se dio cuenta de que no le había reconocido y sintió un dolor intenso y profundo en mitad del pecho. Un dolor irracional, sin el menor sentido, pero febril e incapacitante.

¿Tanto había cambiado en aquellos casi doce años o es que sencillamente ella le había olvidado por completo?

¿Tan poco importante había sido en su vida?

Estela fue su primer amor, y aunque tan solo se besaron en una ocasión, la había guardado en su memoria como un secreto tesoro. El paso de los años había ido apagando aquella llama juvenil hasta extinguirla por completo, pero aun así la recordaba con mucho cariño.

Acababa de comprobar que para ella en cambio no significó nada esa noche de confidencias ante la hoguera, la promesa que se hicieron fue como si nunca hubiese existido.

La rabia le cegó la razón y le habló de modo despótico y desabrido. No le había reconocido y él no podía creerlo.

—¿En qué piensas, cariño? —le preguntó Yolanda, su novia. Se había acurrucado a su lado en el sofá con un bol de ensalada en los muslos.

—En nada.

—¿En nada? Estabas muy serio —sugirió ofreciéndole un tenedor que él aceptó con una sonrisa forzada.

—En la cantidad de cosas que tengo que hacer, en un caballo al que tengo que operar...

—Te implicas demasiado. Tienes que aprender a tomártelo con más calma.

—Entonces no sería yo.

—Eso es cierto —admitió con una sonrisa—. ¿Te apetece que llene la bañera, nos metamos dentro y nos relajemos a base de besos?

—Es muy tarde, aunque eso de los besos ha sonado muy bien.

—Comenzaré a llenar la bañera, aunque te advierto que no puedo marcharme tarde hoy, tengo mucho trabajo mañana.

Sabía que Yolanda esperaba que le pidiese que se fuese a vivir con él, después de casi dos años de relación era algo que debía plantearse. Pero le parecía un paso demasiado importante y no estaba convencido de sentirse preparado para perder la intimidad de su hogar y compartir su espacio vital con alguien más. A pesar de que hacía meses que había llevado su cepillo de dientes, que tenía alguna ropa en el armario, Yolanda seguía viviendo con sus padres en el centro de Vejer, aunque en el último tiempo pasase más horas en su casa.

Su teléfono móvil comenzó a sonar y Hugo se incorporó del sofá, dejando el tenedor en el bol, y lo tomó de la mesa del salón.

–Hola, Javi, dichosos los oídos, ¿qué tal estás? ¿Eres ya padre otra vez o no?

–Hola, tío. No, todavía no, quedan dos meses y medio todavía. ¿Y tú cómo estás?

–Bien. Liado como siempre con el trabajo, ya sabes...

–Sí, claro, para variar. –Hugo notó cierto resquemor en su voz. Su amigo no se cansaba de repetirle que tenía que vivir más y trabajar menos. Pero para él, su trabajo era lo más importante, necesitaba terminar su clínica–. Te quería pedir un favor.

–Tú dirás.

–Es para mi hermana. –Al oír aquella palabra pareció que le quemase el teléfono en las manos.

Capítulo 5

Estela

–Alguien te recogerá en la puerta de casa con una furgoneta, te subes y te llevarán a Monte Alto, allí te explicarán lo que tienes que hacer. Ah, y no se te ocurra ir con tacones si no quieres ser el hazmerreír del pueblo una buena temporada –le había advertido Javi la noche anterior cuando la llamó para informarla de que le había conseguido el empleo y comenzaba al día siguiente.

Ni que fuese tonta, como para acudir a trabajar como moza de cuadras en tacones. Se enfundó unos vaqueros y una camiseta y se dio un poco de antiojeras (al menos desde la conversación con su abogado había logrado dejar de llorar) y algo de brillo en los labios con el que contrastar la cara de muerta viviente con la que se levantaba últimamente.

Miró el reloj. Las seis de la mañana, era demasiado temprano, aún debían estar poniendo las calles.

Lamentó no haber cogido su chaqueta, pero ya era la hora, ¿le daría tiempo a volver a entrar a cogerla? ¿Y si pasaba la furgoneta y al ver que no estaba se marchaba? No, era mejor aguantar un poco de frío. Amanecía por encima de los tejados y el pueblo comenzaba a despertar cuando un vehículo blanco con las iniciales MA en letras verdes se detuvo ante ella.

Una mujer con mechones despeinados bajo una gorra verde desgastada bajó el cristal del copiloto de modo automático. Estela acudió a su encuentro.

—Hola, ¿eres la pija de ciudad?

—¿Perdón? —Su cerebro no aceptaba que se hubiese referido a ella con aquellas palabras.

—Me han dicho que tengo que recoger a una pija de ciudad. ¿Eres tú o no?

—Bueno, yo llevo años fuera del pueblo pero...

—No me cuentes tu vida, ¿estás esperando que te recojan para trabajar en Monte Alto o no? —preguntó desabrida, con prisas.

—Sí.

—Pues entonces sube de una vez o llegaremos tarde.

—Me llamo Estela —dijo abriendo la puerta del copiloto.

—Ahí, no. Tú atrás, todavía tengo que recoger a Jorge y él se sienta ahí.

—Está bien. —Cerró y se subió detrás. ¿Pero qué problema tenía aquella mujer? ¿Hablaría a todo el mundo con el mismo desagrado? Debía tener unos treinta y muchos años y su piel estaba tostada, intuía que por el trabajo bajo el sol, su nariz era demasiado pequeña y sus ojos demasiado grandes.

El silencio se instauró en el habitáculo hasta que recogieron cinco minutos más tarde a un chico alto y moreno, vestido con una sudadera azul y unos vaqueros, esperando bajo la luz de una farola a la salida del pueblo.

—¿Qué pasa, Elena? —dijo este a modo de saludo al subirse a la furgoneta, miró hacia detrás y entonces vio a Estela—. ¿Y tú quien eres?

—Una pija...

—Me llamo Estela, empiezo a trabajar hoy.

—Hola, yo soy Jorge. No dejes que Elena te ponga mote o no te lo quitarás en la vida –la saludó de buen talante. Así que aquella avispa venenosa se llamaba Elena.

—Gracias.

—Aarón me ha encasquetado que tengo que enseñarla hoy y tenerla pegada a mi culo todo el día. Y no me hace ni la menor gracia...

—Vamos, si a ti se te da genial enseñar a los novatos.

—Cuando estoy de humor. –Había quedado claro que ese día no lo estaba–. Además tiene pinta de... no sé si de trabajar en El Corte Inglés vendiendo perfumes, pero de quitar mierda de caballo con una pala no, desde luego.

—Hola, sigo aquí –hizo notar, ya que hablaban como si no estuviese delante–. Puede que nunca haya quitado mierda de caballo con una pala, pero he ayudado a mi padre a echar el hormigón de nuestra piscina, así que acarrear un poco de mierda no me matará.

Era cierto, el verano antes de marcharse a la universidad de Málaga todos los miembros de la familia colaboraron en la construcción de la pequeña piscina en la parcela, incluidos los hermanos de su padre, que vivían en Chiclana. Y, aunque había llovido mucho desde entonces, si fue capaz de acarrear cubos cargados de cemento con dieciocho, con veintiocho podría con un poco de estiércol.

Solo que no sabía que no se trataba de un poco, sino de una montaña, en realidad.

El acceso por la carretera a la propiedad estaba coronado por la estatua de un caballo de bronce sobre un monolito bajo el cual en grandes letras podía leerse «Hacienda Monte Alto». A partir de este, el camino se dividía en dos, hacia la derecha un letrero de madera indicaba en una dirección: *Hacienda, hípica, restaurante Las Copas*; y hacia la izquierda desaparecía el asfaltado y continuaba un camino de albero superando una señal de prohibido el paso apuntillada con *excepto personal autorizado*. Tomaron este último y llegaron hasta una zona de aparcamientos al parecer reservada a los empleados entre pinos de frondosas copas. Había una decena de vehículos estacionados en batería, varios empleados bajaban de un todoterreno verde rubricado con el logotipo de la hacienda.

También lo hicieron ellos, Elena la primera, y antes de comenzar a andar se detuvo ante ella.

–Mira, hoy te vienes conmigo todo el día, y entérate bien de qué va esto, porque no me gusta repetir las cosas. Aquí cada día el trabajo es más o menos el mismo, así que aprende bien la lección desde el principio.

–Lo haré –dijo dispuesta a pasar un día terrible.

–Pues vamos.

–Que tengas un buen día, Estela –se despidió Jorge con una sonrisa, colocándose una gorra verde con el mismo logotipo.

Siguiendo los pasos de Elena llegó a una pequeña edificación en la que había una hilera de taquillas metálicas, algunas de ellas tenían las llaves puestas. Elena cogió una al azar y se la entregó.

–No sé el tiempo que aguantarás aquí, pero ya tienes taquilla –dijo, y después abrió una puerta lateral con un manojo de llaves que llevaba en el bolsillo. Pasó al interior, Estela no sabía si seguirla o le molestaría que lo hiciese, así que esperó fuera–. ¿Qué talla tienes? –preguntó desde el interior.

—¿Yo?
—No. La prima de Superman.
—La cuarenta y dos.
—Me da a mí que te estás quitando kilos, pero vamos, pruébatelo y si no te sirve te lo cambio por otro —afirmó, entregándole un mono verde con cremallera central. Acababa de llamarla gorda sin la menor sutileza. Estela respiró hondo, «necesito este trabajo, necesito este trabajo», se repitió como mantra—. ¿Y número de zapato?
—El cuarenta.
—Menudo pie.
—¿Algún otro comentario sobre mi anatomía?
—No —dijo posando en sus manos un par de botas oscuras—. Bueno sí, si te cansas, o te duele la espalda, te aguantas, no vayas a darme el día —apuntó arrugando la nariz y estrechando los ojos.
—Gracias.
—Gracias, no. Te aguantas, ni se te ocurra quejarte delante del encargado.
—No lo haré.
—Eso espero.
Estela inspiró hondo tratando de calmarse. Aquello iba a convertirse en su infierno particular, y no por el trabajo, estaba dispuesta a echar los higadillos antes de dar la razón a aquella sargenta, sino por tener que pasar el día entero a su lado.
—¿Dónde me cambio?
—En el baño, vamos, date prisa. El mono tienes que llevártelo a diario a casa y lavarlo. Si superas la primera semana te daré otro de recambio.
—Gracias.
—¡Deja de dar las gracias y cámbiate de una vez!
«Necesito este trabajo, necesito este trabajo».

Se miró en el espejo del baño mientras se recogía el cabello, con aquel mono verde puesto, ninguno de sus antiguos compañeros del despacho de arquitectura la habría reconocido. Ni ella misma lo habría hecho. Acostumbrada a las camisas de seda y las faldas de tubo o los pantalones de pinzas ahora se veía embutida en aquel pedazo de tela sin forma, dispuesta a retirar toneladas de excrementos de caballo.

«Necesito este trabajo, necesito este trabajo».

Ella adoraba la arquitectura, disfrutaba creando, investigando, mimando hasta el último detalle de sus obras, de los materiales estructurales y los recubrimientos. Innovar era algo natural en su día a día y ansiaba volver a ello cuanto antes, pero primero tendría que ganar aquel juicio y comenzar de nuevo. Quizá incluso decidiese montar su propio estudio de arquitectura.

–¿Te has muerto? Lo digo para ir preparando el entierro –protestó Elena fuera.

–Ya voy.

Guardó la ropa en su taquilla y caminó a su lado en dirección a la inmensa estructura que conformaban los boxes de los animales. Eran unas estructuras rectangulares de madera rojiza con techado blanco de metal. La mitad inferior estaba cerrada, pero la superior la componían unas barras de acero por la que pudo ver el hocico de varios caballos.

En el extremo norte de cada uno de estos había una zona con un grifo y suelo de caucho, imaginó que para el aseo de los equinos. Había al menos diez estructuras con una docena de boxes cada una. Más de un centenar de animales.

Los dejaron atrás y llegaron a una gran nave con un letrero que rezaba: *Almacén*.

Había más empleados en el interior, pero Elena se limitó a saludarles y no se molestó en presentarla.

—Toma este carro de mano y esta pala. Y los guantes, no te olvides, no vayas a hacerte daño —dijo con sorna, tomando los materiales de donde estaban apilados y entregándoselos. Iba a darle las gracias, pero recordó que le molestaba, así que cerró la boca—. En cada hilera de cuadras hay una letra, arriba en el centro, y luego cada box tiene un número, los tuyos hoy son en el A, del uno al quince. Tienes que coger el orden de este cuaderno —apuntó, indicándole hacia una libreta que había sobre una mesa de escritorio desvencijada, como todo lo que había en el interior de aquella nave enorme—. Tomas el orden de la cuadra A y te fijas en el de los tuyos.

—¿Cada día tienen un orden distinto?

—Pues claro, si no no te diría que miraras el orden.

—Depende de si los jinetes están o no en la hacienda, de si tienen decidido ejercitarlos o no, o de si les toca revisión veterinaria —dijo Hugo a su espalda, sobresaltándola. Se giró para mirarle, descubriéndole embutido en unos vaqueros y una camiseta marrón con el primero de los botones desabrochado, observándola de arriba abajo. Se sintió ridícula con aquel mono verde.

—Buenos días, Hugo —le saludó Elena con una sonrisa. Era la primera vez que veía sonreír a esa mujer—. Ella es…

—Estela Sánchez.

—Hola, Hugo.

—Vaya, veo que ahora sí me reconoces —dijo con frialdad, sin modificar el rictus serio de su rostro.

—Bueno, creo que voy a ir cogiendo un par de cosas

que necesito –advirtió Elena, sabiéndose de más, y se alejó.

–Siento no haberte reconocido anteayer en la cafetería, yo... Ha pasado demasiado tiempo desde la última vez que nos vimos.

–Demasiado, pero quizá no el suficiente –respondió áspero como un membrillo–. Quiero que sepas que no va a haber ninguna clase de privilegios contigo, he hablado con un amigo para que empezases a trabajar, espero que no me hagas quedar mal.

–No lo haré. Y no quiero privilegios –dijo rabiosa. Estaba cansada de que la subestimasen. ¿Qué narices le pasaba? No reconocía al joven atento y educado que fue en el pasado. ¿Estaba cabreado con el mundo o solo con ella porque su hermano le había pedido el favor de que le consiguiese trabajo?–. Gracias por esta oportunidad, no te haré quedar mal.

–Eso lo veremos cuando acabe el día.

Se marchó del almacén dando grandes zancadas saludando con familiaridad a cuanto empleado se cruzó en el camino. Elena regresó veloz a su lado, entregándole una mascarilla.

–Póntela cuando estés ahí dentro, hay partículas dañinas flotando en el aire en cuanto remueves la paja.

–Gracias.

–¿Qué problema tienes con Hugo?

–Ninguno, que yo sepa.

–¿De qué le conoces?

–Es amigo de mi hermano.

–Pues yo diría que le has tenido que hacer alguna putada, porque por lo general es encantador.

–¿Quién te dijo que me recogieses esta mañana?

–Aarón, el encargado, claro. Fue a él a quien le pediste trabajo, ¿no?

—Sí, claro –mintió. Ni siquiera sabía el aspecto que tenía el tal Aarón.

No era un trabajo difícil. Remover la paja, retirar lo sólido con la pala y depositarlo en el carro para después llevarlo hasta una gran cuba de estiércol, añadir paja limpia encima y airearla mientras esquivaba los movimientos del animal, algunos más recelosos que otros ante la desconocida.

No era difícil, pero sí agotador. Le corría el sudor por la frente, se le escurría por la nariz y la mascarilla de papel se le pegaba a los labios cuando trataba de inspirar con fuerza. Los guantes le estaban grandes y le rozaban entre los dedos.

Olía su propio sudor y era un olor agradable en comparación al resto de aromas que la rodeaban.

A cada tanto Elena asomaba la cabeza por la cuadra en la que estaba afanada para meterle prisa.

Y lo hacía, trataba de aligerar su ritmo, a pesar del dolor de espalda y de muñecas que apareció a los pocos minutos de estar encorvada pala en mano.

Cuando al fin acabó con el último de sus quince boxes cargó las herramientas en el carro y las fregó con agua a presión de la goma de lavado equino. Después regresó al almacén dispuesta a devolverlas, se encontró entonces a sus compañeros sentados en el suelo contra la pared del almacén, dando buena cuenta de sus bocadillos.

Elena, que terminaba de dar mordiscos al suyo, se incorporó al verla llegar.

—Vamos, ahora tenemos que asear a los caballos de la lista.

—Pero tengo que desayunar, estoy hambrienta.

—Haber terminado a tu hora. Vamos.

Se imaginó atándola a un cohete y enviándola a la luna. Adiós, sargenta Elena.

Solo tardaría cinco minutos en dar dos mordiscos al bocadillo de pavo y un trago de zumo, ¿cuál era su problema? ¿Por qué no podía hacerlo?

«Necesito este trabajo, necesito este trabajo».

Capítulo 6

Hugo

«¿Pero qué demonios me pasa? ¿Qué clase de locura es esta? ¿Cómo puedo temblar como un niño pequeño solo porque la tengo ante mí de nuevo?».

Se reprendía a sí mismo, sentado ante el ordenador de la clínica veterinaria de la hacienda, tratando de repasar las últimas vacunaciones de los equinos, incapaz de concentrarse.

Se pasó una mano por la frente y se peinó el cabello castaño dorado hacia atrás con los dedos. No tenía sentido, en absoluto, que volver a encontrarse con Estela removiese su interior de ese modo.

Miró su mano sobre el ratón, aún agitada. La movió ofuscado.

Ella pertenecía al pasado y ya ni siquiera tenía nada que ver con la jovencita de la que se enamoró. Era una mujer, una mujer a la que no conocía de nada, había cambiado tanto que ni siquiera era la misma persona.

Y sin embargo sus ojos verdes brillaban con la misma intensidad y sus labios entreabiertos parecían embrujarle con palabras no dichas. Incluso ataviada con aquel horrible mono de faena, con el cabello recogido en un moño despeinado, estaba preciosa.

Preciosa.

«Maldita seas, Estela». Repitió para sí una y otra vez. El nombre que había garabateado durante años en sus cuadernos de veterinaria, tan lejos de allí.

Si tan solo hubiese tenido un poco más de valor se habría lanzado aquella noche en la que tuvo la mejor de las oportunidades, le habría confesado su secreto, le habría dicho lo que sentía por ella y a aquellas alturas habría superado la negativa que ahora estaba convencido que le habría dado. Así podría seguir con su trabajo con total normalidad en lugar de dar vueltas a una fantasía de la infancia como un pusilánime.

O también podría haber dicho que no a su mejor amigo cuando le pidió el favor.

Tenerla cerca sería un auténtico castigo, y ni siquiera podía responderse a sí mismo cuando se preguntaba el porqué.

Pero él no podía negarle nada a Javi, como sabía que este removería cielo y tierra por ayudarle en caso de necesidad. Y su hermana necesitaba ayuda, al parecer la habían despedido de la noche a la mañana de ese prestigioso despacho de arquitectura que el propio Javi le había mencionado de pasada alguna vez, e iba a demandar a la empresa. Pero para eso necesitaba dinero con el que pagar a un abogado.

Su gran vida de ciudad y viajes por medio mundo se había acabado, al menos por el momento. Había pasado de vivir como una ejecutiva a estar recogiendo excrementos de caballo, sin amedrentarse. La admiraba por eso.

Estaba convencido de que Estela muy pronto conseguiría un empleo mucho mejor que aquel, pero mientras lo lograba él tendría que convivir con el riesgo de encontrársela en cada rincón de aquella hacienda.

«No seas cínico, fuiste al almacén a comprobar si había aceptado el empleo». Se dijo.

Podría haberla contratado para la clínica, necesitaba otro ayudante hacía semanas, desde que las yeguas comenzaron a parir, y su auxiliar, Mateo, y él no daban abasto. Pero si le costaba aceptarla en el recinto de diez hectáreas, justo pegada a su espalda, sería una auténtica pesadilla.

Por eso habló con su amigo Aarón, el encargado de las cuadras, y le preguntó si necesitaba a alguien, y así fue como le consiguió el empleo.

—No tengas muchas expectativas, es una chica acostumbrada a la ciudad que nunca ha trabajado en esto —le advirtió.

—Mientras valga para recoger mierda de caballo, me sirve. —Había sido su respuesta.

Su teléfono móvil comenzó a sonar, «Yolanda», leyó en la pantalla de cristal.

Dudó en descolgarlo. A las conversaciones de su novia se les conocía el momento del inicio pero no el del fin.

—Hola, cariño. ¿Qué tal va tu día?

—Jodido —respondió sin pensar—. Quiero decir, bien.

—Sobrecargado de trabajo otra vez, ¿verdad? Tienes que exigirles que te pongan otro ayudante.

—Sí, claro, lo haré. ¿Y tú qué tal vas?

—Bien, genial. ¡Acabo de vender una unifamiliar de quinientos mil euros! —proclamó feliz. Yolanda trabajaba en una inmobiliaria y le iba muy bien.

—Vaya, eso es estupendo.

—Y he pensado que podríamos ir a cenar a El Califa para celebrarlo.

—¿Esta noche?
—Sí. ¿Qué te parece?
—Bueno.
—Vamos, Hugo, ¡cuánta ilusión en tu voz! Es viernes, no seas aguafiestas. Me apetece un montón, y ya he reservado en la terraza, a las diez.
—Yoli...
—Venga. ¿Es que tienes algo mejor que hacer?
—Está bien. Lo celebraremos, estoy muy orgulloso de ti.
—Lo sé. Gracias, amorcito. —Odiaba que le llamase amorcito, sonaba tan cursi como si fuese a comenzar a llover arcoíris a su alrededor en cualquier momento, pero lo dejó pasar por alto.
—Tengo que colgar. Hasta luego —dijo al ver cómo pasaba Estela ante su ventana cargando un saco que parecía bastante pesado a la espalda.
Salió a la puerta y la llamó. El saco parecía lleno de cualquier cosa menos de algo relacionado con los caballos.
—Estela, ¡espera!

Capítulo 7

Estela

Ella se sorprendió al oír su voz y se giró, sosteniendo el saco a la espalda. Si lo echaba al suelo dudaba de su capacidad para volver a levantarlo, y lo peor es que aún quedaban tres más donde le había indicado Elena.

–¿Qué llevas ahí dentro? –le preguntó Hugo achinando los ojos hasta casi convertirlos en una línea recta.

–No lo sé.

–¿No lo sabes? ¿Y adónde los llevas?

–Al almacén.

–¿Quién te ha pedido que lo lleves? Déjalo en el suelo.

–Pesa un montón, ¿sabes? Tengo que darme prisa. –«Ya me he quedado sin desayunar y estoy que me caigo», le hubiese gustado quejarse, pero se contuvo.

–He dicho que lo dejes en el suelo. –Le obedeció y un sonido crujió en su interior–. ¿Quién te ha pedido que lleves ese saco?

–Elena. Y hay tres más.

Hugo lo agarró decidido mientras ella se enderezaba, la columna le dolía horrores, se sujetó la espalda con las manos enguantadas y se estiró hacia detrás. Él cortó con la navaja que siempre llevaba en el bolsillo la cinta que cerraba el saco y miró en el interior, descubriendo que había al menos media docena de ladrillos macizos.

—¿Ladrillos? —Dudó ella al ver lo que contenía.
—Elena se ha quedado contigo, Estela.
—¿Qué?
—Que se ha burlado de ti. Debe estar muerta de risa en algún rincón pensando en tu dolor de espalda.
—No me lo puedo creer —dijo apretando los dientes con rabia, cuando en realidad sentía ganas de llorar. Le dolían hasta las pestañas, tenía ampollas entre los dedos de las manos, gracias al roce de los guantes demasiado grandes, y otra en el pie derecho por las botas. Se sentía sucia, apestosa, dolorida y ahora además... estúpida.
—Yo tampoco me puedo creer que hayas sido tan tonta de no darte cuenta, la Estela que yo conocí era bastante avispada —afirmó con una mirada desafiante.
—Y el Hugo que yo recuerdo no era tan... tan...
—¿Tan qué?
—Tan antipático.
—Ah, pero, ¿te acuerdas de mí? Creía que no.
—No me extraña que te olvidase, sería un medio de defensa de mi cerebro —dijo apretando los labios, conteniendo las lágrimas. Sacó la mano derecha del guante, sosteniéndolo con la otra, y la metió en el bolsillo buscando un pañuelo de papel, pero solo encontró la lista de sus cuadras.
—¿Qué tienes ahí? —dijo él agarrándola de la muñeca para observar sus ampollas. Después cogió el guan-

te de piel–. Estos guantes te están muy grandes, por eso te rozan, debes coger unos más pequeños.

–Díselo a Elena. Ella me los dio.

–¿Ella te los dio? Elena sabe que si los guantes son demasiado grandes producen... –Arrugó el entrecejo antes de terminar la frase.

–No sé qué le he hecho a esa chica, o si fue en otra vida, pero parece que no voy a poder contarla entre mis nuevas amistades –dijo Estela intentando ocultar a duras penas las lágrimas que se empeñaban en acudir a sus ojos.

Se alejó hacia los boxes de los caballos de competición tratando de que no la viese llorar.

Hugo

Sintió unas ganas terribles de ir a buscar a Elena y pedirle explicaciones, le dolía que se hubiesen burlado de ella de ese modo, provocándole además daño físico. Por otra parte se sintió orgulloso de Estela por aguantar estoica las ampollas sin decir una palabra cuando él mismo sabía cuánto debían dolerle.

Pero si recriminaba a Elena su actitud estaría interviniendo por ella, ¿y por qué haría algo así? Porque le importaba más de lo que estaba dispuesto a admitir. Eso le enfurecía.

Estela ya era mayorcita y había salido adelante sin su protección, sabría arreglárselas con aquella mujer que parecía haberla tomado con ella, trató de convencerse. Apretó los puños rabioso consigo mismo.

No. No podía dejarlo pasar.

Hablaría con Aarón para que la cambiase de grupo. Pero solo porque lo habría hecho con cualquiera, odiaba a los abusones, dentro y fuera del trabajo. Puede que para Elena solo se hubiese tratado de una broma, pero había cruzado el límite.

Estela

Se refugió junto al box de un gran ejemplar azabache que relinchó al pasar por su lado. *Olympic*, leyó la banderita negra con el nombre bordado en grandes letras doradas de la puerta, seguido de otro de quien debía ser su dueño: *J. Gilbert*.

Por temor a que alguien la viese lo abrió y se introdujo en el interior y comenzó a llorar junto a la portezuela.

Lloraba en silencio, las lágrimas ardientes le recorrían las mejillas.

¿Cómo podía haber cambiado su suerte de aquel modo? Todo por un error. Por confiar en la persona equivocada su vida se había ido literalmente a la mierda.

¿Por qué la habría tomado esa chica con ella? ¿Qué le había hecho, o es que disfrutaba burlándose porque era novata?

De pronto sintió un roce en el hombro y se volvió, sobresaltada, era el caballo, un precioso ejemplar negro con una mancha blanca entre los ojos, quien la había tocado con el hocico.

Se volvió hacia él y este la olisqueó, moviendo los ollares oscuros. Cabeceó y volvió a tocarla en el hombro.

—Déjame, no tengo humor para nada —le dijo, como si pudiese entenderla.

Pero Olympic se resistió a apartarse de ella y sacudiendo las brillantes crines le restregó la cara en la espalda, como si estuviese empujándola.

–Quieres que me vaya, ¿es eso? Tú tampoco me quieres cerca no, Olym... ¿te puedo llamar Oly? Se me hace muy largo tu nombre –dijo sintiéndose una tonta, le pasó los dedos por el nacimiento de las crines y este cabeceó satisfecho con su caricia.

Resopló y apoyó la cabeza en su cuello como si en silencio la abrazase tratando de consolarla.

Con ninguno de los caballos cuyos boxes había limpiado aquella mañana había sentido esa energía que desprendía Olympic. Parecía como si la entendiese, como si hubiese entendido su tristeza, resultaba una locura, más aún para alguien que nunca había sentido especial predilección por los equinos. A pesar de que su tío Mateo, hermano de su padre, tenía un par de ellos en su propiedad en Chiclana. Quizá nunca se había detenido a observarlos con interés.

–Mi vida es un asco, Oly –dijo cuando este apartaba la cabeza y la bajaba hasta encontrar el bolsillo de su mono, en el que llevaba la manzana que no había podido comerse al no disponer de tiempo para el desayuno–. Así que esto es lo que quieres ¿no, bribón? Y yo creyendo que estabas intentando consolarme.

La manzana crujió entre las fuertes mandíbulas, desapareciendo en segundos de sus manos. Estela rio al ver el gusto con el que la comía y continuó acariciándole las crines, extendiendo la mano por todo el lomo que tembló a su contacto.

Después regresó hacia arriba, hacia el nacimiento de la crin, y miro sus ojos negros, embelesada. Era un animal magnífico.

–Eres muy bonito, ¿lo sabes? Eres una preciosidad. ¿Sales con alguien? –bromeó. Olympic relinchó como respuesta–. No es por nada en especial, estoy libre hace mucho tiempo.

–Curiosa conversación, teniendo en cuenta que hablas con un caballo –dijo alguien a su espalda. Estela se giró de modo automático, observando al rubio de ojos azules que la observaba a través de los barrotes superiores de la portezuela–. Con mi caballo, en realidad.

–Lo siento, yo... yo no debería estar aquí. Ya me voy –dijo abriendo la puerta metálica, contemplando entonces la ropa de jinete de su interlocutor, varios centímetros más alto que ella. Vestía una camiseta negra y unos pantalones de montar beis demasiado apretados en según qué zona.

–No, por favor. Siento haberte sobresaltado. Soy Jon Gilbert.

–J. Gilbert –apuntó, indicando a las letras bordadas en la banderita negra.

–El mismo. De los Gilbert de New Castle de toda la vida –dijo, como si bromease sobre su propio apellido, pero ella no conocía nada sobre los Gilbert de New Castle dueños de caballos, así que, como si le decía de los Pérez de Cuenca.

–Encantada. Yo... debo seguir trabajando.

–No, espera –pidió sin apartarse de la puerta–. ¿Le has dado algo de comer a Olympic?

–Sí.

–¿Y se lo ha comido?

–Sí. Lo siento, ha sido una manzana. No volverá a suceder.

–Por supuesto que sí. Toma, dale esto. –Cogió una zanahoria del comedero y se la entregó. Estela, sin entenderle muy bien, lo hizo, tomó la zanahoria, la limpió con los dedos de las pelusas y pedazos de paja y se giró hacia el animal. Se la dio a oler.

–Esto te gusta, ¿verdad? –Este movió los ollares, pero no hizo por comerla –. Vamos, Oly, no me hagas quedar mal –murmuró entre dientes, y volvió a acariciarle las crines, rascándole entre las orejas, una sacudida recorrió todo el lomo cetrino y acabó sacudiendo la cabeza.

Estela se echó a reír.

–Te gusta, ¿eh? Pues no volveré a acariciarte si no comes.

Volvió a acercar la zanahoria a su nariz y este levantó el labio, aceptándola con desgana, y la mordió.

–¡Es fantástico! –gritó Jon a su espalda, sobresaltándola.

–¿Qué coma una zanahoria?

–Que coma. Lleva tres días sin comer, y aunque Hugo le ha examinado no le encuentra nada, pero algo debe tener. Ahora viene hacia aquí para volver a examinarlo y colocarle un suero, pero si come ya no será necesario.

–¿No?

–¡No! Claro que no, está comiendo de tu mano –declaró exultante de felicidad–. Mira, Hugo, ¡Olympic está comiendo!

–¿En serio? ¡Qué alegría! ¿Y cómo...? –Oyó la voz de este acercándose, no podía verle porque aún estaba en el interior del box.

–Esta chica, esta chica maravillosa lo ha conseguido. ¿Cómo te llamas?

–¿Estela? –dudó sorprendido el propio Hugo.

–¡Estela! ¡Estela lo ha conseguido! ¡Olympic te adora! –dijo con una exacerbada efusividad.

–Creo que estamos exagerando, solo le he dado una manzana y una zanahoria.

–No sé cómo lo has hecho, pero sigue haciéndolo,

es muy importante que Olympic se alimente –sentenció Hugo observándola sin poder camuflar su incredulidad.

–Yo no he hecho nada, solo le he hablado y se ha comido mi manzana.

–¿Manzana? Voy a pedirle a Aarón que me traiga manzanas ahora mismo –dijo Gilbert decidido a ir en su búsqueda, dio un par de pasos y volvió sobre estos, mirándola muy serio–. No te muevas de aquí, te nombro la nueva cuidadora oficial de Olympic.

–¿Qué? –dudó cuando desaparecía veloz a grandes zancadas en busca del encargado de las cuadras. Buscó los ojos de Hugo sin entender nada–. ¿Qué soy qué?

–La nueva cuidadora de Olympic. Al menos eso ha dicho.

–¿Yo? Pero si no tengo ni idea de qué hace una cuidadora de caballos.

–Te garantizo que será mucho más agradable que limpiar las cuadras –aseguró Hugo colocándose el fonendo que traía al cuello dispuesto a examinar al caballo. Dio un paso al interior del box.

–Pero yo nunca he... ¿Cómo voy a saber?

–Chitón –la mandó a callar mientras le auscultaba, con parsimonia, paseando su estetoscopio por el pecho y el vientre del animal.

Estela permaneció en silencio, acariciándole la frente, buscó el contacto de su mano, parecía de lo más relajado. Cuando Hugo terminó con la exploración se detuvo ante ella, mirándola a los ojos con una expresión difícil de calificar.

–¿Le pasa algo?

–No, está bien, algo débil, pero bien.

–Entonces, ¿por qué me miras así?, ¿qué pasa?

–No sé a qué te refieres, ¿cómo te miro?

—Estás serio, como enfadado.

—Será mejor que te concentres en tu nuevo trabajo y le des un buen baño. Le vendrá bien ahora que parece animado, en lugar de dedicarte a leer las expresiones faciales —dijo antes de marcharse, dejándola con un palmo de narices. ¿Se podía ser más antipático? Estaba claro que no.

Estela cogió el bocado de Olympic, que permanecía colgado en la pared, y se decidió a ponérselo; seguro que no era tan difícil. No, claro que no. Diez intentos después le llevó hasta el lavadero y lo sujetó a la argolla de metal con las riendas.

Abrió el grifo y se dio cuenta entonces de que no tenía champú con el que enjabonarlo. Cerró el grifo y se dirigió al almacén.

Nada más entrar se topó con Elena sentada sobre unos fardos fumando un cigarrillo mientras conversaba con el chico que parecía estar al cargo del almacén. Le dirigió una mirada pero no dijo nada y caminó hasta el mostrador.

—Pero mira, si ya ha regresado la pija —dijo incorporándose, deteniéndose a su lado—. Te quedan tres sacos, ¿lo has olvidado?

—Por favor, necesito un champú —pidió al joven, que las miró a las dos antes de dirigirse a uno de los estantes en busca del producto.

—Te estoy hablando. ¿Para quién es el champú? —La ignoró. El chico regresó con el champú y se lo entregó—. Que te estoy hablando, ¿para quién es el champú? —dijo, dándole un leve empujón en el hombro para que la mirase.

—No me toques —advirtió mirándola por primera

vez–. Desconozco si te he hecho algo de modo inconsciente o es que te va ese rollo de matona de pacotilla. Ni lo sé ni me importa, pero déjame en paz, olvídate de mi cara. Muchas gracias por el champú, es para Olympic –dijo al joven del mostrador.

–¿Para Olympic? ¿Qué haces tú pidiendo algo para Olympic? –insistió esta con los ojos como platos.

–Resulta que ahora soy su cuidadora –sentenció mirándola con una sonrisa–. Así que tranquila, que ya no vas a tener que preocuparte más por mí.

–¿Su cuida...?

–Hasta luego –dijo volviéndose hacia la salida. Elena la alcanzó en la puerta, agarrándola por el hombro.

–¿Quién te ha designado como cuidadora de ese maldito animal?

–El propio Jon Gilbert –dijo quien llegaba en ese preciso momento. Estela se volvió y descubrió a un tipo alto de complexión fuerte, con el rostro moreno por el sol y curtido, con un par de arrugas junto a los ojos, grandes y oscuros –. ¿Estela, verdad? Soy Aarón, el encargado.

–Encantada –dijo apretando el champú contra su cuerpo para poder estrecharle la mano.

–Elena, ¿cuántas veces tengo que decir que no se fuma en el almacén? Y además, no creo que sea tu hora del desayuno, ¿verdad? Que no se vuelva a repetir.

–No, Aarón, lo siento –dijo esta marchándose, estrellando el cigarrillo contra el suelo.

–¿Así tienes las manos ya el primer día? –observó este girando sus muñecas para ver las ampollas de sus dedos.

–Los guantes me estaban grandes y...

–Me ha dicho Hugo que Elena te ha puesto las cosas un poco difíciles –dijo en voz baja.

—Un poco —aceptó. ¿Por qué Hugo tenía que haber acudido al encargado? Ella podía apañárselas muy bien sola.

—Está molesta porque quiere que le dé otra oportunidad a su marido. Y en lugar de eso te la he dado a ti.

—Vaya. Ahora lo entiendo todo.

—No lo hagas —dijo soltándole la mano—. Sería la tercera ocasión en la que su marido tendría esa oportunidad y las dos anteriores no es que las haya aprovechado demasiado, en cambio, es la primera para ti.

—Gracias. No voy a defraudarle.

—Estoy convencido. Y tutéame, por favor, no te saco tantos años —pidió con una sonrisa—. ¿Ese champú es para Olympic?

—Sí.

—Bueno, vamos hacia la cuadra y te voy explicando algunas cosas.

—De acuerdo.

Comenzaron a caminar en dirección a su box.

—Como sabrás, te ha salido un nuevo trabajo —afirmó sujetando su carpeta entre los dedos, pegándola al costado mientras andaba—. Jon Gilbert quiere que cuides de su campeón, pero sé que no tienes demasiada experiencia.

—Ninguna, aunque aprendo rápido.

—Ya, pero, por ejemplo, Olympic no es un animal que puedas dejar solo atado mientras vas a por champú. Porque, al ser un semental con tanto carácter, en ocasiones se pone nervioso y puede hacerse daño con la pared o incluso con las ataduras. Tendrías que haberle dejado en el box mientras preparabas lo necesario para el baño —dijo cuando le descubrieron, Estela descendió la cabeza, avergonzada.

—Lo siento.

—Y, además, está valorado en doscientas mil libras, no puedes dejarlo solo y marcharte.

—¿Doscientas mil libras?

—Fue el tercer posicionado en la carrera de Ascot del año pasado. ¿Has oído hablar de ella?

—Sí, alguna vez.

—¿Sí?

—Teníamos un cliente en el despacho de arquitectura un tanto especial, en realidad casi todos eran un poco especiales, pero este insistió en que nos reuniésemos en el hipódromo porque quería una réplica de la pista en su finca de Hampshire. Pero al final descartó el proyecto.

—¿Por qué?

—Supongo que perdió más dinero del debido en las carreras —bromeó.

—Así que trabajabas en un estudio de arquitectura.

—Sí.

—¿Y eres...?

—Soy arquitecta, pero bueno, eso por ahora está aparcado. Ahora me interesan los caballos. —Trató de sonar lo más sincera posible.

—Claro —aceptó sin demasiada convicción—. Bien, Jon quiere hablar contigo sobre su oferta de empleo, me ha dicho que te pida que le busques mañana en la cafetería de la casa club a eso de las diez.

—¿La casa club?

—Sí, la casa club, del club de polo. Llegar es muy fácil, cuando accedes a la hacienda, detrás de las letras de hormigón con el nombre hay dos caminos, el de la izquierda te trae hasta aquí y el de la derecha conduce hacia el hotel, la casa club y todas las instalaciones del Club de Polo Monte Alto. Es muy sencillo. Él te explicará todos los detalles de tu nuevo trabajo. Y después podrás decidir si te interesa o prefieres seguir siendo moza de cuadras. Aunque, créeme que te interesará. Jon está muy preocupado por Olympic y está dispuesto a compensar muy bien a cualquiera que logre un gran avance con él.

—Gracias, Aarón.

—De nada. Ahora sí que puedes darle un baño a este campeón, pero avisaré a Jorge para que te enseñe cómo hacerlo correctamente —afirmó antes de alejarse en dirección a la clínica.

Capítulo 8

Hugo

—¿De qué la conoces? —le preguntó su amigo, apoyado sobre la encimera de metal mientras le observaba cargar medicación en sueros para los animales que tenían en los boxes de la enfermería.
—¿A quién?
—A esa chica, a Estela.
—Su hermano es amigo mío.
—Cuando me preguntaste si tenía trabajo para alguien no me dijiste que era una persona cercana a ti.
—No es cercana a mí.
—Ah, ¿no? —dudó haciendo un mohín con el labio superior, lo rizaba un poco, cuando no creía lo que le estaban contando, a Hugo solía recordarle al gesto de un caballo, aunque nunca se lo había dicho—. Ni tampoco me dijiste que es arquitecta.
—¿Tienes trabajo para una arquitecta?
—No, claro que no. Pero esa chica no es para esto, quiero decir, se le nota a la legua que tiene estudios. Podría haber intentado hablar con Laura de la casa club para que sirviese copas en la cafetería o le encontrase algo en la recepción del hotel...

—¿Y por qué harías algo así? Ella quería trabajo y tiene trabajo, las cuadras tampoco es el infierno, ¿verdad?

—Vamos, Hugo. Esa chica tiene un par de narices, se ve a la legua, pero estoy convencido de que hay un motivo por el que no me pediste que le buscase trabajo en otra zona de la hacienda.

—Tú desvarías, Aarón. Deberías taparte la cabeza con una gorra o algo porque el sol está empezando a afectarte —sentenció muy serio. Tomando el primero de los goteros y caminando hacia la zona posterior, en la que se encontraban los boxes de la enfermería. Tenía a dos machos adultos; uno recuperándose de una castración que le proporcionaría una larga vida como caballo de polo; y el otro de una gastroenteritis vírica.

—Se deberá al sol. Pero como te habrás enterado ha conseguido un nuevo trabajo, Jon Gilbert quiere que se haga cargo del cuidado de su purasangre, en exclusiva. Me ha pedido que la cite mañana en la casa club para explicarle los detalles del empleo. —Hugo apretó la mandíbula con rabia sin poder contenerse.

—¿Y que has hecho?

—Pues citarla, ¿qué voy a hacer? Hugo, dime la verdad, tío, ¿esa chica y tú tenéis algo?

—¿Qué dices? ¿Estás loco? ¿Crees que engaño a Yolanda?

—No te estoy acusando, te estoy preguntando.

—La respuesta es no. Un no rotundo.

—Está bien, tranquilo. Cuando quieras me lo cuentas.

—No tengo nada que contarte. ¿Has cogido complejo de psicólogo? Estoy bien.

No estaba bien, claro que no. La sangre le hervía dentro de las venas con tanta ferocidad que temió provocar el estallido de la bolsa de suero que tenía entre las manos.

Por suerte Aarón dejó de insistir en el tema y se marchó.

¿Si él y Estela tenían algo? Claro que no. No tenían nada. Eso era una realidad.

Como también lo era que la sola idea de pensar que el casanova Jon Gilbert le pusiese las manos encima le enervaba. Gilbert era un buen tipo, con los hombres, a las mujeres las trataba como si fuesen pañuelos de papel. En los cuatro años que hacía que le conocía calculaba haberle visto con unas cincuenta chicas. Había seducido a empleadas, a jinetes, modelos, azafatas... la lista era larga y a él le gustaba regodearse de ella cuando tomaba alguna copa de más.

En esos momentos Gilbert solía decir frases como: «No hay mujer que se resista a un cartera abultada» o «yo elijo primero, siempre». Aunque en presencia de estas se mostrase como el más caballeroso de los hombres.

A pesar de todo no le creía una mala persona, adoraba a sus caballos, tenía una veintena, todos campeones, la mayoría en su finca de Inglaterra. Solo era un lenguaraz que aún no había encontrado la horma de su zapato, si es que existía.

Y ahora Estela estaría a su merced.

«Algo estupendo, que la ayudará mucho a superar su situación, estoy convencido», se decía con ironía.

¿Por qué tuvo que entrar precisamente en el box de Olympic?

¿Y por qué tuvo que aparecer en ese preciso instante Gilbert?

El destino movía sus cartas mientras él permanecía inmóvil, frente a este.

Capítulo 9

Estela

Llegó a casa agotada pasadas las cuatro de la tarde y después de ducharse y comer algo se tumbó en el sofá sin intención de mover un solo dedo hasta el día siguiente.

Jorge, el chico con el que había ido en el coche aquella mañana, le había mostrado el modo correcto de asear a un caballo.

–¿Cada cuánto se debe bañar? –le preguntó mientras dejaba en el suelo un cubo de metal repleto de artilugios que le eran desconocidos.

–Cuando sea necesario. Si el caballo ha trabajado y se encuentra sudado, hazlo caminar un rato para que se normalicen sus constantes y después báñalo para eliminar el sudor y la arena que se le haya adherido al cuerpo. Además, el baño le ayudará a descansar.

–¿Y qué son todos esos... peines? –requirió apuntando hacia el cubo.

–Cada uno sirve para una cosa. Mira, esta es la almohaza –tomó una especie de cepillo redondo–, con ella puedes darle un buen masaje mientras desprendes la suciedad y el pelo muerto. La esponja es muy útil para limpiarle la cara, el peine para crin, como su propio nombre indica, sirve para cepillarle la crin, el cepillo duro para los cascos... En fin, cada cosa sirve para algo, es más fácil de lo que crees —aseguró al observar su cara de asombro.

—Eso espero. —Resopló esperanzada, aunque no demasiado convencida.

¿Podría con aquello? Se preguntaba al sentarse a la mesa tras una reparadora ducha con la que había pretendido desprenderse de aquel olor a tierra y a estiércol que parecía adherido a su piel.

Recibió un mensaje de su prima Nuria interesándose por su primer día, y otro de su hermano. Sonrió al pensar que se habían acordado de ella y respondió a ambos que «genial».

Sus padres la habían esperado para comer, interesándose por su jornada, agradeció el gesto y les respondió que muy bien, para no preocuparles. Prefería no pensar más en el incidente de la matona hípica. Sus únicos planes para el resto del día eran tumbarse a descansar, cenar e irse a dormir, no le quedaba ánimo para nada más.

Al día siguiente tenía una reunión importante con su nuevo jefe, y esperaba que saliese bien. No imaginaba en qué consistía el trabajo que iba a ofrecerle. Olympic ya estaba muy bien atendido, como el resto de caballos. ¿Qué había hecho ella? ¿Lograr que comiese una manzana y una zanahoria?

Inspiró hondo, fuese lo que fuese le oiría antes de decidir si continuaba como moza de cuadras (sonrió al pensar en cómo quedaría aquello en su brillante currículum) o aceptaba la oferta de Gilbert. Necesitaba el dinero y estaba dispuesta a elegir la opción que le permitiese conseguirlo lo antes posible.

Su teléfono móvil comenzó a sonar.

Se trataba de un número desconocido. Sintió un nerviosismo inexplicable. ¿De quién podría tratarse?

—¿Diga? —respondió a la llamada.

—Buenas tardes, señorita Sánchez. Soy Tyron Lancaster, su abogado.

—Buenas tardes.

—Este es mi teléfono personal, le ruego que lo guarde por si necesita consultarme cualquier cosa en el futuro.

—Muchas gracias, lo haré.

—Verá, la llamo porque estoy en Sevilla. He venido a solucionar unos asuntos de un cliente y en cuanto termine salgo para Gibraltar. Me pregunto si podríamos vernos hoy.

—¿Hoy? Yo... señor Lancaster, no he preparado el dinero... —Solo tenía la mitad, resultaba imposible preparar algo de lo que carecía.

—Perdóneme, por favor, si me he explicado de modo incorrecto. Mi intención es que me entregue toda la documentación que tenga en su poder sobre Walcott Architecture Design. Del tema económico, como le dije, hablaremos en unas semanas, en cuanto redactemos la demanda para que sea aceptada por el tribunal.

—Ah, de acuerdo. ¿A qué hora...?

—¿Qué tal a las nueve y media?

—De acuerdo. ¿Dónde?

—No conozco Vejer, el dónde lo dejaré a su elección. Pero le agradecería que se tratase de un sitio en el que pueda cenar algo. Llegaré muy tarde a casa y prefiero aprovechar la parada, si no le importa.

—No, claro que no.

—Perfecto. Envíeme un mensaje con la ubicación del lugar de reunión.

—De acuerdo.

—Hasta dentro de un rato, señorita Sánchez.

—Hasta ahora, señor Lancaster.

—¿Era el abogado? —preguntó su madre asomando por la puerta de la cocina, debía haber oído al menos su parte de la conversación.

—Sí. Tengo que preparar toda la documentación que tengo sobre mi despido para entregársela. Y pensar dónde puedo llevarle a cenar.

—¿A cenar?

—Sí. Viene de Sevilla y va a Gibraltar y quiere cenar mientras hablamos.

—Pues invítale aquí a casa.

—Sí, claro, mamá.

—¿Por qué no? Estoy preparando croquetas de pollo y ya sabes que me salen de rechupete.

—Mamá, estoy segura de que tus croquetas de pollo le encantarían. Pero no me parece profesional invitarle a cenar a casa, para que encima cuando papá llegue de la parcela le diga que es una sanguijuela, o cosas peores.

—Eso es verdad. Pero no me hace gracia que te vayas a cenar con un hombre al que no conoces. ¿Y si es un viejo verde? Y si te propone que le pagues en carne.

—Pues seguro que me saldría más barato que en libras. —Los ojos de su madre se abrieron como platos y el paño de cocina en el que secaba sus manos cayó al suelo—. Que es broma, mamá, por favor. Eso no va a pasar, y si pasara sabría qué responderle, por desgracia me he topado con un par de viejos verdes en mi vida que me han propuesto muchas cosas.

—¿Quiénes eran esos viejos verdes? —intervino su padre muy serio a la espalda, no le había oído llegar—. ¿Y qué es lo que te propusieron?

—Dinero, papá. Un par de clientes de la empresa –respondió violentada mirándole a los ojos. Su progenitor, aún ataviado con la ropa de faena, la observaba con recelo, casi con temor a su respuesta–. Cuando fui a tratar con ellos los detalles del diseño, uno de ellos me ofreció matrimonio y el otro sencillamente mucho dinero por acostarme con él.

—Malnacidos. ¿Y por qué no nos dijiste nada?

—¿Para qué? ¿Ibas a ir a buscarles a Dubái y a Manhattan? Decliné sus proposiciones y en ambos casos en cuanto terminé el proyecto principal lo cedí a alguno de mis compañeros hombres para que lo finalizasen y se acabó. No sucedió nada más.

—¿Y por qué estáis hablando de eso ahora?

—Porque viene el abogado de Gibraltar a cenar con la niña –reveló su madre.

—¿Cómo? ¿Y ese imbécil te ha propuesto...? –La vena del cuello de su padre comenzaba a hincharse, y eso era una muy mala señal. Debía aclarar el malentendido cuanto antes.

—No, papá. Lancaster viene a recoger mis papeles del despido y de camino va a cenar en Vejer, no hay más. Es mamá la que ha comenzado a imaginar cosas, pero no hay más.

—Como ese tipo se atreva a decirte algo... Vamos, que voy a ir a esa cena yo también. Me ducho ahora mismo.

—Papá, papá, por favor. Ni se te ocurra –dijo sosteniéndole por los brazos morenos–. Tengo veintiocho años y sé apañármelas sola. El señor Lancaster ha sido de lo más correcto conmigo, y se trata de algo profesional, así que iré sola. Y ni se te ocurra aparecer. Ni se te ocurra.

—Está bien –aceptó torciendo el gesto–. Pero si hace alguna insinuación, por pequeña que sea o se sobrepasa de algún modo...

—Te lo diré para que puedas colgarle en la plaza del pueblo.

Fue a su habitación y preparó toda la documentación que tenía sobre su despido. No era demasiada; sus contratos y la carta de despido en la que el abogado de la empresa, al que conocía de las cenas de Navidad, detallaba las terribles pérdidas ocasionadas por su traición. Porque enviar el informe al cliente un día antes de la fecha fijada para cerrar el contrato había provocado que este mostrase el informe a otro despacho de arquitectura y consiguiese una oferta mucho más económica con los mismos materiales ofrecidos. En total era una carpeta con una docena de páginas, incluidas sus últimas nóminas.

—Hola, Nuria, ¿cómo estás? –había telefoneado a su prima, sentada en la cama de su antigua habitación. Su mirada se perdió en una de las antiguas fotografías de las dos juntas en las fiestas del pueblo, el año en el que ambas fueron cobijadas infantiles, vistiendo el traje típico de la localidad–. ¿Te acuerdas cuando fuimos cobijadas infantiles?

—Sí, claro. Casi me caigo en el camino hacia el escenario, no es fácil eso de andar solo con un ojo destapado. –Rio Nuria. El traje de cobijada estaba compuesto por unas enaguas blancas con tiras bordadas, también blanca era la blusa adornada con encajes, cubiertas por una saya negra que se sujetaba a la cintura, y un manto negro fruncido con el interior de seda blanca, que cubría a la mujer permitiendo que quedase al descubierto tan solo el ojo derecho.

—Qué bien lo pasamos con lo pequeñas que éramos.

—Pues sí, nunca se me olvidará tu hermano vestido con traje de chaqueta, estaba guapísimo y también Hugo, por cierto.

—¿Hugo?

—Sí. ¿No te acuerdas? Como yo no tengo hermano mi madre le pidió a Hugo que fuese mi acompañante.

—Uf. No me acordaba para nada.

—¿Me has llamado para hablar de cuando fuimos cobijadas? ¿Te ha dado un ataque de melancolía?

—No. Acabo de ver la foto de mi habitación y me he acordado. Te llamo para pedirte opinión, el abogado, Tyron, va a venir a cenar a Vejer.

—A cenar contigo.

—Sí. No empieces tú también, por favor, que mis padres me han dado la tarde con sus elucubraciones de que es un viejo verde y quiere corromperme. —Oyó la risa de su prima al otro lado del aparato—. Es una cena profesional en la que vamos a tratar el caso. ¿Dónde lo llevo a cenar que podamos hablar con tranquilidad y sea bonito? Me imagino que estará acostumbrado a restaurantes elegantes, pero piensa algo que no me cueste un ojo de la cara.

—Así, sin reserva ni nada es complicado pero... Tengo el sitio perfecto. Llévale a cenar a El Califa.

—¿A El Califa? ¿Sin reserva? ¿Estás loca? —Podía llevar años sin ser habitual en el pueblo, pero no los suficientes como para olvidar lo concurrido de aquel restaurante en particular.

—Déjame que llame a Fede un momento y vea si es posible.

—¿Fede sigue trabajando en El Califa?

—Sí, es el jefe de sala desde hace un año.

—¡Vaya, enhorabuena! —dijo pensando en cuánto había descuidado saber de la vida de su familia.

—En cinco minutos te contesto por mensaje.

—Gracias.

—De nada, para eso están las primas, ¿no?

Capítulo 10

Hugo

Carraspeó ante el espejo y sus ojos azules le devolvieron la mirada, se peinó el flequillo hacia un lado con los dedos y pulverizó un par de veces el perfume a los lados del cuello. Sintió el escozor del alcohol sobre la piel recién afeitada.

Miró el reloj de pulsera plateado y resopló desganado. En veinte minutos recogería a Yolanda en la casa de sus padres y la llevaría hasta el restaurante en el que le pidió que fuesen algo más que amigos, casi dos años atrás.

Por la cercanía a la fecha de su segundo aniversario, la semana próxima, algo en su interior le hacía temer que aquella cena de celebración acabase convertida en una encerrona en la que el tema del matrimonio hiciese aparición de un modo mucho menos sutil de lo que lo había hecho en la ocasión anterior.

Hacía seis meses de aquel momento, y aún se le erizaban los cabellos de la nuca al recordarlo. Fue demasiado incómodo. Yolanda le pidió que le acompañase a la boda de una de sus amigas y durante el enlace en la ermita de la Virgen de la Oliva, con los ojos llenos de lágrimas de emoción, le miró y le dijo: «El día de nuestra boda tiene que ser tan perfecto como este».

Él tan solo fue capaz de sonreír mientras contenía el aliento. Después de aquello pasó unas semanas comentado cada vestido de novia que veía en las series de televisión y llevó a su casa su cepillo de dientes por primera vez.

Los meses pasaron y su fiebre matrimonial parecía haber descendido varios grados. Pero algo le decía que estaba a punto de vivir una remontada épica.

Nunca se había planteado casarse. Se sentía a gusto en su situación actual. Había tenido varias parejas antes de Yolanda, algunas durante sus últimos años en Granada, otras en su propio pueblo, pero pasados los meses la relación dejaba de funcionar, de «fluir», y acababa dejándolas o eran ellas quienes ponían el punto y final. Aunque aquella era la primera ocasión en la que había llegado a los dos años con la misma mujer.

¿Por qué no sentía deseos de dar el paso siguiente? De asentar la cabeza y puede que, quizá, no casarse pero sí vivir juntos, hacer planes de futuro a largo plazo, pensar en tener hijos algún día... Estaba a gusto con Yolanda, era bonita, divertida, trabajadora... pero no se imaginaba envejeciendo a su lado. Solo necesitaba tiempo para hacerse a la idea, se dijo.

Quizá es que eso del amor con mayúsculas del que la gente hablaba, ese sentimiento que nacía de las entrañas, no era más que un cuento chino.

Él solo recordaba haberse enamorado una vez. Una sola vez en toda su vida. Esa sensación de nerviosismo en el pecho como si una marabunta de hormigas rojas lo recorriese de arriba abajo, de sudor en las manos, de sequedad en la boca. Solo en una ocasión había padecido todo aquello, cuando solo era un adolescente. Y la culpable había sido Estela.

La misma mujer con la que acababa de reencontrarse.

Había cambiado, mucho, demasiado. Y sin embargo resultaba extraño que algo en su interior le decía que continuaba siendo la misma. Preciosa, distinta, especial.

Su teléfono comenzó a sonar. Era Yolanda, ansiosa porque la recogiese con el coche.

Capítulo 11

Estela

«Tengo que causarle buena impresión, que no me vea desesperada, pero que tome interés por el caso». Se repetía mientras esperaba en el interior del restaurante sentada a una de las mesas de la terraza.

Le había enviado las señas en un mensaje que ya había leído, así lo indicaba el móvil. Como foto de perfil Tyron Lancaster tenía un precioso atardecer en una playa espectacular, así que no tenía la más remota idea de su aspecto. Ella en cambio tenía una foto de sí misma, sonriendo a cámara con aire coqueto con dos trenzas. Se sintió ridícula de que esa fuese la primera imagen que viese de ella, podía hacerse una idea equivocada, aquel era su teléfono personal, en el profesional, mientras lo tuvo, siempre utilizó una imagen mucho más formal.

Así que no sabía el aspecto de a quién esperaba y pasaba los minutos comprobando la hora en el móvil y mirando hacia la entrada.

Nuria había cumplido con su palabra y Fede les había conseguido una mesa que a las diez y media, puntuales como Cenicienta, debían abandonar, pues estaba reservada.

La decoración era exquisita, el restaurante se hallaba en el antiguo edificio de un granero de piedra del siglo XVI, con un jardín lleno de palmeras, mesas de piezas de cerámica y sillas de metal de estilo marroquí. Un entorno excepcional para que el letrado no pensase que trataba con una desempleada en apuros que no alcanzaría a pagarle el alto coste de sus servicios.

Un caballero de unos cincuenta años entró al jardín, miró en todas direcciones como si buscase a alguien. Estuvo a punto de alzar la mano y saludarle, pero entonces el señor reconoció a una mujer en una de las mesas y fue hacia ella.

Resopló disgustada. Miró el móvil, no había mensajes ni llamadas perdidas. ¿Y si al final la dejaba plantada?

Recibió un mensaje:

Nuria: ¿Qué tal el viejo verde? ¿Es cómo lo esperabas?.

Estela: Peor.

Nuria: ¿Qué le pasa? ¿Verrugas? ¿Calvicie?

Estela: Solo tiene un ojo. Bromeó riendo mientras escribía.

Nuria: No fastidies.

—Quien a solas ríe sus maldades recuerda, o algo así dice el refrán, ¿no es cierto? —dijo una voz grave muy cerca. Alzó la mirada del teléfono y se topó con un hombre alto y de cabello oscuro, de entorno a los treinta y pocos, con un hoyuelo en el mentón, que le sonrió—. Lamento el retraso, pero había mucho tráfico en la carretera.

—¿Señor Lancaster? —dudó.

—Ese es mi padre, a mí mejor llámame Tyron. No te importa que te tuteé, ¿verdad? —advirtió con una sonrisa de lo más seductora. No estaba tan mal Tyron Lancaster, de hecho era bastante atractivo, pensó.

—No, en absoluto —dijo Estela incorporándose. El letrado le ofreció la mano, que estrechó con energía.

—Es un lugar precioso —afirmó admirando en derredor—. ¿Has pedido ya?

—No, estaba esperándole. Esperándote.

—No tenemos demasiado tiempo, así que será mejor que vayamos directos al grano, ¿qué te parece?

—Que está bueno. —El subconsciente acababa de traicionarla.

—¿Qué?

—Bien. Que está bien.

—Cuéntame, ¿cómo comenzaste a trabajar para Walcott?

—Lo cierto es que fue gracioso. Una mañana, en la que llevaba el currículum por segunda o tercera vez, lo dejé a la recepcionista para que lo entregase a recursos humanos y me subí al ascensor. Junto a mí entró un hombre de entorno a los sesenta años y una chica joven, a la que iba diciéndole cosas del trabajo. Estaban justo ante mí, como si yo fuese transparente pegada a la parte trasera del ascensor. Pero entonces el ascensor se detuvo y se apagaron las luces. La chica comenzó a gritar, tiró los documentos que llevaba al suelo. El señor la agarró de los brazos tratando de calmarla, pero estaba histérica. Entonces pulsé el timbre de alarma y pareció que me viese por primera vez, su mirada tenía un tinte suplicante de que no sabía qué hacer en aquella situación. Me coloqué ante la chica y pensé en algo que pudiese ayudarle a calmarla, le canté una canción y funcionó. El señor Walcott se quedó muy impresionado de mi sangre fría y cuando salimos me dio las gracias y me preguntó para qué había ido al edificio. Yo no sabía quién era él, y bueno... me dio una oportunidad.

Un camarero se acercó, tomó nota de sus bebidas, dos refrescos de cola, y los trajo enseguida, marchándose mientras pensaban la comida.

—Hay algo que no me ha quedado claro —sugirió con un mohín, apretando los labios finos cuando volvieron a quedarse a solas.

—¿Qué?

—¿Qué canción cantaste? —preguntó antes de sonreír. Estela se echó a reír.

—No, ni hablar. Fue la primera canción que se me ocurrió y todavía me avergüenzo al recordarla.

—Vamos, Estela. Soy tu abogado y estoy bajo secreto profesional, nadie lo sabrá —sugirió, sonriendo con sus ojos castaños, rodeados de pequeñas arruguitas, dando un sorbo de su refresco.

—*Doraemon* —dijo con pudor.

Al oír aquel nombre, Tyron Lancaster se atragantó y comenzó a toser. Estela se incorporó y sin pensarlo comenzó a darle golpecitos en la espalda. El tacto de la camisa blanca era muy suave y su nuca de lo más sensual, pensó sin poder evitarlo. Y se reprendió a sí misma por tener aquel pensamiento de su abogado mientras se ahogaba—. ¿Estás bien?

—Sí —aseguró aún entre toses mientras regresaba a su sitio frente a él en la mesa—. Discúlpame, pero te he imaginado en un ascensor con el dueño del imperio Walcott cantando esa canción infantil.

—Ridículo, ¿verdad?

—Pero te sirvió para llamar su atención, y que te diese esa oportunidad que tan bien aprovechaste.

—Ahora pienso que quizá habría sido mejor que no lo hiciese.

—En absoluto, yo me encargaré de demostrar que fue él quien se equivocó al despedirte, pero me imagino que habrás aprendido mucho y eso te ha llevado a ser la arquitecta que eres hoy —aseguró con una sonrisa cuando una camarera se acercaba a tomarles el pedido. Cuando Estela alzó la cabeza y reconoció el rostro de su prima Nuria, sintió un nudo en la garganta.

—Buenas noches, ¿han decidido ya lo que van a tomar? —preguntó como si no la conociese de nada. Cuando Tyron descendió la vista hacia la carta de nuevo, Nuria le guiñó un ojo después de hacer un gesto con las cejas sobre su acompañante.

—Yo quiero tabulé y después cous cous agridulce de ternera.

—¿Vienes a menudo? —le preguntó Tyron sin alzar aún la mirada de la carta—. Veo que tienes muy claro lo que quieres.

—He venido a menudo, en el pasado, y es como si estuviese en familia. —Lanzó hacia Nuria, que apretó una sonrisa en los labios.

—Está bien, recomiéndame, entonces.

—Pero no sé lo que te gusta.

—Me gustan las cosas dulces y bonitas —afirmó, y sin saber por qué el corazón se le aceleró de modo súbito.

—Creo que será mejor que te recomiende la camarera, ella sabe mejor los platos y...

—Quiero que me recomiendes tú. Vamos, tengo buen paladar.

—Está bien, allá tú. Para el caballero *mezze* del chef y *tagine rif.*

La camarera desapareció con los pedidos, dejándoles a solas. Estela dio un sorbo de su refresco mientras le observaba responder mensajes en su teléfono.

—Discúlpame, es que llevo todo el día fuera del bufete y tengo a los compañeros preguntándome mil cosas. Pero es tarde y se acabó, ahora toca disfrutar de la cena, y la compañía, por supuesto —afirmó bloqueándolo, guardándolo en el bolsillo de la chaqueta de paño azul que había dejado colgando en la silla.

—Gracias. Tú acento me confunde, ¿no eres del peñón?

—No, soy de Hampshire. Toda mi familia vive allí, pero llevo doce años en Gibraltar y se me ha pegado algo el acento.

—¿Llegaste a Gibraltar a trabajar?

—Llegué por amor. Conocí a una chica en la universidad, en Oxford, ella era gibraltareña y la seguí hasta aquí. Esa chica acabó convirtiéndose en mi mujer, después del divorcio, no quieras imaginar un divorcio entre dos abogados —masculló en tono de humor—, me quedé porque La Roca tiene mucho potencial. Siendo el rincón del mundo con más empresas por metro cuadrado hay mucho trabajo para los abogados.

—¿Tienes hijos?

—No.

—Estoy siendo indiscreta, ¿verdad? Cuando me pongo nerviosa hablo de más y bueno...

—¿Estás nerviosa? ¿Por qué?

—No lo sé. Por todo en general, por esta reunión, por hablar del despido, porque hoy ha sido un día duro...

—¿Hoy ha sido un día duro?

—Sí, he comenzado a trabajar en unas cuadras para poder ahorrar dinero —«Hala, Estela, acabas de dejarle claro que estás más tiesa que el palo de la bandera», se dijo—. Más dinero, quiero decir, porque el dinero lo tengo...

—Tranquila, no vamos a hablar de dinero ahora. Relájate, piensa que estás contándole lo que te ha pasado a un amigo.

Capítulo 12

Hugo

Yolanda se asía a su brazo con determinación, una sonrisa pendía de su rostro desde el momento en el que la había pasado a recoger.

Lo cierto es que estaba muy guapa con el cabello rubio suelto, lo tenía más largo de como solía llevarlo.

Miró a los dos en el largo espejo de pie de la recepción del restaurante, su camisa de diminutos cuadros azules y blancos y los vaqueros gastados; y ella con un mono blanco que resaltaba el tono tostado de su piel y los labios teñidos de carmín rosa pálido. Parecían haberse vestido a juego. Quizá esa era la razón por la que su novia no dejaba de sonreír.

O quizá no.

Fede, el jefe de sala, acudió a atenderles. Hugo le saludó con familiaridad, pues era el novio de una de las primas de su amigo Javi y le conocía desde hacía años.

–Seguidme –pidió, y ambos recorrieron el pasillo de paredes de piedra hasta llegar al jardín del califa, la zona al aire libre del restaurante.

Y entonces la vio.

Estela.

No podía dar crédito.

¿Es que ahora iba a encontrársela por todas partes?

Estaba sentada a una de las mesas de la derecha junto a la zona de las pérgolas de aquella especie de patio decorado con infinidad de plantas.

Y no estaba sola.

La acompañaba un hombre, al que no podía ver porque le daba la espalda

Ella sin embargo no le vio. Parecía muy distraída con lo que quiera que aquel tipo le estuviese contando.

¿De quién podría tratarse?

Alguien importante, sin duda. Se había arreglado a conciencia para el encuentro, llevaba los labios pintados con carmín rojo y el cabello color avellana recogido en una coleta baja. Estaba preciosa, con un vestido azul con un volante bajo los hombros, al descubierto.

Él era moreno y vestía un elegante traje de chaqueta.

Javi no le había mencionado que su hermana tuviese pareja, aunque… no tendría por qué hacerlo para pedirle que la ayudase con el empleo.

Mierda.

¿Cómo podía haber pensado siquiera que una mujer como ella estaría sola a aquellas alturas?

—¡Hugo! ¡Hugo, por favor!, ¿quieres sentarte? —le llamó Yolanda algo sulfurada, provocando que la mesa contigua les prestase su atención, también la más alejada, los ojos de Estela le capturaron. Él fingió no haberla visto y centró su atención en su novia, ya acomodada en una de las sillas de forja, de espaldas a ella y a su acompañante.

—Lo siento.

—¿Qué van a querer beber? —preguntó el camarero con su *tablet* preparada para el pedido.

—Una Cola.

—¿Cola? Pidamos un vinito, ¿no? —sugirió Yolanda.

—Sí, sí... Eso —dijo él mirando por su lateral, encontrándose entonces de frente con los ojos de Estela, que le miraron con algo parecido al pudor, un instante antes de volver a centrarse en su acompañante.

—¿Blanco o tinto?

—Vale.

—¡Hugo! —insistió irritada. Incluso se giró y miró a su espalda, pero no vio nada especial que pudiese llamar tanto la atención de su novio—. ¿Se puede saber qué te pasa?

—¿A mí? Nada.

—Pues hazme caso, por favor. ¿Vino blanco o tinto?

—Blanco. Cune.

—De acuerdo. —El camarero se marchó con el pedido.

—Qué noche tan bonita, ¿verdad, cariño?

—Sí.

—Y este lugar es tan romántico... Está todo precioso —afirmó con una sonrisa.

—Ajá.

—¿Qué tal te ha ido el día?

—Bien. Hoy he tenido una alegría, el caballo del que te hablé que no sabía lo que le sucedía, Olympic, ¿recuerdas? —Centró entonces su completa atención en ella, olvidándose de la espalda del desconocido.

—No, pero dime. ¿Qué le pasa?

—Que se negaba a alimentarse y estaba debilitándose mucho. Pues hoy ha comenzado a comer.

—¿Y eso? ¿Qué le has hecho?

—Yo nada, ha sido... —Sin poder evitarlo sus ojos

volvieron a Estela mientras el camarero llegaba con una bandeja con dos copas y una botella de vino. Ella se colocaba el cabello tras la oreja mientras reía por algo que aquel tipo debía haberle dicho. Menudo payaso debía estar hecho, se dijo–. Ha sido una chica que ha comenzado a trabajar hoy, estuvo acariciándolo, hablándole y el animal ha vuelto a comer.

–Vaya, qué bien –exclamó con fingido interés mientras el camarero abría el vino y les servía. Lo probaron, delicioso, como de costumbre. Les dejó la carta con la promesa de que regresaría en breve a por sus comandas–. ¿Sabes que tenemos boda a la vista?

–¿Sí?

–Mi amiga Lorena y Mateo se casan la próxima primavera, me lo han dicho hoy.

–Me alegro por ellos.

–Ya sabes lo que dicen.

–¿Qué dicen?

–Ay, Hugo, a veces pareces tonto. Eso de que de una boda sale otra boda.

–Ah, claro, eso. ¿Qué vas a comer?

Capítulo 13

Estela

–Este caso está ganado.
–¿Eso crees?
–Estoy seguro, Estela. El tuyo ha sido un despido improcedente en toda regla. Trataré de ponerme en contacto en tu nombre, si me lo permites, con la secretaria del señor Walcott, e intentaré que dé su versión de lo sucedido.
–No, por favor. No quiero que lo mío salpique a nadie más del despacho, y que por recuperar mi trabajo alguien pierda el suyo.
–Eso te honra. Si alguien declarase a tu favor sobre lo sucedido esa mañana, que detallase que fue la sobrina diabólica quien dio la orden y no tú, podríamos ahorrarnos llegar a juicio –aquel apelativo a la susodicha la hizo reír de veras, a pesar de lo intimidada que se sentía, aún no sabía por qué, desde que Hugo había llegado a cenar acompañado de la que debía de ser su novia.

Y qué guapa era la condenada.

¿Y eso a ella por qué tenía que molestarla?

—Lo prefiero, de veras. Emily debió recibir una soberana reprimenda de parte de la sobrina diabólica para que no interviniese, mientras yo trataba de defenderme. Lo cual no hizo más que enfurecer a Walcott cuando acusé a su sobrina.

—No pasa nada. El caso está ganado de igual modo. Pero...

—Oh, no, peros no.

—Pues sí. Hay uno: no voy a poder hacerme cargo de él.

—¿Cómo? ¿Por qué? Si acabas de decirme que está ganado y conseguiré el dinero para la fecha prevista, en septiembre tendré...

—No me malinterpretes. Mi bufete llevará el caso y yo me encargaré de que el resultado sea el esperado, lo dejaré en manos de Jack Riverton, alguien de mi total confianza. Pero no puedo encargarme personalmente porque sería poco profesional por mi parte llevar el caso de alguien a quien me gustaría volver a invitar a cenar, o a bailar, o a lo que tú quieras, otro día. ¿Qué te parece? –preguntó, dejándola estupefacta, con la cuchara clavada en la bola de helado de canela y rosas–. Vaya, eso debe significar que no te gusta demasiado la idea. O que me prefieres como abogado antes de como... pretendiente.

—No, no, discúlpame –reaccionó–; es solo que me ha pillado desprevenida.

—Podría recogerte este mismo domingo, es mi único día libre y, si te apetece, me encantaría llevarte al mar.

—Lo cierto es que soy un poco friolera, y aún es pronto para ir a la playa.

—Me refiero a ir al mar, a dar una vuelta en barco. Podría venir a recogerte y pasar el día juntos, dar un paseo por la costa... Si te apetece la idea –afirmó, posando una mano sobre la suya en la mesa.

¿Le apetecía?

Era joven, atractivo, simpático e inteligente, y además de todo eso quería invitarla a navegar en su barco.

Y, sin embargo, no sentía mariposas.

Pero no las había sentido durante años, con ninguna de las tres parejas más o menos estables que había tenido, incluso comenzaba a pensar que eran un efecto secundario de la juventud que ya no le afectaba. Atracción sí, nerviosismo también, como el que percibía en ese momento, mariposas, no.

–Sí, claro que me gustaría.

–Perfecto.

–Voy al baño un momento, ahora mismo vuelvo.

Caminó, convertida en un manojo de nervios, hacia el interior del restaurante, en cuanto atravesó el umbral divisó a Nuria conversando con uno de los camareros y fue directa hacia ella.

–¿Cómo se te ocurre?

–¿Qué?

–Disfrazarte de camarera solo para verle.

–¿Yo? Qué va, solo he venido a echarle una mano a mi novio.

–Sí, claro.

–Palabrita del niño Jesús –dijo guiñándole un ojo muerta de la risa–. Y no sabes cuánto me alegro de haber venido, con esa clase de abogados estoy por darle una hostia a alguien para que me denuncie.

–¡Nuria!

–Es la verdad. Está como un queso.

–¿Quién está como un queso? –preguntó Fede al pasar por su lado–. Bienvenida de vuelta, Estela.

–Muchas gracias –dijo dándole un par de besos.

–¿Y bien? Por qué habla mi novia de quesos.

–Hablo de mi prima, estoy diciéndole que está

como un queso, está con la autoestima un poco baja con todo lo que ha pasado, ¿verdad? –sugirió, haciéndole un gesto con las cejas de que le siguiese el juego.

—Sí, sí. Estoy un poco decaída.

—Pues no te vengas abajo, Estela. Que vales mucho. Bueno chicas, os dejo, y tú, Nuria, me saltas con que querías trabajar esta noche pero estás un poco alelada, espabila si quieres que te pague –dijo con una sonrisa desapareciendo hacia la cocina.

—Así que solo por ayudarle a tu novio…

—Esa era la idea, en esencia. Pero cuéntame, ¿qué tal? Por qué has salido disparada hacia aquí.

—Porque por un lado me ha dicho que el caso tiene muy buena pinta y por el otro me ha pedido que volvamos a vernos, como una cita.

—¿Qué? Cuéntamelo todo.

—Dice que podremos demostrar que el despido…

—Eso no, lo de la cita.

—Pues eso, que se siente a gusto conmigo y tal, vamos, que quiere que volvamos a vernos.

—Ay, madre. –Su expresión de júbilo cambió al instante al mirar a alguien situado por detrás de su espalda–. Hola, Hugo. Voy dentro, creo que mis comandas están listas –dijo desapareciendo hacia la cocina, dejándoles a solas en la barra.

—Buenas noches, Estela.

—Buenas noches.

—¿Cómo están tus manos?

—Bien, mejor –dijo mostrándoselas, las ampollas estaban vacías, aún dolían entre los dedos, pero mucho menos. Por suerte Tyron parecía no haberse dado cuenta de sus dedos de obrera.

—Estás muy… diferente.

—Gracias. Tú también, y ella es muy guapa. —La garganta se le había secado. Los profundos ojos azules de Hugo, taladrándola, no ayudaban demasiado.

—Es mi novia. Se llama Yolanda.

—Ah, pues a ver si me la presentas un día de estos —dijo, tratando de ser amable. No tenía la menor intención de conocerla en realidad, tenía una cara de estirada que echaba para atrás—. ¿Trabajas mañana en la hacienda?

—Sí. Trabajo todos los sábados por la mañana. ¿Por qué?

—Para acercarme a saludarte cuando termine mi reunión con Gilbert.

—Ten mucho cuidado con Jon Gilbert.

—¿Por qué?

—Si tu novio es celoso, mejor que no sepa para quién vas a trabajar.

—Él no es mi novio. ¿Qué estás insinuando?

—¿No es tu novio?

—No. ¿Qué pasa con Gilbert?

—Jon Gilbert tiene una marcada tendencia a mezclar los límites del trabajo con los del dormitorio.

—¿Perdona?

—Le conozco hace mucho tiempo. No te ofendas, es solo un consejo...

—Me ofendo. Claro que me ofendo.

—Solo intento decirte que temo que el hecho de que le hayas dado de comer a Olympic no sea el único motivo por el que Jon se ha fijado en ti. Y tiene una fama merecida de donjuán.

—¿Y?

—¿Y? Que después de pavonearse, de invitarte a cenar y a pasear en su Ferrari, en el momento en el que logre lo que quiere de ti, te despedirá sin más.

—Pero, ¿serás cavernícola? ¿Quién te crees que eres? Es que ahora te preocupa mi honor.

—Tu honor no, idiota. Me preocupa que te quedes sin trabajo —proclamó ofuscado.

—Idiota serás tú. Y si te crees que es la primera vez que me las veo con un tipo rico que cree que puede comprarlo todo con su dinero te advierto que he estado trabajando con y para ellos todos estos años. Así que no te preocupes tanto por mí.

—Mira, ¿sabes qué? Perdona por haberte llamado idiota, aunque te comportes como tal, olvida todo lo que te he dicho —sentenció, y se alejó caminando en dirección a los aseos.

Estela no podría expresar cómo se sentía. ¿Molesta, ofendida? ¿Iracunda? Ella misma había leído en los ojos de Jon Gilbert que se trataba de un auténtico seductor, con la típica sonrisa de suficiencia de quien cree tener el mundo a sus pies, pero le molestaba que Hugo diese por sentado que pretendía algo más, y peor aún, que fuese a caer rendida a sus brazos. ¿Qué concepto tenía de ella?

Qué poco la conocía. Nada. En absoluto.

Si supiese la proposición que recibió en uno de sus viajes a Dubái se caería de espaldas. Un jeque árabe, sexagenario, pariente en segundo grado de la familia real, le ofreció un anillo de un millón de dólares por compartir un fin de semana con él. Ella declinó la oferta con amabilidad y terminó de venderle el proyecto del edificio de oficinas en el que había pasado trabajando los últimos seis meses.

Dubái. Con sus rascacielos, sus pintas de cerveza en The Irish Village Aviation Club, junto a Garhoud Road, una de las más importantes avenidas de la ciudad cercana al aeropuerto internacional. ¿Volvería alguna vez?

Miró en dirección a la mesa en la que Tyron aprovechaba su ausencia para responder mensajes en su teléfono. Por suerte no había prestado atención a su disputa.

Caminó hacia el baño y entró. Antes de salir se lavó las manos y se echó agua fresca en la nuca. Estaba acalorada, se sentía arder por dentro por la discusión con Hugo, aún tenía ganas de abofetearle.

Al salir al pasillo se topó con sus ojos. Estaba esperándola, con la espalda apoyada en la pared de piedra del minúsculo corredor. Se mesó los cabellos nervioso al verla aparecer, ella, muy digna, alzó la barbilla y se dispuso a pasar por su lado como si no le hubiese visto.

–Estela... –Continuó caminando–. Estela, espera.

–¿Quieres ofenderme otra vez? ¿No te has quedado a gusto? –fue su respuesta, cruzando junto a él.

Hugo la agarró del codo, deteniéndola.

–Espera. Discúlpame. No tenía derecho a decirte nada de eso.

–No, no lo tenías. Y sé que tengo que agradecerte el hecho de que tenga un trabajo, pero de verdad que no sé qué narices te he hecho y por qué me detestas de este modo. Parece que te doy asco.

–¿Asco?

–Sí, asco, y no sé por qué.

–Te fuiste. Te largaste, no volviste a saber nada de mí y no te importó.

–¿Y este numerito es por eso? Lo siento. Es cierto. Fui una egoísta, me centré en mi carrera y me olvidé de los amigos de mi hermano.

–¿Eso era yo para ti? ¿Un amigo más de tu hermano?

–¿Qué quieres que te diga, Hugo?

–¿Cómo puedes haberlo olvidado?

—¿Olvidado, qué? ¡Por Dios santo!, ¿de qué soy culpable?

—Déjalo —dijo dispuesto a marcharse, pero en esta ocasión fue ella quien le retuvo con toda su fuerza.

—No. ¿Qué he olvidado?

—Ni siquiera me reconociste en la cafetería.

—Porque has cambiado mucho, muchísimo. ¿Qué he olvidado? —le exigió, sujetándole contra la pared, muy cerca de su rostro, alzada en puntillas para enfrentar sus ojos.

—Esto.

Entonces la besó. La aprisionó contra la puerta del cuarto de servicio del personal en aquel pasillo desierto y su lengua se abrió paso entre sus labios, deslizándose hasta el interior de su boca, acariciándola, deshaciéndola, provocando que un auténtico volcán estallase en su pecho.

Estela, sorprendida, le miró con los ojos abiertos. Algo se estremeció en su interior. Reconocía aquella mirada, tan próxima, tan ardiente.... pero en cuanto sus labios se enredaron con los suyos tan solo pudo sentir. Placer, el del dulce aleteo del roce de aquella lengua cálida y húmeda en el interior de su boca, de aquellos labios ardientes y suaves. De aquellas manos que la sostenían por las nalgas oprimiéndola contra su cuerpo, permitiéndole percibir la erección que comenzaba a marcarse dura y firme aún a través del pantalón.

Hugo tanteó la manija de la puerta y esta cedió. La abrió y sin apartarse de sus labios se colaron dentro del almacén de productos de limpieza. No fue hasta que abrió los ojos cuando Estela percibió que se habían movido de lugar. Estaban en penumbras. Pero volvió a cerrarlos al sentir cómo aquella boca anhelante se deslizaba por su garganta. Él situó una de sus rodillas entre sus piernas, subiéndole el vestido, y Estela se meció sobre su erección, ansiosa, desbocada mientras sus manos le sujetaban las nalgas a través de la ropa interior.

Solo una vez en toda su vida se había sentido así, pero hacía una eternidad de aquello, y ella era demasiado joven como para dar respuesta a esa sensación. Ahora en cambio se moría por saciar el deseo de su cuerpo, en ese preciso instante.

Hugo

Al fin, al fin la tenía entre sus brazos, enredada en su cuerpo, deshecha con sus besos, y no le decía que parase, que se contuviese. Supo que le deseaba tanto como él a ella.

Su cuerpo rugía por hacerla suya.

Sentía una punzada honda y lacerante en la entrepierna.

Y otra aún mucho más fuerte en el pecho.

Al fin volvía a saborear aquellos labios.

Pero una luz se prendió en su mente.

No podía.

No podía hacerle aquello a Yolanda. Ella estaba fuera, probablemente hubiese comenzado a preocuparse por su ausencia.

Ella le quería.

No sin dificultad se apartó de aquella boca que quemaba como el infierno. Que le buscaba, que regresaba a él.

—Estela, Estela... Esto está mal —masculló en penumbras mientras ella le besaba de nuevo como si no le oyese—. Estela, no podemos hacer esto. Está mal.

—¿Qué?

—Mi novia, está ahí fuera… Y tú… pareja.
—Tienes… tienes razón –balbució.
—Lo siento, me he dejado llevar. Lo siento, de veras –dijo apartándose de ella. Sintiéndose estúpido escondido en aquel cuarto de las escobas–. Perdóname. Será mejor que… Esto no… Esto no ha sucedido.

Estela

Hugo abandonó el armario a toda velocidad, dejándola sofocada, con el aliento convertido en un jadeo y mojada en su intimidad.

Se recolocó el vestido y se aclaró la garganta antes de abrir aquella puerta muerta de miedo por encontrarle al otro lado, o por no hacerlo.

Caminó de regreso hasta su mesa y dedicó un ligero vistazo a en la que Hugo y su novia conversaban, la miró de reojo, pero no hizo el menor gesto de conocerla, quién diría que solo un par de minutos antes se habían besado a escondidas.

Tyron alzó la vista con una sonrisa al verla llegar.

—Comenzaba a preocuparme –dijo.

—Me he encontrado con una amiga y nos hemos saludado.

—Claro. Tranquila, he aprovechado para dejar zanjados algunos frentes abiertos. Cuando eres el dueño de tu propio bufete no tienes horario –afirmó, pagado de sí mismo.

Media hora más tarde la llevó a casa en su flamante Ford Mustang y caballeroso le abrió la puerta, acompañándola hasta la entrada.

—Ha sido una velada estupenda —dijo, detenidos bajo el inmenso azahar que, entretejido sobre sus cabezas, proporcionaba una estupenda sombra al patio exterior los días de sol.

—Lo ha sido —admitió con sinceridad. Al menos hasta que Hugo la acorraló en el corredor de los aseos y la besó como si no hubiese un mañana. Para después no volver a dirigirle una sola mirada en el restaurante. ¿Por qué habría hecho algo así? Esos ojos azules...

—Jack te llamará el lunes.

—¿Jack?

—Mi empleado del bufete.

—Es cierto.

—Esperaré la llegada del domingo con inquietud. Te recogeré a eso de las diez, si te parece bien. —El domingo. Después de lo sucedido en el pasillo de los aseos ni siquiera recordaba haber aceptado su invitación.

—Claro. Sí. Hasta el domingo.

Tyron se acercó a ella y Estela temió que intentase besarla en los labios. Lo hizo en la mejilla, en cambio. Olía a perfume, a un caro perfume masculino. Pero entonces la luz del patio de la vivienda se encendió y Estela no pudo evitar echar a reír al imaginar a su padre agazapado junto a la ventana.

—Ya voy papá —proclamó en voz alta. Tyron también echó a reír—. Parece ser que al regresar a casa regresan las antiguas costumbres.

—Buenas noches, Estela.

—Buenas noches, Tyron.

Abrió la puerta y se bajó de los tacones, encendió la luz y descubrió a su progenitor sentado en el sofá junto a su madre, mirándola con expresión inquisitiva.

Pero entonces, desde el lugar más recóndito de su

memoria, le llegó una revelación que nada tenía que ver con el interés de ambos.

¡Los ojos de Frankenstein!

Su corazón se saltó un latido al descubrirlo.

Los ojos de Hugo eran los ojos de Frankenstein.

¿Cómo podía no haberse dado cuenta hasta entonces?

Claro que le resultaban familiares, como aquellos labios habían despertado una sensación que durante años no había vuelto a experimentar.

Su primer beso. Una noche de carnaval. Con dieciséis años. En la fiesta de disfraces del instituto se perdió de su prima Nuria y acabó en el exterior, tratando de refrescarse del acalorado ambiente. Había bebido un par de chupitos y se había mareado un poco, pero la temperatura del patio trasero la ayudó a calmarse. Varios chicos y chicas fumaban junto a la salida, ella caminó por el lateral y se sentó en el escalón de una de las puertas cerradas. Se oía la música del interior con bastante intensidad. Los focos iluminaban el recinto dejando espacios sombreados.

Alguien se le acercó. Un chico alto que al ser alcanzado por la luz distinguió con un disfraz de Frankenstein.

Era alto y atlético, con el rostro pintado de verde con rojas cicatrices dibujadas y dos gruesos tornillos de porexpán a ambos lados de la cabeza. Vestía un traje de chaqueta del año de la polca lleno de remiendos y una peluca negra rizada. Pero a pesar de todo esto lo que más destacaba sobre el tono verde mutante de su pintura facial eran sus preciosos ojos azules.

Estela le había distinguido mirándola en un par de ocasiones en el interior de la fiesta, también ella le había mirado, tratando de adivinar si le conocía.

—¿Estás bien? —le preguntó con la voz muy ronca.
—Sí. Gracias. Solo necesitaba un poco de aire.
—Demasiado calor —masculló.
—Demasiado. —Sonrió —. ¿Cómo te llamas?
—Frankenstein. ¿Y tú?
—Yo pretendía ser Alaska, pero me he quedado en Bruja Avería —Rio, provocándole la risa.
—Estás preciosa.
—¿Nos conocemos?
—No lo sé. Dímelo tú.
—Creo que sí.

En ese momento la música comenzó a entonar *Me muero*, de La Quinta Estación, y Frankenstein le ofreció la mano para bailar.

Ella, divertida aceptó y entrecruzaron sus dedos.

Muero por tus besos, por tu ingrata sonrisa,
por tus bellas caricias, eres tú mi alegría...

Apoyada en su pecho sintió el aroma masculino de su piel, mezclado con el olor a pintura. Sintió sus manos en su cintura, comedidas, y el tacto duro de su torso bajo la ropa en su mejilla. Y se meció al ritmo de la música, a solas en un lateral del gimnasio, alejados de la puerta principal.

Le oyó repetir frases de la letra en un susurro.

...que soy yo quien te espera
que soy yo quien te llora
que soy yo quien te anhela
los minutos y horas...

—Nos conocemos, ¿verdad? —le preguntó, y él asintió con una sonrisa.

–Llevo toda mi vida enamorado de ti –sentenció antes de inclinarse hacia ella y besarla con los ojos abiertos. Unos ojos inmensos y azules, unos ojos inolvidables. Estela cerró los suyos, dejándose llevar por la sensación que despertaba en su cuerpo, y el mundo dejó de girar bajo sus pies.

El corazón le latía en la garganta, flotaba en el aire asida a aquellos labios dulces y firmes. Se sintió excitada por primera vez en su vida, cuando aún ni siquiera sabía cómo encajar aquello. Un beso, solo un beso, el primero, la había deshecho como auténtica gelatina.

Nunca había vuelto a sentirse así. Hasta aquella noche.

Capítulo 14

Hugo

La había besado. Por el amor del cielo. La había besado. Aún no sabía cómo había sido capaz, cómo podía haberse arrojado de ese modo a sus labios, jamás pensó en hacerlo, y sin embargo lo había hecho.

El primer día, el primer día en el que se habían reencontrado, a la primera oportunidad, se había lanzado como un salvaje reclamando aquella boca que había añorado durante demasiado tiempo. Y ella había respondido a su beso, vaya si lo había hecho.

En sus labios había desaparecido todo el rencor, toda la frustración e incluso rabia que había acumulado contra ella a lo largo de los años que llevaba sin verla, se habían esfumado como un diente de león azotado por el viento.

Solo con un beso le había devuelto a aquella noche, cuando eran adolescentes y ella no le reconoció vestido de Frankenstein, afónico por las dos noches de fiesta que llevaban celebrando el carnaval los alumnos del último curso. Cuando oculto bajo su disfraz se atrevió a pedirle un baile, y se besaron por primera y única vez, hasta esa noche.

Esa noche en la que por un momento se sintió el hombre más afortunado del mundo, para pasar a sentirse... un auténtico miserable.

En cuanto enfrentó los ojos castaños de Yolanda.

Ella no merecía eso. No merecía que la engañase. Nunca lo había hecho, hasta entonces. Pero por encima de todo no se merecía a alguien como él. Porque si ese beso con Estela le había demostrado algo había sido que no estaba enamorado de Yolanda.

La quería, pero jamás había sentido ese pellizco. Esa desazón en las tripas que aún le producía mariposas al pensarlo.

Por eso debía hablar con ella, debía decírselo. Y aunque aquel no era el mejor momento, no podían pasar la noche juntos sabiendo en su corazón que aún sentía algo muy fuerte por otra mujer. Eso le haría sentirse aún más despreciable.

—¿Te ha sucedido algo en el trabajo? Llevas toda la noche muy callado. —Notó Yolanda al atravesar la puerta de su vivienda—. Parece que vengamos del funeral de Chanquete en lugar de una cena de celebración —aseguró, deshaciéndose de los tacones. Hugo entró tras ella en la casa y dejó las llaves en el pequeño mueble recibidor.

—Lo siento, Yoli.

—Cualquiera diría que no te alegras de mi buena racha.

—Claro que me alegro —afirmó, y ella se giró, abrazándole. Hugo la sostuvo entre sus brazos, mirándola a los ojos. Sintiéndose como si le apretasen un fuerte nudo en la garganta. Como repelida por un imán, Yolanda se apartó de él, mirándole como si no le conociese.

—¿Qué pasa, Hugo? Y quiero la verdad.

—Tenemos que hablar.
—¿De qué?
—De ti y de mí.
—Oh, Dios mío, ¿no irás a pedírmelo ahora, así descalza y despeinada? Has tenido la oportunidad toda la noche, y... ¿vas a hacerlo ahora? —dudó, sin poder camuflar su ilusión. El brillo en sus ojos le destrozó. ¿Iba a hacerlo? ¿Iba a romperle el corazón de ese modo? Era una buena chica. Por ello debía decirle la verdad.
—No. Yoli, no voy a pedirte que te cases conmigo. —Su expresión tornó al enfado, apretó los labios en un mohín de disgusto—. Siéntate, por favor.
—No me voy a sentar. Dime de una vez qué pasa.
Hugo carraspeó, no sabía cómo comenzar aquella conversación.
—Eres una mujer maravillosa. Eres divertida, eres inteligente. Estos años me has hecho muy feliz. —La joven le miraba desconcertada—. Pero, me he dado cuenta de que... no es suficiente.
—¿Qué?
—No estoy enamorado de ti.
—¿Qué? —No daba crédito a lo que estaba diciéndole.
—Me he dado cuenta de que no siento lo mismo que tú sientes por mí.
—¿Que no sientes qué? ¡Eres un gilipollas! No me lo puedo creer. ¿Me vas a dejar? ¿Quién es ella? Porque hay otra, ¿verdad? —le increpó, golpeándole en el pecho con el dedo índice, haciéndole dar un paso hacia atrás.
—Te estoy hablando de lo que siento, Yoli.
—¡Vete a la mierda! ¿Quién es? ¡Dímelo! Es una de tus clientas de la clínica, ¿verdad?
—No.

—¿Quién es?

—Yoli, no estoy enamorado de ti. No le des más vueltas.

—¡No me llames Yoli! Ya no tienes derecho a llamarme así. ¿Que no le dé más vueltas? ¡Desgraciado! ¡Eres un desgraciado de mierda! He desperdiciado dos años de mi vida contigo —proclamó roja de ira—. Pues que sepas que yo también te he puesto los cuernos, ¿recuerdas la despedida de soltera de mi prima Bárbara? ¡Pues me acosté con el *stripper*! Llevo ocho meses sintiéndome culpable cuando tú hacías lo mismo. ¡Imbécil! —gritó fuera de sí antes de coger sus zapatos del suelo y bajar la escalera hacia la salida a toda velocidad, dando un sonoro portazo.

Hugo se sentó en el suelo, junto a la escalera. Yolanda se había marchado sin que tuviese la oportunidad de decirle que él no había hecho lo mismo, por supuesto que no. Él no había perdido la cabeza en una noche de fiesta, él se había reencontrado con el amor de su vida y después de aceptar que no la había olvidado acababa de darse cuenta de que no estaba dispuesto a dejarla escapar, esta vez no.

Capítulo 15

Estela

Tomó el camino asfaltado de la derecha en dirección a la hacienda y el hotel en lugar del de la izquierda hacia las cuadras y en apenas un par de minutos se encontró ante la impresionante fachada de la Hacienda Hípica Monte Alto en grandes letras de forja negra sobre el fondo de una estructura que imitaba los arcos encalados de un patio andaluz de los que colgaban coloridas macetas.

Se dirigió al edificio de planta circular en el que podía leerse el distintivo «Recepción». Un chico de piel negra la atendió con una deslumbrante sonrisa.

—Buenos días, bienvenida a Monte Alto. ¿En qué puedo ayudarla?

—Buenos días. He quedado con el señor Gilbert en la casa club, ¿sería tan amable de indicarme cómo llegar?

—Por supuesto. Recorra ese pasillo y atraviese la zona de la piscina, verá un letrero que indica hacia la casa club.

—Gracias.

Siguió las indicaciones del recepcionista por la bulliciosa sala en la que había gente arriba y abajo. Hombres y mujeres, muchos de ellos vestidos con pantalones de hípica, otros elegantemente trajeados.

Recorrió el camino que atravesaba la zona contigua a la piscina en la que ya había gente tomando el sol y accedió al bar bajo el cual rezaba el letrero de la casa club.

Nada más entrar distinguió a Jon Gilbert tomando una copa, a tan temprana hora, sentado en uno de los sofás que había alineados junto a los grandes ventanales desde los que se divisaba la piscina. Estaba muy elegante con un traje beis y camisa celeste.

Pensó en las palabras de Hugo la noche anterior sobre su fama de donjuán. No le permitiría que se insinuase, si lo hacía cortaría la actitud de modo radical.

Gilbert la vio, la saludó alzando la copa que sostenía en la mano y ella acudió a su lado. Gilbert le ofreció con un gesto de su mano asiento frente a él.

—Buenos días, señorita Sánchez.

—Buenos días, señor Gilbert. Usted dirá.

—Señorita Sánchez, mi campeón llevaba tres días sin entrenar porque parecía cansado, Hugo le ha realizado todo tipo de análisis y todo estaba bien, en apariencia. Y sin embargo usted, no sé cómo, ha logrado que se encuentre un poco mejor, que ya es un comienzo. Olympic está llamado a ser un ganador, y yo estoy dispuesto a todo para conseguirlo. Incluido contratarla para que mime a mi caballo.

—¿Para que lo mime? ¿Eso ha dicho?

—Eso he dicho. Olympic es un caballo muy especial, se crio en semi libertad en una granja del sur de Inglaterra —relató antes de dar un sorbo a su copa—. Su propietario, Scott Abbott, era un chaval de veinte años que más que un dueño era un amigo. Al parecer tuvieron problemas económicos y el chico comenzó a competir con su caballo y a ganar carreras de poca monta. Llamó la atención de uno de mis conocidos que sabía que buscaba un campeón. Fui a verle competir y lo compré de inmediato.

—¿El chico se lo vendió?

—Me lo vendió su padre.

—Vaya.

—De esto hace ya un par de años. Olympic parecía estar bien, nervioso, algo alterado, pero competía al más alto nivel y ganaba. Como le he dicho está predestinado a ser un campeón. Pero ahora parece...

—¿Deprimido?

—Sí. Es como si fuese algo emocional. Así que mi propuesta es que cuide de él, que ayude a su entrenadora a prepararle para la carrera de Ascot de este año.

—¿Y cuándo es?

—Dentro de un mes y una semana.

—¿Un mes?

—Usted y la señorita Martínez tienen mucho trabajo que hacer.

—¿Quién es la señorita Martínez?

—Macarena Martínez, su entrenadora. Cántele canciones, póngale música, aliméntele, cualquier cosa que le haga feliz. A partir de las once de la mañana, después de que haya entrenado, y hasta las tres, de lunes a viernes, usted será su premio al final de la mañana.

—¿Entonces tendré que reducir el número de horas? Yo... necesito el trabajo y...

—Le pagaré quinientos euros semanales, ¿le parece bien? —Ni siquiera necesitaba un segundo para pensarlo. Le haría cariños a Olympic o recogería boñigas de caballo por la mitad de dinero.

—Me parece perfecto.
—Contratada entonces, Aarón se encargará del papeleo.

Decidió acercarse a ver a Olympic antes de marcharse a casa después de despedirse de Gilbert, quien se había mostrado de lo más profesional pese a su fama.

Atravesó la zona de entrenamientos y se dirigió a las cuadras. Volvió a pensar en Hugo al cruzar frente a la clínica, ¿estaría trabajando dentro?

Su encuentro en el restaurante apenas le había permitido pegar ojo en toda la noche. El descubrimiento de que él era su Frankenstein particular, ese al que había tratado de poner cara todos aquellos años, la hacía sentir engañada. Tuvo muchas ocasiones de decírselo en el pasado y jamás lo hizo. Si lo hubiese hecho quizá su relación habría sido otra. O no.

Había pasado casi doce años soñando con un fantasma. Fantaseando, imaginando, buscando excusas para justificar que no hubiese tratado de buscarla después de aquella noche.

El tiempo hizo que esa desazón interior fuese calmándose, haciéndola a un lado para continuar con su vida, sin embargo, ahora que había descubierto su identidad sentía ganas de pedirle una explicación. Pero si lo hacía, tan solo dejaría claro lo importante que había sido para ella aquella noche de su adolescencia, y tampoco deseaba eso.

Olympic la recibió con un fuerte relincho que la hizo sonreír.

—Buenos días, bonito –le saludó, y se adentró en su cuadra. Le acarició las crestas con los dedos en un masaje ascendente hasta la frente y el animal cabeceó satisfecho–. ¿Has comido algo hoy? –preguntó mirando su comedero, había varias manzanas y zanahorias mordisqueadas en este–. Parece que sí. ¿Damos un paseo?

–¿Quieres montarlo? –preguntó Hugo asomando por la portezuela. Al oírle sintió un escalofrío que la recorrió de pies a cabeza. Tenía el don de la oportunidad. Se volvió para mirarle a los ojos.

–Buenos días.

–Buenos días –había una sonrisa tímida en sus labios. Estaba muy atractivo con el fonendo al cuello, con la parte superior del pijama verde y los vaqueros–. Por norma general no te aconsejaría montar a un caballo entero, pero visto lo manso que se vuelve en tus manos no sería descabellado.

–¿Qué quieres decir con entero? –La pregunta debió de parecerle de lo más divertida, porque tuvo que contener la risa.

–Con las joyas de la corona intactas –bromeó–. Que no está castrado.

–Ah. –Hugo abrió la puerta y dio un paso al interior. Estela sintió que el corazón le ascendía a la garganta, ¿qué pretendía?–. Quizá sea mejor que os deje solos si vas a explorarle.

–No es necesario. Será solo un instante. ¿Qué tal te ha ido con Gilbert? –preguntó inclinándose para mirarle el costado mientras ella se situaba en la parte delantera.

–Nos hemos acostado. –Él se revolvió alarmado en busca de sus ojos y la encontró riendo–. Ha sido de lo más correcto, me paga quinientos euros a la semana de lunes a viernes por cuidar de Oly. Quiere que participe en la carrera de Ascot de este año.

—Muy graciosa. Después del bajón que ha sufrido su forma física va a ser difícil.

—Gilbert cree que Olympic tiene depresión.

—Pues yo pienso que tiene una mezcla de síndrome de fatiga y sobreesfuerzo y tristeza acumulada por el cambio tan drástico que se produjo en su estilo de vida.

—Yo me encargaré de darle mucho cariño —afirmó acariciándole la frente—. Normal que esté triste, no se merecía que lo vendiesen así, seguro que su dueño, el chico que lo crio, le echa mucho de menos.

Hugo la miró de reojo, dejó de explorar al caballo y se volvió hacia ella.

—Conozco esa sensación.

—¿La de ser vendido?

—La de echar mucho de menos a alguien por demasiado tiempo —dijo mirándola con fijeza. Estela tragó saliva y desvió la mirada—. Quiero pedirte disculpas por mi comportamiento anoche. No debí en ningún momento...

—Olvídalo. También yo lo haré. Haremos como si nunca hubiese sucedido.

—¿Que lo olvide?

—Sí, es lo mejor. No quiero más problemas en este momento de mi vida, tú tienes a tu novia y yo estoy conociendo a Tyron.

—¿Tyron? ¿El relamido con el que cenabas anoche?

—No le llames así. Es encantador. No es ningún relamido.

—Claro que no. Cualquiera va a cenar enchaquetado como si fuese a una boda.

—Tyron es abogado, un gran abogado, es normal que vista de modo elegante.

—Ah, claro. Es abogado. Ya, eso lo explica todo.

—¿Cómo que ya? ¿Qué explica?

—Nada, déjalo.

—No, no lo dejo. ¿Qué quieres decir?

—¿Qué oportunidad tendría un simple veterinario cuando tienes a un gran abogado loco por tus huesos?

—¿Pero se puede saber de qué estás hablando? ¿Oportunidad de qué? ¿Es que te olvidas de que tienes novia? —preguntó dando un paso hacia él—. Tyron no me interesa porque sea abogado, sino porque es encantador, brillante y no tiene arranques a lo doctor Jekyll y míster Hide como cierto veterinario que conozco —sentenció irritada—. Y te advierto que si en el futuro vuelves a tener un arrebato como el de anoche...

—No te hagas la ofendida —sintió ganas de arrearle con cualquier cosa en la cabeza—, anoche te hubiese follado en aquel almacén mientras tu abogado esperaba en la mesa, y ¿sabes por qué? Porque lo deseabas tanto como yo.

Estela casi no podía respirar del pudor que sentía, porque lo peor de todo es que era cierto, estaba convencida de que en ese momento no se habría resistido.

—No me extraña que seas veterinario. Eres un animal.

—Solo digo la verdad, no me ando con paños calientes.

—¿La verdad? Pues la verdad es que no era mi abogado el único que esperaba en una mesa, por si lo has olvidado. Me cogiste a traición y no supe reaccionar, eso es todo. Pero tranquilo, porque si vuelves a intentarlo le contaré a mi hermano la clase de salido que está hecho su amigo —sentenció con el corazón palpitándole acelerado, abandonando la cuadra a toda velocidad.

Capítulo 16

Estela

Aquella había sido otra noche en vela para unir a la colección que llevaba desde que fue despedida. Solo que en esta ocasión cada vez que intentaba dormirse eran los ojos de aquel Frankenstein adolescente, y sus malas pulgas actuales, los que se lo impedían. Daban vueltas en su cabeza como si estuviese subida a una noria.

Hugo iba a volverla loca. ¿Pero qué se había creído? ¿Qué pretendía?

Él se atrevía a advertirla de la fama de Gilbert y después la besaba con su novia sentada a escasos veinte metros. La encendía y después le decía que había sido un error para al día siguiente ofenderla al decir que él no tendría oportunidad ante un abogado.

Cuando dijo aquella frase: «Anoche te hubiese follado en aquel almacén... porque lo deseabas tanto como yo», terminó de desarmarla. Por todos los santos, que le temblaron las piernas al oírle pronunciar aquellas palabras. Si todo lo hacía con el mismo ímpetu... mejor no se detenía a pensarlo. «Tiene novia, no seas idiota; ¿es que quieres ser la otra?».

En cuanto llegó de la hacienda llamó a su prima Nuria y fue a la casa de sus padres, a quienes había ido a visitar. Después de saludar a sus tíos logró quedarse con ella a solas y le explicó la oferta de Gilbert, aunque no le habló de su fama, no quería preocuparla, a ella le pareció un regalo caído del cielo.

—Además hay otra cosa que quiero contarte —le dijo, llevándola al patio trasero de la casa familiar donde ambas tomaron asiento en un par de antiguas sillas de enea.

—¿El abogado te dio un morreo?

—No. Él no. Ya se encargó tu tío Samuel de que no lo hiciese. Estaban los dos esperándome despiertos, él y mi madre, y encendieron la luz del patio.

—¿Dándote avisos a estas alturas?

—Así es.

—Voy a tener que hablar con mis tíos. Pero bueno, ¿al menos te metió mano?

—No. Deja que te lo cuente. Ya sabes que me encontré con alguien conocido en el restaurante.

—Conmigo. Ya sé que te sentó mal que...

—Con alguien más, además de contigo y tu novio.

—Ah, sí, claro, con Hugo. Ay madre, ¿qué me estás diciendo? Que Hugo... —ella asintió sin saber qué expresión poner—. ¿Hugo te...?

—Hugo me arrinconó en el pasillo y me dio un beso.

—La madre del cordero. No me lo puedo creer.

—Pues créetelo, Nuria. Me dio un beso, y no un beso cualquiera. Me dio un beso que si hubiésemos estado en cualquier otro lugar habría acabado con mi sequía sexual.

—¿Hace tiempo que no le das una alegría al cuerpo?
—Meses. Casi un año.
—¡Un año! A estas alturas se te habrá secado el jardín, nena. Entiendo que necesites mambo, pero Hugo tiene novia y ella...
—Seguro que es buena chica y no se lo merece.
—Su novia te despellejaría y se haría un vestido con tu piel. Tiene mucho carácter. ¿A ti te gusta Hugo? A ver, es muy guapo y para que te guste solo tienes que tener ojos en la cara, pero creía que el abogado te había hecho tilín.
—Y me lo ha hecho. Tyron parece un tipo estupendo y quiero conocerle mejor. Pero... no sé explicarlo, es como si Hugo me llamase. Aun así tengo que borrarlo de mi mente.
—Hazlo, porque si no su novia se encargará de borrarte del mapa como se entere.
—Pero he descubierto algo que no lo hará demasiado fácil.
—¿Qué?
—He descubierto que Hugo es Frankenstein.
—Estelita, por favor, esto se te está yendo de las manos. ¿Qué quieres decir con que Hugo es Frankenstein? ¿A que está hecho de trozos distintos como la mortadela? —Dudó. Su prima abrió mucho los ojos cuando la bombilla se encendió en su cabeza—. No me jorobes, ¿tu Frankenstein? ¿El tío misterioso por el que te has llevado años y años babeando por los rincones era Hugo?
—Era Hugo.
—La madre del cordero.
—Eso ya lo habías dicho.
—¿Él te lo ha confesado?
—No ha hecho falta. Lo he sentido, Nuria. Cuando

me besó, cuando le miré a los ojos así tan cerca, supe que era él.

—¿Se lo has preguntado?

—¿Estás loca? No voy a preguntárselo para que se crea tan importante, hoy ha vuelto a comportarse como un idiota cuando nos hemos visto en la hacienda. ¿Dónde vas? —le preguntó al ver cómo se ponía en pie.

—A hacer palomitas, esto es mejor que el cine.

—¡No te burles de mi asco de vida!

—No me estoy burlando, y puede que tu vida sea un poco asco en este momento, sobre todo teniendo en cuenta que ayer estuviste recogiendo boñigas de caballo. —Volvió a sentarse.

—No me lo recuerdes.

—Pero vamos a ver, vamos a centrarnos. Por un lado la novia de Hugo es un bicho y, aquí viene lo gordo, además, según tengo entendido por una amiga común ella le ha dicho que van a casarse el año que viene. —Golpe directo en mitad del pecho. ¿Cómo se atrevía a besarla estando prometido? ¿Qué clase de hombre era?—. Pero por el otro resulta que Hugo es tu Frankenstein, porque las hay que se enamoran de príncipes azules pero mi prima se vino a enamorar de un monstruo hechos de pedazos humanos. Espero que al menos un pedazo en concreto estuviese bien escogido. —Rio—. Como te decía, si Hugo es tu Frankenstein, y resulta que te ha plantado un beso, así por las buenas, es que siente algo por ti. Deberías hablar con él y preguntarle qué ha significado ese beso para él. Lo mismo coméis perdices después de tantos años.

—No hace falta que le pregunte, me lo dijo en ese mismo instante, que era un error. Y es cierto, ¡acabas de decirme que va a casarse, por Dios santo! Ha sido el padre de todos los errores.

—Vaya. Pues entonces pasa al plan B.
—¿Y cuál es?
—Tírate al abogado, que está como un queso.
—No puedo hacer eso, así de sopetón, sin conocerle.
—Dile que te entregue su última analítica, así sabrás si tiene colesterol, si padece de anemia... O mejor sus antecedentes penales. Estela, por favor, te estoy hablando de echar un kiki, no de hacerle el árbol genealógico. ¿Es que no te *pone*?
—Es guapo.
—Te veo muy motivada —sentenció con ironía.
—Y me ha invitado a pasar el día con él mañana, navegando en su barco.
—En su barco, qué nivel. Igualito que mi novio, que lo más parecido a un barco en que me ha paseado ha sido en la zodiac hinchable y casi nos ahogamos en El Palmar porque la pinchó con un anzuelo. Yo es que me ennovié muy pronto... —sugirió con ironía.
—No te quejes, que tu Fede es maravilloso.
—Ya. Volviendo al yate, ahí tienes una buena oportunidad. Disfruta un poco, tómate unas copichuelas, suéltate el pelo, que te remueva las telarañas. Tú estás soltera y no tienes que dar explicaciones a nadie.
—Ya veremos, pero me muero de vergüenza solo de pensarlo.
—Bueno, ya se te pasará. Ya verás. Tú disfruta con el abogado, que bien satisfecha se ven las cosas de otro modo. Ay, Estela, no te haces una idea lo feliz que soy al tenerte otra vez de vuelta, perdóname por ser una egoísta, pero es que de verdad no sabes lo que te he echado de menos.
—Con respecto a eso... Quiero pedirte perdón, Nuria. Perdóname por haberme alejado así. Mi vida cambió demasiado cuando fui a la universidad y me centré

por completo en aquella nueva etapa, pero nada justifica que no me esforzase más en teneros cerca.

Los ojos de Nuria se llenaron de lágrimas.

–No seas tonta. Es normal que te centrases en tu nueva vida, para quienes nos quedamos aquí todo siguió igual, pero para ti todo cambió, mucho.

–No lo justifica. Debí haberme esforzado por mantener el contacto, porque eres maravillosa, prima, y te quiero mucho. Lo siento de todo corazón.

–La verdad es que te he echado mucho de menos, muchísimo, pero también te entendía. Mira que me vas a hacer llorar y vas a tirar por tierra mi fama de dura. Lo importante es que has vuelto, yo también te quiero, tontorrona –dijo limpiándose las lágrimas con la manga de la camiseta.

Capítulo 17

Hugo

¿Pero cómo podía haber sido tan idiota? ¿Cómo iba a pensar Estela en él? Besarla había sido un error. Solo había conseguido saborear lo que nunca tendría, la fruta prohibida.

Porque ella tendría a su abogado.

Ni siquiera había sido capaz de decirle que había dejado a su novia. Debería haberlo hecho, aunque no estaba convencido de que su reacción hubiese sido distinta.

Terminó de vendar la pata del pequeño *yorkshire* que se había lastimado al caer del balcón de un primer piso y su dueña había ido a buscarle a casa, desesperada. Por suerte las radiografías habían demostrado que no estaba rota, solo magullada. Y después de despedirse de ambos cerró con llave la puerta de la pequeña clínica que poseía en la parte inferior de su vivienda.

El trabajo en la hacienda le ocupaba las mañanas, por las tardes atendía en su propia clínica a todo tipo de animales. El salario de la hacienda le permitía vivir e ir realizando mejoras en esta hasta ir convirtiéndola en el centro de tratamiento integral que deseaba.

Su teléfono móvil comenzó a sonar. Se tomó un instante antes de responder al leer en la pantalla que se trataba de su amigo Javi, el hermano de Estela.

¿Y si ella, tal como le había amenazado esa misma mañana, le había hablado de lo sucedido entre los dos en el restaurante?

–Hola.

–¿Cómo estás tío? ¿Cómo te encuentras?

–¿Yo? Bien. ¿Por qué lo preguntas?

–Yolanda ha llamado a mi mujer. Le ha dicho que la has dejado por otra, que le has puesto los cuernos –relató Javi con cautela.

–No le he puesto los cuernos.

–A ver, Yolanda me cae bien, pero tú eres mi amigo. ¿Es verdad? ¿Estás con otra? Pensaba que esta vez ibas en serio.

–No estoy enamorado de ella, Javi. Ese ha sido el único motivo de la ruptura. No me hace sentir como creo que debería.

–Hugo, sabes que te quiero como a un hermano, pero ya hemos hablado de eso varias veces. Ninguna mujer te parece lo bastante buena y la tía perfecta no existe. A excepción de mi mujer, claro, que me está mirando de reojo desde el otro lado del sofá.

–Mándale un beso de mi parte. Javi, la mujer perfecta no existe, en eso estamos de acuerdo. Pero sí que existe la mujer perfecta para mí, es todo lo que necesito, y no era Yolanda.

–¿Estás seguro? Quiero decir, ¿y si con el tiempo te arrepientes?

–Estoy convencido de que no me arrepentiré, Javi.

–Bueno, me quedo más tranquilo. Pero está claro

que a este paso la conocerás en el geriátrico –dijo haciéndole reír–. Cuando la encuentres me la presentas para que vea si es perfecta o no.

–Lo haré –afirmó pensando en lo cómico de la situación, Javi le pedía que le presentase a la mujer perfecta para él, sin saber que la conocía desde la cuna–. Pero primero tengo que decirle lo que siento por ella.

–Eso quiere decir que ya la conoces.

–Solo un poco.

–Serás cabrito… ¿Quién es?

–Déjame descubrir si tengo alguna oportunidad y después te la presentaré.

Quizá aún no fuese tarde.

Quizá Estela y ese abogado no llegasen a nada.

Quizá aún tuviese una oportunidad. La oportunidad de su vida, y no podía dejarla escapar así como así.

Se dejó caer en el sofá inmerso en aquellos quebraderos de cabeza y decidió que al día siguiente iría a verla a casa de sus padres. Se acercaría por la mañana, la invitaría a un café y como el hombre adulto que era le expresaría sus sentimientos, sin tapujos, sin reproches, sería sincero con ella, por completo. Le contaría que había dejado a su novia porque no la amaba, porque desde que era un adolescente estaba enamorado de ella y si le concedía una sola oportunidad dedicaría su vida a hacerla la mujer más feliz del universo. Se prometió a sí mismo que tendría el valor del que careció en su adolescencia.

Capítulo 18

Hugo

Nos vemos mañana, no lo olvides ;).
Releyó el mensaje enviado por Tyron la noche anterior mientras tomaba un sorbo de Cola Cao, desayunando en la cocina. Ella le había contestado que no lo había olvidado con una sonrisa *emoticónica*.
También recibió otro mensaje, de su amiga Kate, la responsable de que Tyron se hiciese cargo de su caso. Kate se había preocupado por su estado enviándole mucho cariño y pidiéndole que fuese a verla. Se había despedido como «tu procuradora personal de abogados», haciéndola reír.
—Buenos días —la saludó Simón entrando en la habitación, se dirigió directo a uno de los muebles altos y extrajo la cafetera exprés y la vieja lata en la que guardaba el café. Estela pensó que aquella lata debía tener al menos veinte años.
—Buenos días. ¿Dónde vas tan temprano? —le preguntó al verle ataviado con su habitual ropa de faena, unos pantalones grises de obrero y una camiseta.
—¿Tan temprano? Son las nueve y media, ya es tar-

de. Voy al campo a dar de comer a los animales y a sembrar judías y calabacines.

—No sé cómo tienes ganas, dos días tienes para descansar en la semana y te los pasas trabajando en la parcela.

—Porque allí soy feliz. Tranquilo, sin que tu madre me moleste —dijo guiñándole un ojo, y Estela descubrió entonces que esta entraba en la habitación.

—Será que yo te molesto mucho —chascó la lengua ofendida, caminando hacia su marido—. Buenos días, Estelita. —Le dedicó al pasar por su lado—. Simón, estás poniendo el café, ¿verdad?

—Ya está preparado, solo queda ponerlo al fuego.

—Le habrás echado el de la lata, que es descafeinado, ¿no? Porque el otro es con cafeína y me pone de los nervios.

—Como si la culpa fuese del café —bromeó su padre en voz baja, haciendo reír a su hija.

—¿Qué dices, Simón?

—Nada, cariño —dijo acercándose y dándole un beso breve en los labios—. Que te quiero mucho.

—Y yo a ti.

Estela sonrió. Sus padres siempre se habían mostrado muy afectuosos el uno con el otro, tenían sus discusiones, por supuesto, sobre todo porque a su padre parecía hacerle feliz pinchar a su madre para hacerla saltar. Pero incluso ella acababa riendo con sus ocurrencias y cuando discutían siempre terminaban haciendo las paces y demostrándose un gran cariño el uno por el otro. Después de más de treinta años casados, más que nunca le parecían un ejemplo de lo que ella quería llegar a tener en su vida.

Alguien en quien confiar, que la apoyase, que la hiciese sentir valorada y querida, sobre todo después de lo despreciada que se había sentido en el último tiempo por su despido.

—¿Qué te pasa? Con qué estás comiéndote el coco, Estelita.

—Con nada, mamá. Solo estoy pensando. Y deja de llamarme Estelita.

—¿En qué estás pensando?

—En que ya es la hora de marcharme. Hasta luego —dijo despidiéndose de ambos con un beso, y se puso en pie.

—Cuidadito con el chupatintas —advirtió su padre mirándola muy serio. Estela no pudo evitar sonreír. Les había contado que se había citado con él y a Simón no le había hecho la menor gracia.

—El chupatintas es todo un caballero, papá.

—Esos son los peores. A ver si se cree que por tener dinero se puede aprovechar de ti.

—Se aprovechará lo que yo deje que se aproveche, papá. No soy ninguna niña —dijo molesta. Parecía como si regresar al hogar familiar la hubiese devuelto a los quince años.

—No me refiero a eso, hija. Me refiero que a ver si te ilusionas con él y después te trata con la punta del pie. La gente de dinero...

—¿Ya vas a salirle a la niña con la retahíla de la gente de dinero? Hay ricos amables y ricos muy hijos de su santísima madre —rebatió su madre ofendida—. Y tu hija no tiene un pelo de tonta. Si el llanito se pasa de la raya puedes estar tranquilo que le dejará las cosas tan claras como te las dejo yo a ti todos los días. Que lo pases genial, cariño.

Estela se echó a reír y caminó hasta la entrada de la vivienda.

Puntual cual británico, descubrió a un motorista vestido de negro aparcado en su acera, dudó si se trataba de Tyron pero entonces este se deshizo del casco saludándola con una sonrisa.

–Buenos días. Espero que no te importe que venga en moto, es más cómodo y más divertido.

–Buenos días. No, claro que no, me parece perfecto –dijo agradeciendo haberse puesto unos vaqueros y no una falda.

–Toma –dijo entregándole el casco que traía para ella–. ¿Dispuesta a pasar un día estupendo?

–Dispuesta a disfrutar de la mejor compañía.

Subió y se agarró a su cintura. La motocicleta rugió y desaparecieron veloces descendiendo la calle La Merced. Al principio trató de no pegarse demasiado a su espalda, pero poco a poco se fue acomodando contra esta, contra la chaqueta de cuero, rodeando su cintura.

Hacía años que no montaba en moto, y aunque al principio sintió algo de temor, Tyron conducía de modo uniforme y sin sobresaltos, a buena velocidad, y esto la ayudó a relajarse.

Atravesaron la frontera de Gibraltar y pasaron al puerto, allí el abogado estacionó el vehículo en el aparcamiento al aire libre ante la hilera de yates y embarcaciones de recreo alineadas hasta donde se perdía la vista.

–A ver si adivinas cuál es el mío –propuso ayudándola a bajar.

Acarreó el casco consigo encaramado a su codo y ella hizo lo mismo. Dieron los pasos que les separaban de la pasarela de madera y comenzaron a caminar frente a las embarcaciones mecidas con suavidad por el mar.

–Es complicado, muy complicado. Dame algunas pistas.

—Está bien. Te daré tres pistas. Es blanco.
—Eso lo aclara todo. —La gran mayoría lo eran.
—Tiene doce metros de eslora y su nombre es español.
—Bueno, eso va reduciendo posibilidades —aseguró, ojeando los barcos a ambos lados de la pasarela. Ninguno coincidía por el momento—. Este no es, seguro —dijo ante un yate llamado *Sarmiento*.
—¿Por qué no?
—Porque no te veo yo a ti muy de sarmientos.
—¿Ah, no? ¿Y cómo me ves?
—Te veo más de... no sé. De cosas más elegantes.
—¿Me estás llamando elegante? —preguntó enarcando una ceja, divertido.
—Salta a la vista que lo eres, no te hagas el sorprendido.
—Es un gran halago viniendo de una chica que me gusta —declaró con una sonrisa.
—Ese es el tuyo, estoy convencida —afirmó indicando hacia un yate de grandes dimensiones en cuya proa rezaba *Poderoso*.
—Lo es. ¿Cómo lo has sabido?
—No lo sé. Intuición femenina.

Subieron a la embarcación y Tyron, después de mostrársela, le ofreció una copa de champán que tenía enfriando en el camarote principal. Contaba con dos estancias interiores y un pequeño baño, con acabados en madera y cuero beis.

Mientras ella degustaba el champán sentada en la parte superior, junto a la cabina de control, él preparó todo lo necesario para levantar amarras.

Regresó a su lado y encendió el potente motor que les conduciría mar adentro. Navegaron varias millas. Tyron estaba de lo más sexy con una camisa vaquera celeste y los pantalones blancos, se había cambiado de ropa nada más llegar, librándose del mono. Nada que ver con la imagen de tipo serio, de abogado, de cuando le conoció dos días atrás.

—¿Te gusta?

—Me encanta. Tienes un barco precioso.

—Tiene cinco años. Fue un regalo.

—¿Un regalo?

—Sí. De un jeque saudí. No quería aceptarlo porque yo solo había hecho mi trabajo representándole en un complejo problema empresarial. Pero se hubiese sentido muy ofendido en caso contrario.

—Es cierto. Son muy peculiares con el tema de los regalos.

—Pronto volverás a trabajar con ellos, ya lo verás.

—Con ellos puede que sí, pero lo que estoy segura es de que no quiero volver a trabajar con Walcott. Si ha sido capaz de desconfiar de mí después de tantos años dejándome la piel en el despacho, logrando clientes importantes, trabajando fines de semana, para que me haya pagado de este modo, no me merece en su plantilla.

—Tienes toda la razón. Le sacaremos hasta el último penique que te pertenece y después podrás hacer lo que desees con ese dinero. Por cierto, ¿qué te gustaría hacer?

—Buscaré un nuevo trabajo como arquitecta, a ser posible en otra empresa internacional, pero para eso mi nombre debe quedar limpio, si no nadie me contratará.

—De eso me encargaré yo.

—Y si no logro empleo como arquitecta, lo buscaré como traductora o como administrativo... no sé, cualquier cosa será mejor que quitar boñigas de caballo.

—En cuanto lo dijo se dio cuenta del nulo glamour de aquella frase.

—¿Quitar boñigas de caballo? –dudó mirándola a los ojos.

—Fue el único trabajo que encontré de un día para otro. Necesito el dinero.

—Para pagarme a mí –masculló como si le avergonzase.

—Para pagarte a ti y para tener dinero. No voy a volver a vivir de mis padres, cuando casi tengo treinta años.

—Eso te honra.

—Aunque solo he trabajado un día como moza de cuadras. Me han contratado como cuidadora de un solo caballo.

—Estela, si necesitas dividir el pago del anticipo...

—No, en absoluto.

—Me hace sentir mal que tengas que estar haciendo eso por mis honorarios. Pero tengo un bufete y trabajamos de ese modo...

—Tranquilo, estoy bien, de verdad. De hecho incluso me ilusiona cuidar de Olympic.

—¿Olympic? ¿Así se llama el caballo?

—Sí. Es un campeón, pero está un poco decaído, Hugo piensa que es una mezcla de tristeza y agotamiento por el duro entrenamiento al que ha sido sometido.

—¿Hugo es su dueño?

—No, Hugo es el veterinario de la hípica. Es un gran profesional. –«Que además besa de muerte», se descubrió pensando.

—¿También es de Vejer?

—Sí. Es el mejor amigo de mi hermano.

—Así que le conocías de antes –dijo deteniendo el motor.

—Sí, de toda la vida. Aunque llevaba más de diez años sin verle.

—¿Es el tipo con el que conversabas en la barra del restaurante en el que cenamos? —Se quedó paralizada, como si la hubiesen convertido en una estatua de hielo en ese instante. Pero si Tyron estaba pendiente del teléfono... Bueno, al parecer, no tanto. ¿Habría visto algo más?

—Sí. Es él.

—¿Y la chica con la que cenaba es su novia?

—Sí. Aunque yo no la conozco.

—Pues dile a tu amigo que tenga cuidado con ella. Me guiñó el ojo un par de veces, al principio pensé que se le habría metido algo, pero la segunda vez me di cuenta de que había sido a propósito.

—Oh, vaya.

Qué fuerte, ella le guiñaba el ojo a un extraño mientras Hugo la besaba apasionado. ¿Tendrían algún tipo de relación abierta?

—Pero volvamos a lo interesante. A ti. Así que tienes un hermano, ¿solo uno?

—Sí. Se llama Javi y es profesor de educación física, trabaja en un instituto. Tiene un niño, mi sobrinito Iván, y está a punto de tener otro bebé, que será una niña.

—Es mayor que tú, imagino.

—Sí. Un par de años. Y tú, ¿tienes hermanos?

—Sí, tengo tres. Un hermano mayor de padre y madre y dos hermanas pequeñas, gemelas, solo de padre.

—¿Viven en Gibraltar?

—Mi hermano mayor sí. Mis hermanas viven en Oxford. Tienen dieciséis años.

—¿Tienes mucha relación con ellos?

—A mi hermano mayor le veo a diario, siempre hemos estado muy unidos, pero más aún desde que nuestra madre falleció, hace seis años.

—Vaya, lo siento.

—Gracias. Se llama Gregory, está casado y tiene dos niñas preciosas. Y a mis hermanas Jenna y Katherine las veo cada vez que viajo a Inglaterra. Son dos bellezas pelirrojas en plena edad del pavo, no paran de enviarme mensajes a todas horas cada vez que discuten con nuestro padre.

—O sea, que te utilizan de mediador.

—Será una deformación profesional. —Rio—. ¿Salimos fuera? Voy a echar las poteras para pescar calamares y después los haremos en la barbacoa. Espero que te gusten los calamares, si no podemos ir mar adentro y pescar otro tipo de...

—No, los calamares me encantan.

Tyron caminó hasta la parte trasera del yate y abrió un compartimento situado en un lateral, extrayendo un par de cañas de pescar.

Preparó ambas con unos señuelos que en la parte inferior tenían multitud de anzuelos formando una especie de corona invertida.

—¿Yo también pescaré?

—¿Quieres intentarlo?

—Claro.

Él se encargó de arrojar los señuelos al mar, entregándole una de las cañas. Tomaron asiento en unos taburetes redondos que había en la parte trasera para tal labor fijados al suelo.

—¿Has pescado alguna vez?

—No. Bueno sí, cuando era pequeña íbamos a la playa y mi padre pescaba desde las rocas, alguna vez también lo hice. Pero desde entonces nada de nada.

—Bien. Pues vamos a ver cómo se te da. Te advierto que como no pesquemos no tendremos nada que comer.

—¿En serio? —Su sonrisa la hizo saber que bromeaba.

Apenas diez minutos después de arrojar los señuelos, Tyron extrajo el primer calamar, un espécimen de grandes dimensiones. A este siguió otro y otro más. Estela se sintió frustrada, no es que esperase un gran resultado, pero tampoco un fiasco. Cuando llevaban casi una hora el abogado decidió que tenían suficiente material para la barbacoa. Guardó su caña y justo cuando iba a pedirle la suya sintió un fuerte tirón.

—¡Han picado! —gritó como si le hubiese tocado la lotería.

—Muy bien, pues recoge despacio, poco a poco.

Así hizo, fue enrollando el sedal y del mar surgió un gran calamar de al menos treinta centímetros, un buen ejemplar.

—¡Estupendo! Lo has hecho genial —proclamó asomándose por la borda, atrapando con sus manos al animal, que se agitaba enganchado.

—Qué ilusión, ¡lo he pescado!

—Sí. Lo has hecho tú —dijo tratando de desengancharlo, pero estaba bien cogido.

Entonces logró soltarlo del anzuelo y el calamar le lanzó un chorro de su negra tinta, dándole de lleno en el rostro. La sustancia espesa y oscura le chorreaba por la práctica totalidad de la cara y lo soltó de inmediato, cayendo al suelo de la embarcación.

—Joder, ¡cómo escuece en los ojos!

—¿Estás bien? —preguntó dando un paso hacia él sin saber muy bien qué hacer, Tyron buscaba con los ojos cerrados algo con lo que limpiarse.

—Necesito agua, necesito lavarme.

Y entonces cayó por la borda.

—¡Mierda, mierda! —gritó Estela esperando a que

asomase. Tardó unos segundos eternos en hacerlo, respiró y volvió a hundirse.

Sin dudarlo se quitó los zapatos y se arrojó al agua. Le agarró por la camisa y tiró de él. Tyron se revolvió, la tinta casi había desaparecido por completo, sus ojos castaños resplandecían, la miró y sonrió.

—¿Te apetecía un baño?
—¡Creí que te estabas ahogando!
—El único modo de limpiarme toda esa tinta era echarme al agua. Y sí que me estaba ahogando, pero de calor.
—Te has burlado de mí —protestó molesta, empujándole en el pecho con ambas manos, y comenzó a nadar hacia el yate.
—Estela, espera, no te enfades.
—Déjame en paz.
—Vamos, ¿creías que no sabía nadar?
—Que me dejes en paz.
—Espera. —La alcanzó, agarrándola por un pie, tirando de ella hacia sí.
—He tenido que tirarme al agua para sofocar el calor que me estaba produciendo tenerte tan cerca —sentenció con expresión de cordero degollado—. Perdóname, por favor —pidió, sosteniéndola por los hombros.
—No me vuelvas a gastar este tipo de bromas.
—Jamás.

Subieron al barco, primero Tyron, que se deshizo de la camisa vaquera empapada permitiéndole contemplar su formidable torso y su abdomen musculado y bronceado por el sol. Le ofreció la mano para ayudarla. La tomó y cuando lo hizo no la soltó, tiró de ella hacia su cuerpo y la besó.

Sus labios sabían a mar, a sal. La apretó contra su cintura, sosteniéndola por el cabello contra su boca, que apasionado, saboreaba. Ella respondió a su beso con timidez primero y dejándose llevar después. Sintió cómo deslizaba ambas manos por su espalda sobre la camiseta empapada y se agarraba a sus nalgas, sosteniéndolas con firmeza mientras su lengua se deslizaba por su garganta, lamiendo la delicada piel bajo su oreja.

–Me encantas –le susurró al oído, apoderándose de su pecho izquierdo sobre la ropa, amasándolo con deleite.

¿Iba a hacerlo?

–Me vuelves loco –masculló antes de regresar a su boca.

Iba a hacerlo.

Se dejó llevar porque su cuerpo despertaba ante aquellas caricias, reaccionaba después de meses sin tener tiempo para una cita siquiera. Tyron era un hombre atractivo, muy atractivo, sexy con avaricia, y ella necesitaba sentirse deseada y complacida.

Capítulo 19

Estela

Cuando llegó a la puerta de casa pasaban las ocho de la tarde, comenzaba a anochecer sobre el pueblo de blancas fachadas en la cima de la montaña.

Se sentía feliz, satisfecha. Habían hecho el amor en la cubierta del barco, sobre sus propias ropas empapadas, y después en el camarote, entre las sábanas de seda iraní. Tyron era un amante entregado, pausado y paciente que la había tratado con extrema dulzura. Quizá incluso demasiada, pero era lógico, apenas se conocían y había tratado de mimarla.

Se había vestido con un pantalón de lino blanco y una camiseta del mismo color que le había prestado, llevaba su ropa aún húmeda y tiesa por el salitre en una bolsa de plástico. Abrió la vieja puerta de madera con su llave y al pasar al interior del salón encontró a su madre sentada ante una taza de café con su prima Nuria, aguardándola.

–¿Y esa ropa? –preguntó su madre nada más verla entrar.

–Me caí al agua –respondió, y contempló la mirada de incredulidad de su prima.

—Ay, cariño, ¿te has hecho algo?
—No, estoy bien. Tyron me prestó su ropa.
—¿Lo has pasado bien? —preguntó Nuria.
—Sí, muy bien. Voy a mi habitación a cambiarme.
—Voy contigo —dijo esta siguiendo sus pasos. Nada más cruzar el umbral de la habitación, cerró la puerta y la miró acusadora—. Ha habido sexo, ¿a que sí?

Estela se echó a reír y se colocó el cabello tras la oreja, desabotonando el pantalón, que cayó a sus pies.

—Ya no tengo telarañas.
—Ay, madre. ¿Y qué tal?
—Bien.
—¿Solo bien?
—Muy bien.
—¿Muy bien?
—A ver, no es que hayan sido los mejores de mi vida, pero han estado bien.
—¿Varios? ¿Ha habido varios?
—Sí. Un par —admitió con cierta congoja—. Y no me preguntes más.
—Solo una cosa..., por favor, necesito saberlo. Sé sincera. Dime, ¿Frankfurt o morcón?
—Serás bruta, Nuria. No voy a responderte a eso.
—Eso es Frankfurt. Estoy segura. Ay, qué bien que le hayas dado alegría al cuerpo. ¿Vas a volver a quedar con él?
—Me ha dicho que la semana que viene tiene que ir a Sevilla el sábado, que intentará que nos veamos ese día a su vuelta y si no vendrá el domingo. Pero que la semana se le va a hacer muy larga.
—¡Ay, madre! Lo tienes en el bote.
—Y tú tienes un radar para seguir rastros, has venido para que te lo cuente todo, ¿verdad? —preguntó

sacándose la camiseta por la cabeza, de espaldas a ella, buscando una prenda en el armario.

—No, he venido para contarte algo.

—¿Para contarme qué?

—¡Tienes un chupetón!

—¿Qué? ¿Dónde? —Se dirigió al espejo y efectivamente tenía un morado bajo la clavícula izquierda. Con aquella camiseta de cuello amplio se distinguía a la perfección. Escogió otra y se la puso, con la que quedaba justo al borde y no se veía—. Tendré que estar pendiente de qué camisetas me pongo hasta que desaparezca. ¿Qué venías a contarme?

—Nada. En realidad era la excusa que traía para enterarme de cómo te había ido —mintió. No le gustaba engañar a su prima, pero creyó que dada su sonrisa y el camino de los acontecimientos no era el mejor momento para contarle que se había enterado de que Hugo había dejado a su novia. Tan solo conseguiría provocarle un quebradero de cabeza y destruir uno de los pocos momentos en los que la había visto sonreír de ese modo desde que regresó al pueblo.

Nuria se marchó poco después y Estela acudió al comedor a cenar con sus padres. Su madre había preparado sus deliciosas croquetas y su padre pollo de campo con arroz, así que se sentó a gusto a la mesa, sin poder borrar la sonrisa de alelada que tenía en el rostro desde su regreso.

—Parece que te lo has pasado bien hoy, ¿no? —sugirió Simón.

—Muy bien, papá. Tyron es encantador.

—Un encantador de serpientes —masculló por lo bajo.

—No empieces, Simón.

—Papá, no le conoces, en cuanto lo hagas verás que es estupendo.

—No me gustan los abogados. Y los que son de clase media tienen un pase, pero los ricachones...

—Pues lo he pasado genial con él. Hemos pescado calamares y los hemos hecho a la brasa en su barco, que es enorme y tiene una barbacoa en la popa.

—Sí que tiene que tener dinero para tener un barco así.

—Se lo regaló un jeque saudí.

—Me remataste —proclamó soltando el tenedor en el plato—. Algún negocio sucio tendrá. La gente no regala cosas así porque sí.

—Papá, eres un mal pensado.

—Tú no te hagas ilusiones.

—¿Quieres dejar ya a la niña tranquila con tus paranoias? Lo pasaste bien, ¿no, cariño? Pues eso es lo importante. Y si es buen chico nos lo traes un día a comer y nos lo presentas para que tu padre se quede tranquilo.

—Eso, tráelo un día que yo lo conozca —pidió con cara de verdugo del pueblo.

—Más adelante, quizá.

—Por cierto, Estelita, esta mañana vino Hugo, el amigo de Javi, preguntando por ti.

Estela sintió que el corazón le dio un vuelco con solo oír su nombre.

—¿Hugo? ¿No estaría buscándole a él? —preguntó su padre.

—¿Te crees que soy sorda, Simón? Ha dicho que venía preguntando por la niña.

—¿Y qué quería, mamá?

—No lo sé. Me dijo: «¿Está Estela en casa?». Le dije que no y me preguntó si tardaría mucho en volver. Que necesitaba hablar con ella. Le conté que habías salido a pasar todo el día fuera con un amigo y entonces se fue.

–¿Te dio algún recado?

–No, dijo que ya te vería en el trabajo y se fue. Hay que ver lo guapo que está, ¿verdad? Con lo feíllo que era cuando jovencito, tan alto y tan delgadillo. Y ahora está hecho un hombre tan fuertote, tan guapo, con esos ojazos azules. Hasta la voz la tiene bonita, así, grave...

–A ver si te vas a enamorar de un jovenzuelo a estas alturas –se burló Simón.

–No seas tonto. Quiero decir que ha cambiado mucho, y si es guapo es guapo, los ojos los tengo en la cara.

–Y tanto que ha cambiado. Yo ni siquiera le reconocí la primera vez que me lo encontré.

–Pues bueno, cuando le veas le preguntas qué quería, porque no me ha dicho nada.

–Mañana, mañana se lo preguntaré.

«¿Para qué habrá venido? Seguro que para algo relacionado con el trabajo, ¿qué otra cosa podía ser si no?».

Capítulo 20

Hugo

Estaba siendo una mañana complicada. Acababa de reducir una lesión en la pata de Sultán Rojo, un caballo árabe color canela, cuya ecografía había mostrado una tendinitis importante del tendón flexor digital superficial, que intuía debida a un sobreesfuerzo.

Se acercaba el momento de las grandes competiciones de carreras y los entrenadores apuraban los animales al máximo, en ocasiones como aquella, sin reparar en las consecuencias que ese sobreesfuerzo podía ocasionarles.

Antes de asistir a Sultán, y tratarle con un vendaje compresivo y hielo local, ya había atendido con ayuda de Mateo el parto de una yegua para el que le habían llamado a las seis de la mañana al móvil. El potrillo era un macho excelente, como su padre, un semental inglés cuyo esperma les fue enviado en avión desde Londres.

También había evacuado un absceso en las costillas de uno de los caballos del equipo de polo de Irania Petrova, una empresaria rusa asidua a la hacienda en los meses estivales. El jinete le había dado con el taco produciéndole un pequeño corte que a pesar de haberlo limpiado y cubierto con un apósito se había infectado.

Todo ese trabajo debía ayudarle a desviar su mente del único punto al que se empeñaba en regresar una y otra vez: Estela había pasado el día anterior con otro hombre.

Y ese hombre tenía todas las papeletas de tratarse del famoso abogado tan inteligente y encantador con el que había cenado en El Califa dos noches atrás. Ese que tenía el mismo nombre que el personaje de *Juego de tronos*.

Y la misma cara.

Se lo había contado su propia madre.

Con todo el pudor que había sentido al presentarse en esa casa después de tanto tiempo para preguntar por ella, en lugar de por su amigo, la señora incluso le había mirado con cierta sorpresa cuando la mencionó, no había servido para nada.

Después de haber pasado la noche anterior preparando el discurso que ni siquiera había podido decirle.

«Estela, sé que han pasado muchos años, y sé que esto puede sonar idiota después de tanto tiempo, pero necesito decirte que yo era ese Frankenstein adolescente al que bendijiste con tu primer beso aquella noche de carnaval. Iba a contártelo, te lo prometo, la noche que pasamos juntos en la playa. Esa en la que me prometiste que no cambiarías nunca bajo la luna azul. Pero fui un cobarde y me pudo más el miedo a tu rechazo que la posibilidad de descubrir si sentías algo por mí. Hoy no va a sucederme lo mismo, hoy no voy a callarme esto que llevo años sintiendo porque volver a verte ha hecho que me dé cuenta de que en el fondo sigo siendo ese adolescente alelado en tu presencia, porque besarte ha sido como volver a respirar, a tomar aire para poder continuar girando con el mundo. Estela, estoy enamorado de ti, y si me das una oportunidad te garantizo que no te arrepentirás».

Le había dado vueltas al derecho y al revés, lo había memorizado para que los nervios no le jugasen una mala pasada.

Su plan se limitaba a invitarla a un café y soltarle el discurso. No había vuelta atrás.

Pero entonces su madre le dijo que no estaba en casa, que pasaría el día fuera con un amigo.

Y él supo que el tren había vuelto a pasar dejándole tirado en el andén. Necesitó de una nueva noche en vela para entender que tan solo lograría arrojarse a las vías y ser arrollado si trataba de algún modo de irrumpir en la relación de Estela con ese tipo.

No le quedaba otra que convertirse en un mero espectador mientras la mujer de su vida iniciaba una relación con otro hombre.

Esperaría. Lo suyo con aquel tipo no llegaría a ninguna parte. Estela en veintiocho años no había encontrado al hombre de su vida, ni lo haría, porque estaba convencido de que el hombre de su vida era él, y aquel tórrido beso a escondidas en el restaurante así se lo había confirmado.

Cuando se diese cuenta de que ese relamido no era lo que buscaba, lo que necesitaba, le diría lo que sentía por ella. Se arrojaría desde el precipicio sin paracaídas y solo entonces le contaría la verdadera historia de Frankenstein.

Cuando la vio entrar a la clínica pasada la una y media del mediodía, algo en su interior le dijo que tanto pensar en ella debía haberla invocado de algún modo.

—Buenos días.

—Buenos días. ¿Qué tal va tu primer día como cuidadora?

—Bien. He conocido a Macarena, la entrenadora de Oly.

—¿Y qué tal?

—Es muy seria.

—Ya.

—O es que venía enfadada de casa.

—No. Macarena es así. Es una mujer de pocas palabras.

—No lo dudo, pero me he acercado a ella, me he presentado y no ha sido muy agradable que digamos.

—Es una excelente profesional. Si alguien puede lograr que Olympic gane en Ascot es ella —afirmó, incorporándose del ordenador. Caminó hasta ella, que se había quedado apenas a un par de pasos de la entrada. Estaba preciosa, con el cabello castaño recogido de manera informal, con mechones sueltos que escapaban del coletero, una camiseta blanca de tirantes que intuía las deliciosas formas que él había acariciado con las palmas de las manos, que en ese momento parecían quemarle—. Pasa, ¿quieres un café?

—Sí, gracias, quería preguntarte un par de cosas.

—Por supuesto. Pondré la cafetera —dijo accionando el aparato de goteo que tenía en un pequeño mueble junto al fregadero de acero inoxidable.

—Lo primero, ayer viniste a verme a mi casa, ¿verdad?

Hugo temía aquella pregunta, pero durante la noche había tenido tiempo de idear una excusa.

—Sí. Quería ofrecerte que si alguna vez necesitas cambiarte porque te ensucies, o quieres venir al baño, o no sé, si necesitas cualquier cosa, tienes la clínica a tu disposición.

–Ah, muy amable por tu parte. –¿Eran imaginaciones suyas o parecía decepcionada?–. Creo que aceptaré tu oferta, no me apetece cruzarme con Elena en los vestuarios de personal.

–¿Has vuelto a tener problemas con ella?

–No, en absoluto, pero prefiero no encontrármela.

–¿Y la segunda cosa?

–¿Qué puedo hacer con Olympic? Me refiero a que habrá alimentos que no le puedo dar, cosas que podamos y no podamos hacer.

–¿Leche?

–¿Puede tomar leche?

–Me refiero a tu café. –Aclaró con una sonrisa que ella le devolvió. Dios, estaba aún más bonita cuando sonreía. Con un gesto le ofreció una de las sillas que había entorno a una mesa redonda–. Siéntate.

–Sí, con leche y dos cucharadas de azúcar, por favor. –Tomó asiento.

Hugo retiró los papeles que había sobre la mesa y sirvió el café para los dos, sentándose a su lado.

–A ver, Olympic come, o debería comer, en torno a los doce o catorce kilos al día, entre pienso de alta competición y heno. Si quieres darle chucherías para contentarlo, entre sus favoritas están: manzanas, zanahorias y nabos. También puedes darle granos de maíz y algo de melaza, pero muy poca.

–He descubierto que las manzanas le encantan.

–Todo aquel producto que necesites para él, ya sea para dárselo como extra de comer o cualquier cosa que se te ocurra como música, un peine nuevo, lo que sea, tienes que encargárselo a Aarón. Él lo comprará.

–De acuerdo. Cuando necesite algo se lo pediré.

–¿Lo pasaste bien ayer?

–¿Qué?

—Ayer, tu madre me dijo que habías ido con un amigo a pasar el día fuera. —¿Acababa de imaginarlo o sus mejillas habían enrojecido?
—Sí. Lo pasamos muy bien.
—Te lo mereces, te mereces disfrutar y pasarlo bien. Te mereces ser feliz —afirmó posando una mano sobre la de ella en la mesa. Lo hizo tratando de simular normalidad, pero fue como si hubiese recibido una descarga que le ascendiese hasta la garganta. Estela retiró la mano, tomando su taza de café para darle un sorbo.
—Gracias.
—Y perdona por llamar relamido a tu novio.
—Tranquilo. Está olvidado. —No había negado que fuese su novio, y eso era una muy mala señal. Tan solo dos días atrás lo había rebatido. Algo había cambiado entre ellos dos, estaba seguro.
—Tienes una sonrisa preciosa, deberías sonreír más.
Ella lo hizo antes de dar un nuevo sorbo de su taza.
—Gracias.
—Hugo, ¿podrías acercarte a examinar…? Perdón, veo que estás ocupado —irrumpió como una tromba Aarón en la habitación.
—No, yo ya me iba. Gracias por el café, nos vemos mañana. Hola, Aarón —dijo incorporándose de su asiento, y caminó hacia la salida.
El encargado la observó marcharse, de la cabeza a los pies, parecía recrearse en sus curvas.
—¿Que examine a quién? —le preguntó devolviéndole a la realidad.
—A Majestic, me ha pedido su dueño que…
—Compruebe si ya está preñada. También me lo ha dicho a mí.
—Estabais muy acarameladitos, ¿no?
—¿Qué?

—Tú y Estela. Dime la verdad de una vez, tenéis algo, ¿a que sí? ¿Por eso me pediste que le diese trabajo?

—No. Te pedí que le dieses trabajo porque lo necesita. Es una vieja amiga de la infancia.

—Ya –admitió incrédulo.

—La conozco desde que tenía ocho años y su hermano me invitó a ir a su casa después del colegio para jugar con sus caballeros del zodiaco. Y en una cosa tienes razón, estoy loco por ella casi desde entonces. – Hugo se incorporó de su asiento y enjuagó en el fregadero las dos tazas, acariciando con los dedos la marca de su barra de labios sobre la cerámica.

Aarón caminó hasta alcanzarle y le puso una mano en el hombro.

—¿Y nunca has intentado nada?

—La besé. Y creo que me correspondió.

—¿Crees? ¿Te correspondió o no?

—Sí. Lo hizo. Pero está con un tipo y me dijo que no quiere complicaciones.

—¿Y tu novia?

—La he dejado. Volver a verla ha hecho que me dé cuenta de que no lo he superado, en absoluto. Me ha roto los esquemas y ha hecho que me dé cuenta de que continúo enamorado de ella como un imbécil. No podía continuar con Yolanda después de saborear, aunque fuese por un instante, algo que sé que nosotros jamás tendríamos juntos.

—Joder, amigo. ¿Y qué vas a hacer? –preguntó, ocupando una de las sillas vacías.

—Ofrecerle mi amistad, permitirle que conozca al hombre que soy ahora, ganarme poco a poco su corazón mientras espero la oportunidad adecuada para decirle lo que siento por ella y rezar porque no se asuste y salga huyendo.

—Si respondió a tu beso es que se siente atraída por ti. Arrincónala y acciona las clavijas adecuadas, si le gustas no podrá resistirse.

—No quiero un polvo, Aarón, por raro que suene. No quiero que echemos un polvo y después se arrepienta, eso me destrozaría. He soñado tantas veces con hacerle el amor que ha protagonizado la mayoría de mis sueños húmedos. Si alguna vez la tengo entre mis brazos será porque ella lo desee con la cabeza y el corazón, no solo con su cuerpo.

—Tío, me pones malo cuando te pones en ese plan. Será que nunca me he enamorado, pero cuando veo a una chica guapa lo único en lo que pienso es en acostarme con ella.

—Será por eso. Pero te garantizo que cuando conozcas a la chica adecuada te darás cuenta de lo equivocado que estás.

—Puede que tengas razón, no lo niego. Pero mientras voy a catar a todas las que pueda —sentenció con aire burlón—. Y tú también, que quieres esperarla, bien, pero mientras a aprovechar lo que surja. Esta noche salimos.

—No lo sé.

—No es una pregunta. Esta noche vamos a tomarnos unas cuantas copas, a disfrutar, mover el esqueleto y lo que se tercie.

Capítulo 21

Estela

Macarena no le gustaba lo más mínimo, le parecía altiva y prepotente, y eso que solo había cruzado un par de palabras con ella.

—Hola, buenos días, tú debes ser Macarena. Soy Estela, la nueva cuidadora de Olympic.

Recibió un gruñido.

—Me estás estorbando, ¿sabes? Tengo el tiempo justo para hacer el recorrido y tienes al caballo olisqueándote como si fueses una yegua en celo.

—¿Cómo?

—Limítate a que se alimente para rendir lo necesario en los entrenamientos, de todo lo demás me encargo yo —sentenció azuzándolo, provocando que se alejase de ella. Dejándola con un palmo de narices.

Cuando al fin bajó del caballo le entregó las riendas sin mediar una palabra más. Estela lo llevó a las cuadras, estuvo hablándole, acariciándole mientras se calmaba, le dio una buena ducha y después le acompañó a su box y aguardó mientras se alimentaba. Olympic buscaba en todo momento su contacto, la tocaba con el hocico en el hombro o en la mano y ella se deshacía en mimos y caricias.

Antes de marcharse a casa fue a ver a Hugo y estuvieron conversando un rato. Le había dicho que había ido a su casa el día anterior para decirle que podía utilizar las instalaciones de la clínica, lo cual era muy amable por su parte, pero le resultaba un poco extraño. Podría habérselo dicho allí, en la hacienda. Su respuesta no terminaba de convencerla.

Desconocía si Hugo sabía lo sexy que estaba con su pijama de veterinario, con aquel fonendo colgando del cuello la mitad del tiempo y su mirada cristalina de perdonavidas, de hombre seguro de sí mismo y de lo que quería.

Le había dicho que su sonrisa era preciosa. Y esto la había hecho sentir una ardiente desazón interior.

Debía alejar ese tipo de pensamientos de su cabeza, Hugo tenía novia, incluso se iba a casar, y ella acababa de conocer a Tyron y le había gustado todo lo que había conocido de él hasta ese momento.

Como si hubiese podido oír sus pensamientos su teléfono móvil comenzó a sonar, y se trataba de él.

—Buenas tardes —le saludó caminando hacia su coche, eran las tres y su jornada había concluido.

—¿Cómo estás, preciosa?

—Bien. Acabo de terminar de trabajar.

—No te canses demasiado. Jack acaba de decirme que ha redactado la denuncia y va a enviártela por correo para que la leas antes de presentarla en la corte.

—¿Ya?

—Sí, ya. Imagino que tendremos noticias muy pronto.

—Gracias, me pone un poco nerviosa pensar en que me llamen por teléfono o algo.

—Si te llaman debes decirles que no tienes nada que hablar con ellos, que se dirijan a tu bufete de abogados, que cuando les digas el nombre se echarán a temblar.

—No me extraña, das mucho miedo —bromeó, provocándole la risa.

—¿Eso piensas? ¿Te di miedo el domingo? —Su voz se había vuelto más grave y sensual. Supo a qué se refería al instante.

—Un poco —bromeó.

—Pues estoy deseando asustarte otra vez —sugirió con picardía—. Se me va a hacer la semana demasiado larga hasta el viernes.

—¿El viernes? Creí que habíamos quedado el sábado.

—He cambiado la cita del sábado al viernes. Así podré verte antes.

—Me alegro —admitió con ilusión. Parecía como si su vida fuese a recuperar su rumbo en breve, y eso la hacía sentir animada.

Capítulo 22

Estela

La semana transcurrió como una sucesión de días en los que su nueva rutina comenzaba a asentarse. Se levantaba temprano, acudía a la hacienda con el tiempo justo para observar la última parte del entrenamiento de Olympic y disfrutaba de la compañía del caballo celebrando cada pequeño progreso, manejándoselas mejor con este día tras día.

El humor de Macarena continuaba igual de desapacible, pareciera que tomase zumo de limón recién exprimido cada mañana. A penas cruzaba un buenos días con ella, recogía al caballo, jugaba con él, le cepillaba mientras su respiración se normalizaba, le daba un buen baño que siempre agradecía y después le llevaba hasta su box y le acompañaba mientras se alimentaba.

Apenas había visto a Hugo en un par de ocasiones desde el lunes, y cuando lo hizo parecía muy atareado. En cambio sí había visto a su ayudante, era este quien le había preguntado por la alimentación de Olympic, que había mejorado de manera notable.

Suponía que él debía estar en el interior de la clínica, muy ocupado, ¿o tal vez estaría evitándola? Ella había decidido cambiarse de ropa en el coche, llevaba una camiseta de tirantes y unos *shorts* bajo la ropa de trabajo porque la mera idea de ducharse en una habitación contigua a en la que estaría Hugo la hacía ponerse nerviosa. También él podría pensar que le evitaba, sin que le faltase razón.

Aquella mañana Macarena debía haber superado su dosis de cítricos, porque ni siquiera respondió a su saludo. Bajó del caballo y le entregó las riendas. Estela no se molestó en preguntarse qué tripa se le habría roto a aquella mujer. Tenía suficiente con sus propios problemas como para dedicarle un solo minuto al humor de aquella chica, así que se llevó a su amigo equino hacia la zona de los boxes.

Vio a Hugo en la distancia y le saludó, él le devolvió el saludo. Se dirigía a la clínica con Mateo, que tiraba de un caballo alazán hacia el interior.

Posó el rostro en el costado de Olympic y se meció con su respiración. Su pelaje azabache había dado un cambio espectacular a lo largo de los días, estaba resplandeciente, fuerte y suave. Como todo él, parecía más enérgico, lleno de vida, nada tenía que ver con el animal apagado que conoció en su primer día.

Comenzó a deshacerle de la silla de montar, como hacía cada jornada, dispuesta a darle un baño. Pero Olympic comenzó a cabecear y dar un paso adelante, agitando sus preciosas crines.

Estela volvió a intentarlo, pero repetía el gesto. Otra vez y otra vez más.

–¿Qué te pasa, Oly? –le preguntó en voz baja–. ¿No quieres que te quite la silla?

—Creo que quiere que lo montes —dijo alguien a su espalda, alguien que tenía el don de aparecer cuando se daba la vuelta. Hugo.

—¿Yo? Ni hablar. Solo he montado a caballo una vez y fue un poni cuando era niña. No me veo capaz.

—Pues me da que no es de los que se rinden con facilidad cuando se proponen dar un paseo con una chica —sentenció con una sonrisa.

—No me atrevo, ¿y si le hago daño?

—¿Tú a él? Lo normal sería que temieses caerte.

—Estoy acostumbrada a caerme, siempre he sido un poco patosa.

—Nadie lo diría —rebatió. ¿Sabría él lo adorable que resultaba cuando se lo proponía?–. Vamos, móntalo, os vendrá bien a los dos, yo te ayudaré.

No estaba muy convencida, pero decidió hacerlo, Olympic volvió a deslizar el rostro sobre su hombro, y Hugo sostuvo las riendas mientras la ayudaba a subir a su lomo. Se sintió como si hubiese ascendido a la cima del Everest. El mundo parecía más pequeño desde la grupa de Oly.

—Tranquila. Se portará bien —aseguró, entregándole las riendas—. Cuando es el caballo quien elige a su jinete no hay nada que temer.

—Casi ni me acuerdo de cómo era esto... Tirar hacia detrás es que se pare y a derecha e izquierda para girar a cada lado, ¿verdad?

—Acabas de aprobar primero de equitación —aseguró haciéndola reír—. Ve hasta el inicio de la valla del cercado de entrenamiento y vuelve, poco a poco irás sintiéndote más segura.

—No te vayas muy lejos. Por si necesito pedirte ayuda.

—Tranquila, voy a ponerle esta inyección a Predicador y enseguida voy hacia allí –dijo mostrándole una jeringa encapuchada que guardaba en el bolsillo de su pijama–. Tardo un minuto.

Olympic comenzó a caminar hacia la zona de entrenamiento despacio, meciéndola en su pasear sereno, ayudándola a relajarse. Pisaba con elegancia sobre el albero, casi como si estuviese bailando.

Estela le palmeó el cuello y le rascó el pelaje a contrasentido, Oly cabeceó y aceleró el trote. Ella aseguró los pies en los estribos y se dejó guiar por el animal. El sol resplandecía sobre sus cabezas en un cielo despejado, comenzaba a hacer calor, aunque no demasiado.

Rodearon un pozo artificial cercano e iban a iniciar el camino de vuelta cuando…

–¿Se puede saber qué coño haces? ¡Baja de ese caballo ahora mismo! –la increpó Macarena, asustándola, apareciendo desde la segunda nave de boxes con el casco puesto y la fusta en la mano, tirando de las riendas de otro caballo hacia ellos. Parecía dispuesta a bajarla de un empujón.

–Yo solo…

–¡Que te bajes! ¡Puedes lastimarlo con tu peso! –exclamó mirándola desde su metro cincuenta con los ojos en llamas, arrebatándole las riendas de las manos.

–¿Me estás llamando gorda?

–No te estoy llamando nada. Pero Olympic es un animal delicado y con lo larga que eres debes pesar más que un percherón.

–Yo pesaré como un percherón pero tú no llegas ni a poni –contestó roja de rabia.

–¿Qué está pasando aquí? –preguntó Hugo, alcanzándolas. La expresión de fiereza de Macarena se mudó al instante, transformándose por completo en una amplia sonrisa, dejándola a cuadros.

—Hola, Hugo, qué gusto verte. No pasa nada, estaba explicándole que es arriesgado montar a Olympic, puede dañarlo y…

—Lo siento mucho, he sido yo quien le ha pedido que lo monte porque creí que sería bueno para él, te pido disculpas.

—No, no. No tienes por qué hacerlo. Mi único temor es que Jon Gilbert la vea y la regañe.

—¿Me regañe más aún, querrás decir? —sugirió Estela. Que no pretendiese entonces que la había tratado con educación.

—Vamos, solo te he advertido.

—No te preocupes, Macarena, yo hablaré con Jon, pero no creo que tenga inconveniente en que la cuidadora que ha designado él mismo le monte de vez en cuando, aun así me aseguraré.

—Bueno, solo temo que ahora que al fin tenemos progresos…

—En parte gracias a Estela. Desde que está cuidándolo está mucho mejor, estoy convencido de que lo has notado.

—No quiero volver a atrás, Ascot está a la vuelta de la esquina. Bueno, voy a trabajar un poco con Princesa. A ver si nos vemos fuera del trabajo, Hugo, que desde la última vez que salimos ha pasado un siglo.

—Claro, un día de estos.

—Te llamaré —afirmó, alejándose de ambos, introduciéndose en el cerco de entreno más cercano, preparado para la competición de salto.

Hugo sostuvo las riendas de Olympic y tiró de este hacia el lateral de las cuadras en el que se encontraba su establo.

—¿Has salido con ese mal bicho? No me lo puedo creer —preguntó Estela sin poder contenerse.

—Fue antes de conocer a Yolanda. Solo salimos dos veces.

—No doy crédito.

—¿Por qué? Es una chica atractiva.

—¿Atractiva? Es un orco de Mordor. Y no por su aspecto, sino por su personalidad. Lo bueno es que podrías colgártela de llavero y así sabrías siempre donde está. No me puedo creer que te hayas acostado con ella.

—Yo no he dicho que me haya acostado con ella.

—Pero lo has hecho. —No fue capaz de mirarla en ese instante y fue respuesta suficiente—. Lo sabía.

—Ya veo que te cae bien.

—¿Cómo va a caerme bien? Acaba de llamarme gorda.

—Tú no estás gorda, estás perfecta. —La miró entonces y Estela sintió un revuelo extraño en la boca del estómago.

—Ya sé que no estoy gorda, pero si lo estuviese me habría traumatizado. Es una estúpida. Gracias por sacar la cara por mí.

—No tienes por qué darlas, es cierto que te animé a hacerlo. Puede que Macarena sea algo especial, pero es buena entrenadora. Los caballos hacen grandes progresos con ella. ¿Y qué la llamaste tú?

—¿Yo? Nada.

—Vamos, ¿qué la llamaste? Ni en un millón de años me convencerías de que te quedaste callada.

—Poni. La llamé poni, y no me siento orgullosa, pero lo merecía.

Hugo dio una sonora carcajada, tenía una risa deliciosa.

—Siempre has tenido mucho carácter. Recuerdo una vez en la que tú y tu prima Nuria os peleasteis en el patio de casa de tus padres por las Barbies, le lanzaste un zapato y le salió un buen chichón —relató guiándoles, en dirección a los boxes. Estela se sintió avergonzada, era cierto, fue una niña un tanto rebelde que no dudaba en pelearse a golpes si hacía falta.

—Ella les cortaba el pelo a mis muñecas, me las dejaba rapadas, y ese día cogió mi Barbie princesa y no me la devolvía.

—¿Y aquella vez que le partiste el dedo anular a tu hermano?

—Fue sin querer, le empujé para que me dejase jugar en paz y se cayó sobre la mano... ¿Y a qué viene esto ahora? ¿Me vas a juzgar por mis discusiones de la infancia? Porque si no recuerdo mal tú te pegaste con vuestro amigo Gustavo —Gus era el tercer mosquetero de la pandilla del instituto de Javi y Hugo.

—Sí, y no fue agradable.

—¿Y por qué? Nunca supe por qué os enfadasteis.

—Por tonterías. Ni siquiera recuerdo muy bien el motivo —mintió. Claro que lo recordaba. Gus y Javi discutieron por una chica que había sido novia del segundo y ahora estaba interesada en el primero, y cuando Javi le acusó de quedarse como segundo plato, Gustavo trató de molestarle afirmando que a su hermana no le pareció un segundo plato, que se había liado con Estela y le había tocado los pechos porque era una chica fácil. Javi no tuvo tiempo de defender el honor de su hermana ante aquella infamia, fue Hugo quien le partió la boca, literal, el labio superior y un diente.

—Por chicas, estoy convencida de que ese fue el motivo de vuestra discusión.

—Quizá tengas razón, no lo recuerdo —dijo con una sonrisa, girándose para mirarla a los ojos.

—Aunque a mí Gus nunca me gustó demasiado, era un prepotente que se las daba de superior cuando era más feo que un mono con varicela.

—Pues lo último que sé de él es que se casó, se divorció a los pocos meses y vive en Madrid.

—No me extraña que se divorciase tan rápido si sigue igual. ¿Sigues hablando con él?

—No. Lo sé por un conocido común. Ese día dejamos de ser amigos. —Gus intentó hacer las paces con él meses después, aún sin entender su reacción. Pero Hugo no podía perdonarle que hubiese ofendido a la chica de sus sueños.

Llegaron al box de Olympic y Hugo le ofreció la mano para ayudarla a bajar del animal.

Ella se agarró de sus hombros y tuvo que sostenerla por la cintura, cogiéndola en brazos hasta posarla en el suelo, muy pegada a su cuerpo.

Cuando sus ojos se encontraron, frente a frente, sintió un terrible temor y deseo a la vez de que volviese a besarla. Se mordió los labios ansiosos porque lo hiciese de nuevo. Y por un momento creyó que lo haría, sintió la fuerza de sus manos en su cintura, el peso masculino de estas. Cerró los ojos y recibió un casto beso… en la frente.

Un beso que despertó más aún su desazón interior.

¿Era posible sentir mariposas con un beso en la frente?

Lo era, las sentía.

—No solo le has devuelto la ilusión a Olympic por aquí —susurró con sus labios aún pegados a su piel—. Tengo que volver al trabajo.

Cuando abrió los ojos contempló cómo se alejaba en la dirección de la clínica y suspiró con el corazón latiéndole a galope tendido. Olympic relinchó y ella le acarició.

—Pues sí, Oly. Me he quedado con las ganas. Pero estoy conociendo a Tyron y Tyron me encanta, esto no puede ser, es una locura.

Capítulo 23

Hugo

Había estado a punto de besarla, cuando cerró los ojos el impulso fue arrollador.

Pero, ¿ella quería que la besase? ¿Por qué habría cerrado los ojos si no?

Se moría por hacerlo, pero temía asustarla, que le considerase un irrespetuoso, que tomase una idea equivocada de él. O que le respondiese con una bofetada y le rehuyese el resto del tiempo que pasase trabajando en la hacienda.

Su amigo el abogado se encargaría de que no fuese demasiado.

Trató de no volver a cruzarse con ella, no sabía si sería capaz de contener aquel beso que aún le quemaba en los labios.

A la hora del almuerzo decidió ir a casa de su madre, comió con ella y le contó que había roto con Yolanda. Le sorprendió la naturalidad con la que aceptó la noticia, como si estuviese esperándola.

Hugo se sentía muy unido a su madre, después de que sus padres se divorciasen durante su primer año de instituto a él le tocó ejercer el papel de hermano responsable con Eric, el pequeño, con el que se llevaba apenas tres años, cuando este aumentó en rebeldía tras la ruptura.

Ambos mantenían buena relación con su padre, que vivía en el cercano pueblo de Barbate donde trabajaba como comercial de ventas en un concesionario de motocicletas. Pero sentían una especial adoración por su madre, Ana, maestra de educación primaria, una mujer fuerte que había continuado con su vida tras la ruptura.

Esta desde hacía cinco años mantenía una relación de noviazgo con un caballero del pueblo al que le negaba vivir juntos hasta que su hijo menor se independizase. Era una mujer clara, transparente y, en ocasiones, demasiado directa en sus opiniones.

–Lo sabía. Es que lo sabía. Estaba segura de que terminarías con ella –dijo cerrando la novela que estaba leyendo para centrar su completa atención en su hijo mayor, quien le había preparado café y se lo había llevado a la terraza de la casa familiar en la parte sur del paseo de las Cobijadas.

–¿No te gustaba? Nunca me dijiste nada.

–A mí me gustará la mujer que elijas tú. Y estaba convencida de que no sería ella. Una vez me hizo un comentario que no me pareció apropiado –reveló arrugando la nariz con aire confesor–. Me preguntó si tú me ayudabas económicamente y, aunque me sorprendió, para no ser maleducada le contesté la verdad, que no. Me dijo que menos mal, porque ella pensaba dejar de trabajar en cuanto os caseis porque odia su trabajo y si tú me dabas parte de tu sueldo no podría hacerlo.

–¿Te dijo eso?

–Sí. No le respondí a gusto porque no quería que te repercutiese a ti lo que pudiese decirle, pero le habría contado un par de cosas sobre trabajar para criar a tus hijos.

—No me lo puedo creer. Si yo te ayudase sería algo entre tú y yo.

—Fue un poco desagradable, pero ya pasó.

—Pasó, pero no me dijiste nada. Estoy muy enfadado ahora mismo, me gustaría tenerla delante para decirle un par de cosas. —Y lo estaba. Mucho. Había quedado claro que Yolanda no era la mujer que él creía. Su madre nunca aceptó su dinero porque no lo necesitaba, pero si hubiese tenido que ayudarla para salir adelante no habría sido asunto suyo, en absoluto.

—Bueno, cambiando de tema, ¿sabes a quién vi el otro día en el supermercado con su madre? ¡Hacía años que no la veía y está guapísima! A Estela, la hermana de tu amigo Javi. —Su expresión debió cambiar de inmediato. ¿Cómo podía conocerle tanto? ¿Acaso podía sospechar lo que sentía por ella? Nunca le había hablado de ello—. ¿La has visto?

—Sí.

—Qué preciosa está, y lo simpática que ha sido siempre conmigo. Ellas ayer no me vieron porque las vi pasar de lejos cuando me marchaba y no me quise entretener. Está más guapa todavía que cuando era una chiquilla. ¿Te acuerdas de que estabas loquito por ella?

—Mamá, por favor —protestó como si fuesen imaginaciones suyas.

—¿Te crees que no lo sé? Por favor, que soy tu madre y te conozco mejor que tú mismo. Te la quedabas mirando embelesado cuando nos invitaban a los cumpleaños de Javi. —Hizo ademán de imitarle apoyando ambos codos sobre la mesa con aire atolondrado.

—Ya basta, no creo que sea el mejor momento para que te burles de mí.

—No me burlo. Pero deberías echarle el ojo, es una niña encantadora, guapísima e inteligente, de las que ya no quedan. ¿Sabes si tiene novio?

—Creo que sale con un abogado.

—Los abogados son muy sosos. Seguro que no es nada serio —sentenció dando un sorbo a su café.

Hugo decidió que no le contaría que trabajaban juntos para evitar que le preguntase por ella más a menudo.

—¿Y tú?

—¿Yo qué? También estoy estupenda y maravillosa.

—Eso no lo dudo. Pero, ¿por qué no dejas de interesarte por mi vida amorosa y le dices a Roberto que se venga a vivir a casa contigo?

—Mientras tu hermano esté en esta casa…

—Vamos, sabes que eso es solo una excusa. Primero porque a él le cae genial Roberto y segundo porque Eric solo viene los fines de semana de Sevilla y cuando termine el máster universitario se irá a vivir con Fanny. Estaría mucho más tranquilo si Roberto estuviese aquí contigo, si te sucediese algo estando sola, yo…

—Si me sucediese algo es que estaba destinado a que me ocurriese. Cuando tu hermano termine los estudios y se vaya a vivir con su novia le diré que sí, que deje algo más que el cepillo de dientes en casa. Pero mientras continuaré disfrutando de mi soltería.

—Qué peligro tienes, mamá.

—No lo sabes bien. Pero ahora eres tú quien tiene que divertirse, no vayas a quedarte en casa penando. Sal, conoce a chicas, disfruta.

—Lo haré.

—No digas que lo harás. Hazlo.

–Que sí, mamá, que no voy a quedarme encerrado en casa. He salido varias noches con Aarón, de hecho he quedado esta misma noche con él para airearme un poco.

–Así me gusta. Hay que echarle vida a los días, no días a la vida.

Capítulo 24

Estela

—Un penique por tus pensamientos —dijo Tyron tocándole la punta de la nariz con el dedo índice. Estaban sentados en la terraza del club Wasabi en la playa de El Palmar.

Se trataba del local de moda de la incipiente temporada estival, con estructura de madera y techados de grandes vigas y tul blanco, con camas balinesas en torno a una gran piscina y una espectacular terraza frente al mar. El brillo anaranjado del anochecer se extendía a su alrededor, la música envolvía el ambiente pero en un tono que no impedía la conversación.

Tyron la había recogido en la puerta de casa y habían decidido tomar una copa en la playa para pasar un rato juntos antes de que continuase su camino hacia Gibraltar.

—Estaba pensando en las vueltas que da la vida. Hace solo dos semanas yo era como esas chicas que beben champán caro —apuntó, indicando hacia un grupo de treintañeras vestidas con largos trajes de firma que degustaban sus copas rellenas del burbujeante licor–. Y de la noche a la mañana todo se desvanece, todo el estrés, las llamadas, los viajes, el ritmo trepidante, y te encuentras de vuelta en casa de tus padres.

–Estela, volverás a ese ritmo de vida, recuperarás tu vida, te lo prometo.

–Te pareceré una loca, pero ni siquiera sé si lo echo de menos, Tyron. La semana que llevo cuidando de ese caballo me ha hecho darme cuenta de que puedes trabajar y disfrutar haciéndolo sin llevar ese ritmo.

–Eso lo dices porque aún estás traumatizada por todo lo que ha pasado –sugirió, como si la mera posibilidad le resultase ridícula. Llamó con un gesto al camarero y cuando este se acercó le pidió una botella del mismo champán que tomaban las mujeres a las que se había referido.

–¿Por qué lo has pedido?

–Si deseas champán tendrás champán, si deseas una estrella te conseguiré una. Llevo toda la semana pensando en ti, Estela, no sé qué me has hecho, pero me has vuelto loco –afirmó, provocándole una sonrisa. Ella no deseaba champán, tampoco una estrella, solo ser feliz, y en aquel momento parecía que comenzaba a superar el varapalo de la pérdida de su trabajo.

Tyron se acercó a sus labios y la besó. Fue un beso dulce y delicado con sabor a refresco de limón, él no podía tomar una sola gota de alcohol, ya que tenía que conducir.

Cuando se apartó de su boca y abrió los ojos lo primero que vio fue el rostro moreno de Aarón, el encargado de la hacienda, que acababa de llegar a la zona de las mesas más próxima al mar, hablaba con alguien a quien no veía por la interposición de un pilar en su línea de visión, pero en cuanto dio un paso más comprobó que se trataba de Hugo.

Sintió como si una oleada de calor la hubiese recorrido por dentro desde el estómago hasta las sienes.

—¿Qué te parece si mañana vengo a recogerte y pasamos el día en Gibraltar? Me apetece enseñarte mi casa, si tienes interés en verla.

—Claro. Estaría muy bien —respondió sin apartar la vista del par de amigos que acababan de llegar, si se dirigían a la barra pasarían por su lado, parecía irremediable.

Aarón tomó asiento, y Hugo pareció el encargado de ir a por las bebidas.

—Se está haciendo tarde para ti, Tyron. No quiero que conduzcas tan cansado —dijo con la esperanza de que se marchasen por el acceso lateral a la piscina, sin tropezarse con él. No sabría qué cara poner después del momento «ojos cerrados como una lela» de aquella misma mañana que aún repasaba en su cabeza.

—¿No esperamos la botella de champán?

—No me apetece ahora mismo.

—Está bien, de todas formas me la llevaré a casa para mañana. —Se acercó a la barra, dejándola sola, justo cuando Hugo la alcanzaba, pero no parecieron verse el uno al otro entre tanta gente. Regresó con la botella y la dejó en la mesa—. Voy a ir un momento al baño y nos marchamos —advirtió, y desapareció hacia los aseos.

Ella permaneció inmóvil, como si así lograse evitar ser vista, mientras espiaba a Aarón por el rabillo del ojo, sentado dándole la espalda en la distancia.

—¿Estela? —La había visto. Claro que Hugo no la había pasado por alto en su regreso con las bebidas.

—Hola, ¡qué casualidad!

—Pues sí. He venido con Aarón a tomar algo.
—Ah, ¿salís fuera del trabajo?
—Sí, después de seis años juntos somos algo más que compañeros de trabajo —pareció analizar la frase en su mente y ella pudo percibir cierta alerta en su mirada al hacerlo—, por supuesto quiero decir que somos amigos, nada más —aclaró, haciéndola reír—. ¿Y tú has venido con...?
—Tyron. Sí, he venido con él. Viene de regreso de Sevilla de trabajar en un caso y a la vuelta pues... —Estaba hablando de más. Lo sabía, pero le costaba parar cuando se ponía nerviosa.
—Ya. ¿Celebráis algo? —preguntó indicando hacia la botella de champán.
—No, nada. Es para mañana, me gusta el champán.
—Ah. Una cosa más que descubro de ti, mis recuerdos de lo que te gustaba se quedaron en los Frigopiés —dijo haciéndola reír—. ¿Aún te gustan? ¿Se trata de algún tipo de fetichismo o algo?
—Qué tonto eres. Y sí, aún me gustan.
—¿Qué le gusta a mi chica? —preguntó el abogado interviniendo en la conversación—. Me llamo Tyron Lancaster —se presentó ofreciéndole la mano, Hugo dejó las bebidas sobre la mesa ante ambos y la estrechó con fuerza. El apretón duró unos segundos eternos, como si estuviesen midiéndose el uno al otro.
—Hugo Lago.
—Estela me ha dicho que hace mucho que os conocéis.
—Desde que éramos niños —respondió él.
—Hugo es el mejor amigo de mi hermano.
—¿Y vives aquí, en Vejer?
—Sí. Volví hace ya unos años. Bueno, los hielos se están derritiendo y mi amigo me matará. Ha sido un

placer conocerte, Tyron –dijo con una frialdad inaudita en él–. Estela, que tengas un buen fin de semana, nos vemos el lunes.

–Hasta el lunes, Hugo –respondió ella, la tensión podía cortarse con un cuchillo.

–Adiós. Y tranquilo, de lo del buen fin de semana ya me encargo yo –afirmó con un tono prepotente y casi maleducado.

Hugo, sin decir nada más, se marchó hacia el exterior cargado con sus bebidas.

–¿Qué te pasa? –le preguntó molesta.

–¿A mí? Nada, vámonos. –Su expresión había cambiado por completo, volvía a ser el Tyron dulce y encantador que conocía.

–Eso de «del fin de semana me encargo yo» creo que ha estado fuera de lugar –aseguró incorporándose de su silla, caminando hacia la salida.

–Vamos, Estela, un poco de sentido del humor, era una broma –dijo sosteniéndola del brazo, obligándola a volverse para mirarle–. ¿No es cierto que lo pasamos bien juntos? Y por supuesto de que me encargaré de que pases un fin de semana estupendo, si tú me dejas. Perdóname si te ha sentado mal, no era mi intención –rogó disculpándose con las manos juntas como si rezase, con la botella de champán colgando entre ambas y sonrisa de cordero degollado.

Estela suspiró, dispuesta a dejarlo pasar por alto. A olvidarse de la conversación y la tensión entre ambos, pero Tyron no parecía dispuesto a permitírselo. En cuanto subieron al coche volvió al ataque.

–Ese tipo, es el mismo con el que conversabas la noche que cenamos en El Califa, ¿verdad? –preguntó accionando el intermitente en la carretera comarcal que les llevaría de regreso hasta Vejer.

—Sí. Como te he dicho nos conocemos desde hace muchos años.

—Ha dicho que os veréis el lunes.

—Sí, claro. Él es quien me consiguió el trabajo.

—Le estarás muy agradecida por tan grandiosa oportunidad —ironizó, haciéndola sentir molesta de nuevo.

—Pues mira, sí, lo estoy. Me consiguió un trabajo en tiempo récord con el que poder pagar los costosos honorarios de tu bufete.

Un músculo palpitó en la mandíbula de Tyron, que apretó con fuerza por el golpe.

—Los negocios son negocios.

—No te lo discuto, pero cualquier trabajo es digno si la persona que lo desempeña tiene dignidad.

—Eh, no te enfades, por favor. Discúlpame —pidió acariciándole la mejilla—. ¿Él también es mozo de cuadras?

—No, Hugo es veterinario. Te hablé de los consejos que me da con el caballo el domingo en el barco.

—Perdona, pero del domingo lo único que recuerdo es el sabor de tu piel. —Chascó la lengua con picardía, haciéndola sentir sofocada—. Es un tipo afortunado. Me pongo celoso al pensar que puede pasar los días contigo y yo en cambio tengo que esperar al fin de semana para verte.

—A ver, no pasa los días conmigo, nos vemos solo de pasada en el trabajo porque él está la mayoría del tiempo en la clínica. Y la verdad creo que es un poco pronto para el tema de los celos.

—Es solo una forma de hablar, de intentar expresarte lo mucho que me gustas, pero tienes razón, perdóname. No sé por qué he dicho eso, lo cierto es que no soy un hombre celoso —afirmó, posando la mano sobre su muslo desnudo bajo el vestido, acariciándola—. Me encantas, Estela, me he pasado la semana deseando que llegase el fin de semana para verte, tocarte y estar contigo.

—Yo también lo pasé genial el domingo, me gusta estar contigo —sintió cómo los dedos ascendían despacio por el muslo mientras mantenía la vista fija en la carretera. Dejó escapar un jadeo.

—Quiero estar contigo más tiempo, necesito más tiempo —clamó cuando las yemas de sus dedos habían alcanzado el encaje de su ropa interior, presionando la zona cálida de sus ingles. Estela entreabrió las piernas sintiéndose una descarada. Iban en el coche, circulando por la carretera, acababan de discutir por primera vez desde que le conocía y se rendía a su caricia de reconciliación—. Coge algo de ropa y pasa la noche conmigo, en mi casa. Qué digo la noche, pasa el fin de semana conmigo.

—No puedo hacer eso —dijo casi en un gemido.

—¿Por qué? ¿Trabajas mañana?

—No, pero tendría que explicárselo a mis padres. —Sintió la presión de sus dedos en aquella parte tan íntima y el deseo la recorrió de pies a cabeza.

—Déjales una nota, habla con ellos, pero por lo que más quieras, pasa la noche conmigo —rogó con un brillo de desesperación y deseo en la mirada que terminó de encenderla.

Capítulo 25

Estela

La bruma del amanecer envolvía el gran crucero trasatlántico atracado en el muelle que destacaba por encima del resto de embarcaciones. Al fondo se extendía por la costa el cercano municipio de La línea con sus bloques de altos edificios y sus playas de arena dorada. Más allá, con las luces del puerto aún encendidas, Algeciras despertaba ante la llegada del nuevo día.

Las vistas desde el lujoso ático de Tyron situado en la exclusiva The Island's Road eran espectaculares. Ocupaba la planta en su totalidad, estaba compuesto por la unión de dos apartamentos, lo cual podía hacerle una idea del nivel económico que manejaba el abogado.

Aquellas no eran las vistas de Gibraltar que añoraba, las del Gibraltar del lujo, de los veleros y yates, esas que relacionaba con su trabajo a órdenes de Samuel Walcott. Ella había vivido con el teleférico pegado a la ventana de su dormitorio, oyendo el zumbido del cable al subir y bajar turistas. Despertando con los gritos de su vecina a su marido para que se levantase de la cama o por su amiga Kate danzando *Born this way* de Lady Gaga en ropa interior con la música a todo volumen mientras se cepillaba los dientes.

Sonrió al pensar en Kate y se arropó con la colcha que había tomado de la cama en la que él aún dormía.

No recordaba cuánto tiempo hacía que no dormía con alguien, así abrazado a su cuerpo. Habían hecho el amor una vez cada una de las dos noches que habían pasado juntos en aquel extraño fin de semana de idas y venidas por los lugares más exclusivos de La Roca.

Lo hicieron sobre pétalos de rosa extendidos en las sábanas de seda, bebiendo champán hasta agotar la botella cuando llegaron desde Vejer la noche del viernes. Y también sobre el lecho, sin tanta parafernalia, la noche anterior después de cenar en el lujoso restaurante Titans, para el cual era necesaria una reserva con al menos un mes de antelación, para cualquier mortal menos para Tyron Lancaster, al parecer.

Tyron era un amante cuidadoso, que la había acariciado con la paciencia y mimo de si saborease una fruta delicada. Posando sus manos con suavidad sobre cada recodo de su piel, tocándola con adoración.

Pero en su mente rondaba una preocupación a la que se negaba a dar importancia, aunque a la vez la hacía sentir incómoda. No se había corrido, ninguna de las dos noches. San Orgasmo, como le llamaba Kate, se encontraba desaparecido.

La primera vez pensó que se debía a los nervios, o al champán, cuando no llegó. Y no podía culpar a Tyron por no esforzarse en los preliminares, quizá incluso hubiesen sido demasiados para su gusto.

En la segunda ocasión, la noche anterior, se empeñó tanto en conseguirlo, pero tanto, que no lograrlo la hizo sentir frustrada. Ansió que terminase lo antes posible, para poder masturbarse en la cama y llegar al clímax mientras él se duchaba. Y entonces lo consiguió, el orgasmo llegó con facilidad de la magia de sus propias manos y eso la hizo sentir aún más confusa.

Había tenido sexo con un hombre atractivo, simpático, encantador, ¿qué demonios le pasaba a su cuerpo?

La primera vez que lo hicieron, en el barco, llevaba tanto tiempo sin practicarlo que se había corrido casi sin que la tocase. Y pasado ese fragor inicial era como si no tocase las teclas adecuadas.

Pero las tocaba, y se esforzaba, se esforzaba tanto que ante un *cunnilingus* infinito había tenido que fingir por temor a que acabase devorándola de verdad, o muriese atragantado.

¿Entonces? ¿Se habría convertido en una frígida de la noche a la mañana?

—Buenos días, preciosa —dijo sorprendiéndola, besándola en el hombro y rodeándola con sus brazos por la cintura. Se había despertado y había acudido al balcón a buscarla.

—Buenos días.

—¿Has dormido bien?

—Muy bien.

—¿Qué te apetece hacer hoy? Tengo una pequeña entrevista a las doce con un cliente que solo viene los domingos, pero después soy todo tuyo.

—Pues si no te importa, mientras tienes esa entrevista iré a ver a Kate a la pizzería.

—Claro.

—Por cierto, ¿de qué os conocéis Kate y tú?
—¿No te lo ha contado?
—No. No le he preguntado, tampoco le he dicho que tú y yo...
—¿Que estamos juntos?
—Que hemos intimado.
—¿Por qué?
—No lo sé, cuando hemos hablado por mensaje le he preguntado por su familia, por nuestros amigos, pero quizá me resultaba extraño decirle que me he acostado con el abogado que me recomendó –dijo con total sinceridad.
—Vamos dentro, prepararé café y te contaré de qué nos conocemos Kate y yo.

Pasaron al interior del apartamento y él preparó el desayuno. Estaba muy atractivo con solo el pantalón del pijama, dejando al descubierto el torso salpicado de vello moreno con los músculos marcados a base de horas de gimnasio. Era sexy, era deseable, y aun así no se había corrido.

—Kate estuvo trabajando para mí como administrativa en el bufete hace ocho años.
—Ah, ¿sí?
—Y nos acostábamos.
—Vaya. –Aquello no lo esperaba.
—Ella tenía novio.
—¿Mitch?
—Sí, creo que se llamaba así. Pasaban un mal momento.
—Me ha hablado de él, pero de ti no.
—Fue una relación clandestina, nada serio, nos veíamos un par de veces por semana. Estuvimos unos ocho o nueve meses así hasta que dejó el trabajo porque estaba decidida a dar una nueva oportunidad a Mitch.

Quedamos como amigos y así ha sido todos estos años. Te lo cuento porque no quiero que haya mentiras entre nosotros —relató sirviendo el café.

Estela tomó su taza y soplando el humeante vapor le dio un sorbo.

—No voy a decirle que lo sé, me lo contará si lo cree conveniente.

—¿Te molesta que ella y yo tuviésemos algo?

—Pues si te soy sincera no me resulta agradable si me paro a pensar que te acostabas con mi amiga y ahora conmigo. Es raro. Pero fue hace mucho tiempo y no nos conocíamos. Podré vivir con ello.

Tyron la atrajo hacia él y la besó. Su beso se prolongó en intensidad, arrebatándole la taza de la mano, dejándola en la encimera de la inmensa cocina. La apretó con su cuerpo contra el mármol de la encimera, permitiéndole percibir una inminente erección.

Estela disfrutó con su beso y le rodeó el cuello con los brazos, entonces buscó sus pechos por debajo del pijama y ella le contuvo. No quería volver a hacerlo, aún no, no soportaría volver a sentirse frustrada, necesitaba algo más de tiempo.

—¿Qué pasa? ¿No te apetece...? —susurró sin apartar los labios de su boca.

—Anoche dijiste que no te quedaban más preservativos, no quiero empezar algo que no vamos a poder terminar.

—Compraré más —sentenció liberándola con una sonrisa.

—No quiero llegar demasiado tarde hoy a casa, necesito preparar varias cosas para el trabajo.

—¿Qué necesitas preparar para asear un caballo? —dudó incrédulo.

—No solo el aseo. Olympic y yo paseamos, le hablo,

le pongo música y le hago masajes y le doy chucherías para caballos, le cepillo, y no sabes lo feliz que le hace, relincha en cuanto me huele aparecer por el lineal de las cuadras. —Su mirada de escepticismo, como si no pudiese creer que le relatase con ilusión lo que hacía, la irritó.

—Hablas de ese caballo como si fuese una persona.

—Sé que no es una persona y por eso, porque no lo es y yo no sé nada de caballos tengo que investigar, aprender qué les gusta y qué no, qué puedo darles... No puedo estar molestando a Hugo con cada idea.

—A Hugo.

—Claro, teniendo a un veterinario cerca, ¿a quién mejor puedo preguntarle?

La expresión de Tyron se había mudado como si hubiese mencionado al mismísimo demonio.

—Claro —aceptó forzando una sonrisa—. Te llevaré a casa en cuanto me lo pidas. He estado pensando mucho durante este fin de semana. A veces pienso y todo —bromeó, devolviéndole la taza de café, tomando él la suya.

—¿Y qué has pensado?

—Que si te parece bien podría hablar con un cliente que además es amigo, Ryan Malfaci, uno de los directivos de Malfaci Architecture, ¿te suena?

—Claro que me suena, eran nuestros mayores competidores en la mayoría de los proyectos internacionales. ¿Hablar de qué?

—De ti.

—No creo que se plantee siquiera contratarme, me imagino que Walcott se ha encargado de que mi fama de traidora me preceda, hasta que mi nombre no quede limpio ninguna empresa me daría una oportunidad por el miedo a que revele sus proyectos a la competencia.

—No si le convenzo de que fuiste engañada y utilizada como cabeza de turco.
—No tienes por qué hacer eso.
—Pero quiero hacerlo. Lo único que me preocupa es que con casi total probabilidad te ofrezca trabajo en su sede central en Londres.
—Eso no es un problema.
—Para mí sí lo es. Cuanto más tiempo paso contigo más te echo de menos cuando te marchas —confesó abrazándola. Estela apoyó el rostro en su hombro desnudo y lo besó. ¿No estaría dando demasiadas vueltas a percepciones sin fundamento? Tyron era un hombre maravilloso, de los que merecían la pena, aunque en ocasiones sus comentarios le rechinasen en los oídos.
—A mí también me gusta pasar tiempo contigo.

Cuando Kate la vio aparecer por la puerta del restaurante se abalanzó sobre ella. Estaba trabajando tras la barra y se arrojó a sus brazos como el náufrago que acaba de encontrar una balsa hinchable. La colmó de besos y achuchones. Estaba tan guapa como siempre, con su cabello rubio recogido en una coleta, la camiseta blanca y los vaqueros oscuros con el logotipo de la pizzería y su pequeño mandil negro. Tan menuda y tan vital, mirándola como si se tratase de una aparición.

—*My dear, no te imaginas, how i missed you*[4]. — Volver a disfrutar de su llanito resultaba regenerador. La cogió de las manos y la acompañó a una de las mesas en el restaurante casi vacío a aquellas horas de

---

[4] Querida, no te imaginas, cuánto te he echado de menos.

la mañana–. ¡Piero, me tomo cinco minutos! –clamó al dueño, un italiano con la cabeza afeitada que balbuceó algo en su idioma nativo mientras salía de la cocina para atender la barra–. No rechistes, que me los debes.

–No rechisto. Hola, Estela –la saludó. Ambos se conocían de sus idas y venidas a recogerla, de las cenas de Navidad y sus posteriores fiestas y un sinfín de ocasiones a lo largo de aquellos años.

–Hola, Piero, encantada de verte –le correspondió antes de volver a centrarse en los bonitos ojos azules de Kate.

–¿Cómo estás, *honey*[5]?

–Bien, voy tirando. Te echo muchísimo de menos.

–*I miss you too. La casa parece too big now*[6]. ¿Cuándo vas a volver?

–No lo sé.

–¿Tyron no te ha dicho *when*[7] saldrá el juicio? –Al oír cómo le mencionaba sintió la tentación de decirle que sabía que ellos habían tenido algo, pero se contuvo, no era ni el momento ni el lugar.

–Mi caso no lo lleva Tyron, sino Jack Riverton, uno de sus abogados.

–*Ok. If works for him* es como si lo llevase él mismo, *I'm sure. Why?* ¿Está demasiado *bussy*?[8]

–Sí, claro. –¿Iba a ocultarle que estaba con él? No

---

[5] Cariño.

[6] Demasiado grande ahora.

[7] Cuándo.

[8] De acuerdo. Si trabaja para él es como si lo llevase él mismo. ¿Por qué? ¿Está demasiado ocupado?

podía–. En realidad es porque nos estamos... conociendo y le parecía poco apropiado llevar mi caso.

—*Wow!* Eso no me lo esperaba –dijo seria en el acto. ¿Le molestaría que saliese con su ex después de tantos años?

—Yo tampoco. Surgió sin más.

—I *wish* que os vaya bien[9] –afirmó forzando una sonrisa–. ¿Así que *together*?[10] ¿Y qué tal?

—Bueno, aún estamos conociéndonos. Pero bien, es caballeroso y muy atento... ¿Y tú? ¿Has vuelto a ver al tío ese que conociste en el gimnasio?

—¿Yo? *My love life stinks*[11]. Y no por el *smell a gym. That guy, Mark, and I* solo echamos un par de polvos, *good ones by de way, but when he opened his mouth* me daban ganas de cortarme las venas[12].

—¿Por qué?

—Solo hablaba de *proteins, exercises, muscles...* En su casa, tenía un espejo frente a la cama, *and when we fucked,* lo pillé *looking at himself, all de time*[13]. –Estela no pudo evitar romper a reír al imaginarse la situación. Kate se encogió de hombros con una sonrisa, resignada–. ¿Y en tu nuevo trabajo? ¿Hay chicos sexys?

---

[9] Deseo que os vaya bien.

[10] ¿Así que juntos?

[11] Mi vida amorosa apesta.

[12] Y no por el olor a gimnasio. Ese tío, Mark, y yo solo echamos un par de polvos, buenos, por cierto, pero cuando abría la boca me daban ganas de cortarme las venas.

[13] Solo hablaba de proteínas, ejercicios, músculos... En su casa, tenía un espejo frente a la cama, y cuando nos acostábamos, lo pillé mirándose a sí mismo, todo el tiempo.

—Alguno hay. A ver si vienes a visitarme un día y te los presento. —«A todos menos a Hugo, que donde Kate pone el ojo pone la bala», pensó, y después se arrepintió en el acto. ¿Por qué no? Porque tenía novia, claro, por eso. Seguro.

—¡A ver si este explotador me da más días libres! —pidió en voz alta, y Piero le dedicó una mirada iracunda desde la barra.

—*Mamma mía, questa donna mi ucciderà*[14]! —clamó este en su idioma materno, sobresaltando al tipo que tomaba un café frente a él en la barra, y comenzó a fregar la superficie encerada con una bayeta con energía—. Tienes más días libres que nadie.

—Porque trabajo más que nadie —respondió esta, y después le sacó la lengua y le guiñó un ojo—. Me encanta sacarle de quicio —confesó en voz baja.

—Cualquiera de estos días te despedirá.

—No lo creo, soy la que obtiene mejores propinas —dijo con una sonrisa de oreja a oreja—. *And how it's going back with your parents?*[15] ¿Qué tal el nuevo trabajo?

—Pues mejor de lo esperado, las dos cosas. Volver a mi cuarto de adolescente es un poco extraño, pero lo llevo bien. El nuevo trabajo es diferente, muy diferente a cualquier cosa que haya hecho antes, y lo llevo mejor de lo que creía. Lo cierto es que me lo paso bien cuidando de…

—Olympic.

—Sí. Veo que te acuerdas del nombre.

---

[14] Esta mujer me matará.

[15] ¿Y qué tal te va de vuelta con tus padres?

—Claro, cuando *we talk*[16] lo mencionas mucho —dijo con una sonrisa—. *I see you*… no sé, distinta, *relaxed*[17].

—Me siento distinta, Kate. No sé explicarlo, pero creo que incluso me está viniendo bien este parón.

—*Of course*. Esa es la actitud, tú vales mucho, *honey*[18].

Después de apurar el tiempo al máximo juntas se despidió de su amiga y tomó el camino de regreso hacia Main Street. Aún tenía tiempo, había quedado con Tyron a las doce en el restaurante Sky del lujoso hotel Sunborn, un hotel flotante con forma de crucero trasatlántico anclado en el puerto que contaba además con un exclusivo casino en su interior.

Atravesó caminando The Referendum Gates, dejando atrás la estatua del Almirante Nelson, y encauzó Main Street con el sol brillando sobre su cabeza, como si la popular calle que en tantas ocasiones había recorrido arriba y abajo rumbo al trabajo la recibiese con una sonrisa a su vuelta. La mayoría de los comercios estaban cerrados al tratarse de un domingo, y esto hacía más fácil caminar por la calle adoquinada con el inconfundible ambiente británico.

Pasó frente la catedral anglicana de la Sagrada Trinidad con su particular fachada de arcos de herradura típicos del renacimiento árabe y dejó atrás una de las típicas cabinas telefónicas rojas. Recordó que en más de una ocasión se había fotografiado en una de ellas a

---

[16] Hablamos.

[17] Te veo, no sé… distinta, relajada.

[18] Cariño.

su llegada. Así como había visitado a los monos de la cima del peñón en excursión desde el teleférico, acompañada de Kate y cómo estos le robaron el pañuelo rosa que llevaba en la cabeza y al intentar recuperarlo le dejaron de recuerdo un par de puntos y la antitetánica.

Se acarició la cicatriz en la mano derecha. Había sido feliz en Gibraltar, mucho, se había realizado como arquitecta y como mujer independiente, y aunque tuviese la espinita del amor siempre pendiente había conocido a chicos muy interesantes a lo largo de aquellos años.

Aquella había sido una etapa que recordaría siempre, pero fue consciente de que comenzaba a sentirlo así, como una etapa pasada cada vez más alejada de su vida actual. Solo Kate, algunos de sus compañeros de trabajo que a cada tanto le enviaban mensajes diciendo cuánto la extrañaban, y ahora Tyron, la anclaban a aquel lugar.

Y los días que llevaba de regreso en Vejer le habían demostrado que tal y como su madre le había repetido una y otra vez a su regreso, su despido no había sido el fin del mundo, ni mucho menos.

En cuanto todo el tema del juicio terminase se centraría en redactar un nuevo currículum y comenzar a visitar los estudios de arquitectura más importantes de España. Esperaba que Olympic estuviese recuperado por completo para entonces, porque tendría que dejarle.

No sabía qué pensaría Tyron de aquellos planes, él parecía concentrado en hacerla regresar a La Roca lo antes posible, de todos modos la decisión era suya en última instancia, solo suya.

Capítulo 26

Estela

Olympic galopaba como si no hubiese un mañana con aquella habitante de Lilliput subida a su lomo convertida en una bala humana. Despedía la arena de la pista hacia atrás como lanzada por un cohete. Ella lo observaba con éxtasis apoyada en la empalizada, mirándole orgullosa cuando pasó por su lado como una exhalación.

Llevaba ya tres semanas como cuidadora de aquel animal, resultaba sorprendente la velocidad con la que transcurrían los días, las semanas, y lo cómoda que se sentía con aquel nuevo empleo. Gilbert le hacía un ingreso semanal y con solo un par de semanas más al mismo ritmo, unido al que sus padres le prestarían, tendría el dinero suficiente para cuando Tyron le indicase que debía hacer el ingreso del adelanto.

—Ha mejorado de una forma espectacular —dijo Aarón acercándose.

—Sí, es cierto. Es un campeón.

—Lo demostrará dentro de unas semanas en Ascot, con la ayuda de la agria de Macarena.

—Vaya, gracias, creí que era la única que la consideraba una antipática.

—No, claro que no. Si no tiene algún interés por el que mostrarse agradable, Maca puede ser una auténtica zorra, la conozco ya hace varios años —aseguró con una sonrisa, peinándose hacia detrás con los dedos el cabello moreno ondulado—. Pero es una estupenda entrenadora.

—Eso mismo dice Hugo.

—Porque es así. Por cierto, ¿le has visto?

—¿A Hugo? No, no le he visto hoy todavía, ni siquiera de lejos.

—Si le ves dile que me busque, necesito hablar con él.

—Está bien —Aarón se quedó mirándola un instante en silencio y supo que iba a decirle algo más.

—¿Puedo preguntarte algo?

—Sí, claro.

—¿Tú y tu novio vais en serio?

—¿Qué?

—Que si vas en serio con el tío con el que te vi hace dos semanas en el Wasabi. Parecía que discutíais.

—¿Te dedicas a cotillear las relaciones de tus empleados?

—Es solo curiosidad.

—¿Te he preguntado yo si estás con alguien?

—No estoy con nadie, con nadie en serio, quiero decir. Estar siempre estoy con alguna chica.

—No me interesa.

—Pues, ¿para qué preguntas?

—¡Yo no te he preguntado!

—Sí has preguntado.

—Era solo un ejemplo.

—Será en Pekín, aquí es una pregunta. Menudo carácter gastas, Estelita.

—No me llames Estelita.

—Pero, ¿vas en serio con ese tipo o no? —insistió con una sonrisa ladeada.

—¿Y a ti qué te importa?

—Me importa el bienestar de los trabajadores de la finca.

—Y un jamón.

—De jabugo, a poder ser.

—Eres un cotilla y punto —sentenció con un mohín de fastidio.

Aarón en cambio se alejó de su lado riéndose, y desapareció por la parte trasera de las gradas, desde las que podía contemplarse el campo de entrenamiento.

Estela resopló y continuó observando a Olympic. Apenas tenía confianza con Aarón para que le hiciese una pregunta como esa, y él no había mostrado más interés que el profesional en ella en las semanas que llevaba trabajando en la hacienda. ¿A qué venía esa pregunta?

Miró el reloj, en diez minutos Olympic sería suyo. Había planeado dar un paseo por una zona alejada de los establos y las áreas de entrenamiento, hacia una explanada cercana llena de flores silvestres. Llevaba zanahorias en la mochila, dos botellas de agua y un altavoz para su móvil.

Había descubierto que le encantaba Mozart, en especial el *Réquiem Lacrimosa*. Se quedaba muy quieto, con las orejas moviéndose despacio buscando el sonido cuando se la ponía.

Internet, menuda arma para descubrir cosas. Primero investigaba, después consultaba con Hugo en la clínica y tras su beneplácito lo ponía en marcha.

Así le había masajeado con aceite de argán, le había puesto una mascarilla de productos naturales en la cola y aceite de oliva en los cascos. Había logrado algo inaudito, que Olympic bajase el cuello como gesto de sumisión cuando estaba con ella.

Y lo había obtenido con cariño y paciencia, nada más y nada menos.

Hugo le había asegurado que era un gran logro, tratándose de un caballo entero y de un pura raza árabe. Hugo. Su relación con él había sido de lo más cordial, no había mencionado nada sobre su encuentro en el Wasabi a lo largo de las dos últimas semanas. Se había mostrado tan atento, correcto y sociable como siempre.

Quizá aún más.

De hecho había percibido que no era la única que le consideraba atractivo.

Había una camarera de la casa club que un día sí y otro también encontraba una excusa para ir a verle a la clínica.

Y una moza de cuadra, no la conocía pero la había visto en más de una ocasión arriba o abajo en la hacienda, se pasaba más tiempo pendiente a si necesitaba ayuda en su asistencia a los animales que de su propio trabajo.

¿Qué opinaría su novia del interés que despertaba en otras mujeres?

¿Lo sabría o ni siquiera se habría dado cuenta?

También se había cruzado varias veces con Elena, pero esta había optado por fingir que no la conocía, una opción de lo más oportuna, consideró Estela. Con el resto de empleados mantenía una relación cordial, sin mayor profundidad. Al tener turnos distintos coincidía más con unos que con otros.

—Quedan poco más de dos semanas para Ascot, pero estará preparado —dijo Hugo aproximándose, proveniente de la zona de servicio de la casa club. Estaba aún más tentador que de costumbre, con el cabello rubio rojizo algo revuelto y una barba de varios días de lo más sensual cubriéndole el mentón.

—Lo tengo anotado en el calendario de mi móvil, con un recordatorio diario cada mañana —respondió con una sonrisa, asida al travesaño central de madera del cercado.

—Está casi listo —aseguró saludando a Macarena con la mano en la distancia y esta le sonrió de oreja a oreja.

—¿Y después qué? Cuando pase Ascot y consiga el gran resultado que Gilbert espera, ¿qué será de Oly?

—Puede que lo venda, puede que no. Depende de cómo quede clasificado, de cómo esté su economía personal, no tengo ni idea.

—Si lo vende será por mucho dinero, ¿verdad?

—Más del que tú y yo tendremos nunca. ¿Por qué? ¿Estás pensando en comprarlo? —sugirió. Su silencio le hizo fijar su mirada inquisitiva en ella.— Mucho no, muchísimo. ¿Tienes ese dinero? Porque según tengo entendido tu economía no es muy boyante.

—No lo es —protestó ofendida cruzándose de brazos—. Yo solo quiero que él… que sea feliz, y no sé si después de esa carrera podré continuar cuidándole o si Gilbert lo mirará como una máquina de hacer dinero.

—¿Quieres continuar cuidándole? —dudó sorprendido.

—Mientras encuentro trabajo de lo mío, quiero decir.

—Claro. Puede que Jon lo vea como una máquina de hacer dinero, pero para que un caballo produzca dinero tiene que sentirse bien —aseguró apoyando el pie en el primero de los travesaños de madera del cercado, situándose muy próximo a ella. Tanto que una oleada del aroma masculino la envolvió. Olía a tierra húmeda mezclada con perfume, e incluso percibía ciertos toques de sudor como el que empapaba el cabello en sus sienes. Estaba arrebatador con aquella camisa celeste remangada y los vaqueros. —Su pureza y su garra son su valor y su condena a la vez.

—¿Sabes? Hubo un momento en el que me sentí como él —confesó capturando su atención—. Viviendo una realidad de lujos y vida ajetreada muy distinta a la de una chica de pueblo. Que al fin y al cabo es lo que soy, una chica de pueblo. Pero luché por hacerme un hueco en ese nuevo mundo porque como Oly, con un poco de ayuda, fui capaz de salir adelante en una realidad que no era la mía.

—¿Y a ti quién te ayudó?

—Mi amiga Kate. Tuve la suerte de conocerla en cuanto llegué a Gibraltar. Fui a comer al restaurante en el que trabaja, apenas había gente y comenzamos a hablar. Le dije que había ido desde Vejer para intentar conseguir trabajo en el despacho de arquitectura más importante, el de Walcott, pero este no había accedido a recibirme para entregarle mi currículum. Le dije que no estaba dispuesta a rendirme, que no quería volver a casa otra vez con las orejas gachas, pero si no encontraba dónde quedarme tendría que hacerlo. Y ella me ofreció la suya. Fue quien me dijo que tenía que volver a intentarlo, que las mujeres no podíamos rendirnos porque nunca lo habíamos tenido fácil y, si, lo hubiésemos hecho, a día de hoy aún no podríamos votar —relató con melancolía, recordando a su adorada Kate y su espíritu luchador, que en ocasiones envidiaba—. Volví al día siguiente a su despacho y estaba dispuesta a volver a hacerlo al siguiente y al siguiente hasta que me recibiese. Y lo logré, de un modo peregrino logré que me diese una oportunidad, comencé a trabajar para él y llegué a convertirme en su mano derecha, en su arquitecta ejecutiva de proyectos internacionales.

—Y entonces, ¿qué pasó? —preguntó con un palpable interés en descubrir qué había sucedido para que las cosas acabasen tan mal.

—Que la sobrina de Samuel Walcott irrumpió en la empresa decidida a hacerse con mi puesto. Me tendió una trampa. A ojos de mi jefe yo había facilitado una información importante sin su consentimiento a un cliente. Le había traicionado. La empresa sufrió una pérdida millonaria de la que fui la única responsable a sus ojos.

—Vaya.

—Y me echó. Lo peor de todo fue su mirada de desprecio. Yo había visto cariño en los ojos de Samuel, e incluso orgullo por mi trabajo, y todo eso se esfumó de golpe y solo quedó el desprecio. Si hubiese pretendido dañar a su empresa lo habría hecho, tuve en mis manos los proyectos más importantes del despacho, podría haber vendido la información a la competencia por mucho, muchísimo dinero. Pero jamás lo haría.

—Estoy convencido de que no. Eres demasiado buena persona.

—Todo esto me ha ayudado a darme cuenta de muchas cosas. Si de algo me arrepiento, y he tenido que pisar el fango para darme cuenta, es de haberlo dejado todo sin mirar atrás. Lamento no haber prestado la atención necesaria a mis antiguas amigas de la infancia, a las celebraciones familiares, a la gente que formaba parte de mi vida, a mis primas, a ti... Lo siento, de verdad.

Hugo guardó silencio con la mirada perdida en el horizonte y por un instante le pareció que hubiese brillado en sus ojos una profunda emoción.

Carraspeó y centró su mirada en ella de nuevo.

—Te honra reconocerlo. Nunca es demasiado tarde para recuperar lo que de verdad importa, Estela —dijo con una sonrisa que transmitía una profunda sinceridad—. Bueno, será mejor que vuelva a la clínica, tengo mucho que hacer y he dejado solo a Mateo, puede suceder cualquier cosa —bromeó.

—Nos vemos.

Su teléfono móvil comenzó a sonar. Era Jack Riverton, su abogado.

—Dígame.

—Buenas tardes, señorita Sánchez. Solo la llamaba para decirle que ya tenemos asignada una fecha para el juicio en la corte.

—¿Ya?

—Sí. Será el veintisiete de junio, en un mes exacto.

—¿Un mes?¿Tan pronto?

—El señor Lancaster me comentó que tenía prisa por resolver el contencioso y creí que la haría feliz saber la celeridad con la que…

—Sí, sí, claro. Pero me ha sorprendido la rapidez, yo pensaba que estas cosas iban mucho más lentas.

—Eso será en su país, señorita, nuestra justicia es mucho más eficaz —le lanzó la pullita el letrado, y a ella le dieron ganas de comenzar a cantarle *Gibraltar español* solo para fastidiarle, pero se contuvo.

—Muchas gracias, señor Riverton.

—Le enviaré un mensaje con la dirección, la fecha y hora exactas.

—Gracias.

—No hay de qué. A partir del lunes puede realizar la transferencia del adelanto cuando lo considere oportuno. —«Si no, no pienso mover un solo dedo más», le faltó añadir.

Un mes, un mes para recuperar su vida, si todo salía bien. Y Tyron estaba convencido de que sería así.

En el tiempo que llevaban conociéndose no le había visto equivocarse a menudo. Tomó asiento en las gradas situadas frente al albero de entrenamiento y resopló pensando en la que se avecinaba. Un juicio, declaraciones, volver a ver a Walcott, quizá incluso a su sobrina. Cabía la posibilidad de que le devolviesen su antiguo puesto, según le había explicado Tyron. ¿Y de verdad quería recuperar su antiguo puesto, su antigua vida?

—Pues como te decía, Fede se queda dormido antes de que vuelva del microondas con las palomitas, llevo años sin ver una película completa. Estela, ¿me estás escuchando? —le preguntó Nuria tocándole en el brazo para devolverla de su ensimismamiento. Cuando llegó de trabajar la encontró en casa de sus padres con intención de ir a tomar algo juntas y la había arrastrado hasta la plaza de los Pescaítos a por una cerveza—. ¿En qué estás pensando?

—En que el juicio es en un mes, el veintisiete de junio.

—¿En un mes? ¿El juicio gordo?

—¿Crees que tengo más juicios pendientes?

—¿Y el dinero? ¿Tienes el dinero?

—Casi todo. Le ingresaré lo que tengo y el resto en un par de semanas, antes del juicio. Si perdemos será mi ruina.

—No vas a perder, estoy segura. De todos modos Tyron podría enrollarse y no cobrarte nada, que para algo eres su... ¿novia?

—Es trabajo y no debe mezclarse con... lo que sea

que tenemos. No sé qué somos, es obvio que tenemos algo, pero no sé muy bien qué, novio es una palabra muy grande –dijo bebiendo un trago de su cerveza.

–Uy, esa cara no me gusta nada.

–¿Qué cara?

–La que has puesto. ¿Qué pasa?

–Nada.

–¿Te ha hecho algo? –preguntó enarcando una ceja, su radar de prima preocupada acababa de activarse.

–Más bien todo lo contrario.

–¿Cómo?

–Nada, déjalo Nuria. Tyron es encantador, es muy dulce, es romántico. El fin de semana pasado no pudimos vernos, porque tenía un viaje a Londres y me envió un ramo con treinta rosas a casa de mis padres.

–Lo he visto, lo tiene tu madre en el salón.

–Sí, se lo di porque le hacía ilusión ponerlo ahí para que todo el mundo lo viese.

–Pues tu padre está cabreado, porque dice que tu madre le ha echado en cara que nunca le ha comprado unas flores así. –Rio.

–Mi padre oye su nombre y le sale sarpullido, y no tengo ni idea de por qué.

–Por el instinto de protección, habrá algo de él que no le gusta.

–Si ni siquiera le conoce. Y Tyron es inteligente, sensato…

–Pero… Esa frase acaba en pero, estoy convencida.

–Pero no sé qué me pasa.

–¿A ti?

–Sí, a mí. Tyron es… –Miró a su alrededor temiendo que alguien pudiese oírlas, estaban en una esquina apartada del pub y el resto de clientes conversaba ajeno a su charla, no había peligro–. Es todo lo que siempre había buscado en un hombre. Y sin embargo no me llena en según qué aspectos.

—¿Qué aspectos?

—Algunos, Nuria, algunos muy concretos.

—Pues concreta, hija mía. Soy tu prima y me llevaré tus secretos a la tumba. Desembucha.

—Se trata de un asunto de alcoba —dijo percibiendo cómo su piel prendía en ignición, se incendiaba, abrasándola. Llevaba dos semanas callando aquello y necesitaba hablarlo con alguien, y no se le ocurría nadie mejor que Nuria para hacerlo. Si la situación fuese distinta, Kate habría sido la opción habitual, pero después de saber que habían estado juntos, quedaba descartada.

—No me lo puedo creer. ¿No funciona en la cama?

—Él sí. Yo no.

—Ay madre, ¿eres frigiliana?

—¿Frigiliana? Eso es un pueblo de Málaga. Querrás decir frígida.

—Bueno, tú me has entendido, ¿verdad? ¿Lo eres?

—Hasta ahora no. No sé qué me pasa, que no llego al… orgasmo. —La última palabra fue un susurro.

—Que no te corres, vamos. ¿Y desde cuando tienes ese problema?

—Eso es lo extraño, nunca me había pasado.

—O sea que solo te pasa con él.

—La primera vez que lo hicimos sí, pero las demás no he podido llegar al final.

—Pero, por favor, Estela, ¿como es que no puedes si tu abogado está tan bueno que yo me correría solo de verlo desnudo? —confesó, haciéndola sonreír.

—Pues yo no.

—Y yo pensando en las noches locas en Gibraltar que te estabas pegando y al final resulta que no te comes un pimiento.

—Sí que me lo como. Quiero decir, me excito, querer quiero, pero no puedo.

—¿Piensas en otro mientras lo haces?

—No, claro que no.

—No me mires con esa cara, que yo con la luz apagada más de una vez me he imaginado que mi Fede era Miguel Ángel Silvestre y tengo una vida sexual de lo más satisfactoria.

—Pues yo no hago esas cosas, nunca me ha hecho falta.

—Chica, dile que se baje al pilón.

—Ya lo hace. Cada vez.

—¿Cada vez?

—Cada vez.

—¿Y nada? —dudó con los ojos muy abiertos. Ella negó con la cabeza—. ¿Se lo has dicho?

—¿Estás loca?

—Si se lo dices se esforzará más.

—Si se esfuerza más me tendrán que llevar a urgencias.

—¿Y qué vas a hacer?

—Esperar.

—¿Esperar? Si no te corres ahora que estás en toda la pasión cuando llevéis un año tendrás que ponerte un letrero de cerrado por defunción ahí abajo.

—Pero es que Tyron me gusta, me gusta mucho.

—Ya. —Se rio incrédula.

—Nuria, por favor, no te lo tomes a broma.

—No me lo tomo. Pero si no te hace tilín ahora, del tolón te olvidas. Esto es grave, lo tuyo con el abogado es historia, muerto, finito, caput.

—Quiero intentarlo un poco más.
—Pues ve comprándote alguna crema para la irritación íntima.
—Pero qué brutita eres a veces, Nuria.
—Lo que soy es realista. Cuando te convenzas de que lo vuestro no tiene arreglo, busca a alguien que te mate a polvos —sentenció categórica—. Porque como dice mi admirado Woody Allen: «Solo existen dos cosas importantes en la vida. La primera es el sexo y la segunda... no me acuerdo».

El teléfono de Estela comenzó a sonar, era Javi. Le extrañó la hora, solían hablar por mensaje por la mañana, cuando ella le preguntaba por su sobrino y el estado de su mujer, cada vez más cerca de la recta final del embarazo.
—Hola, ¿estáis todos bien?
—Hola, hermanita. Sí, todos bien. Te quería pedir un favor.
—Suéltalo.
—El sábado quiero hacer una barbacoa, en la parcela, a mediodía.
—Ah, me parece genial.
—Será solo para nosotros. Para que nos reunamos antes de que nazca el bebé y se me acabe todo para una buena temporada. Solo los más íntimos, las primas, los primos de Chiclana, etc.
—Me parece genial. ¿Y qué necesitas?
—¿Podrías limpiar un poco la casa? Te pagaré.
—¿Me vas a pagar por limpiar?
—Con consejos trascendentales que orientarán el resto de tu vida.
—Me lo imaginaba.

—Así de camino podrás presentarme a ese estirado novio tuyo antes de que lo conozca papá.
—No sé si podrá venir, y no somos novios, estamos conociéndonos.
—Ya. Tú invítalo que quiero echarle un ojo.
—¿Por qué le llamas estirado?
—Dice mamá...
—Ah, mamá. Me lo había imaginado.

Capítulo 27

Hugo

—¿Qué haces tío? Hablas raro.
—Estaba comiéndome una hamburguesa, capullo. —Oyó la risa de Javi al otro lado del teléfono.
—¿Y la has hecho tú? Quiero decir, ¿no será de gato o de perro?
—Es de mono, de un primo hermano tuyo. —Rio—. ¿Qué tripa se te ha roto?
—La de la paternidad, tío. Voy a hacer una barbacoa este sábado en el campo de mis padres, quizá sea la última vez que pueda tomarme unas copas con los amigos antes de que nazca Claudia.
—Me parece una buena idea.
—Entonces, ¿vendrás?
—No lo sé. ¿A quién has invitado?
—Solo a los más íntimos. ¿Qué te importa a quién he invitado? Tú vienes y punto.
—¿Familia?
—Mis padres se quedarán con mi hijo, pero vendrán mis primos de Chiclana, mis primas de Vejer y mi hermana, además de los colegas. Cuento contigo.

—Cuenta conmigo. –¿Su hermana llevaría por ende incluido al imbécil del novio? Estaba dispuesto a comprobarlo. Allí en el mismo lugar en el que Estela le prometió que nunca cambiaría–. ¿Puedo invitar a mi amigo Aarón?

—Claro. También vendrán algunas amigas de mi mujer, lo mismo ligas y todo.

—No lo creo.

—¿Estás saliendo con alguien? ¿Qué sabemos de esa chica misteriosa?

—Aún nada.

—Vamos, tío, me estás preocupando.

—Preocúpate por ti, tu vida está a punto de pasar a otro nivel.

—No lo sabes bien. Bueno, nos vemos el sábado a mediodía, no te olvides.

—No me olvido.

Estela

Fue una semana de trabajo intenso. Olympic recortó seis increíbles segundos su marca de velocidad, el animal parecía feliz, entregado e ilusionado en el entrenamiento. Como si ansiase que este terminase lo antes posible para recibir su premio, que no era otro que pasar tiempo en compañía de su amiga humana.

Macarena parecía feliz con los progresos y eso se traducía en menos gruñidos y miradas asesinas.

Había visto a Hugo en la hacienda aquellos días, se lo había cruzado en la zona de las cuadras, en la de entrenamiento, se habían dedicado miradas y sonrisas fugaces. Pero apenas habían tenido oportunidad para cruzar cuatro palabras, pues debían haberle puesto una especie de veterinario en prácticas, un chico joven, que le acompañaba y seguía a cada paso.

Tyron la llamaba por teléfono a diario, conversaban un buen rato cada noche, ella le hablaba de sus progresos con Olympic, él la oía y fingía mostrar interés, pero enseguida derivaba la conversación a su trabajo, a los casos tan importantes que atendía y a informarla de si había alguna novedad con respecto al suyo. Como por ejemplo que había hallado un as que guardar en la manga que le hacía sospechar que todo iría mejor que bien, aunque no quiso decirle de qué se trataba. Ella hizo el ingreso pertinente al bufete y le advirtió de que en unas semanas le entregaría el resto, antes del juicio, por puesto.

Tyron se esforzaba por ser divertido y complaciente. Era encantador y eso le hacía mantener la esperanza de que lo suyo pudiese funcionar.

Le había invitado a la barbacoa organizada por Javi y él había aceptado encantado de conocer a parte de su familia. También había invitado a Kate. Piero le había dado el fin de semana libre, así podría disfrutar de su compañía, que tanto añoraba. Tyron se ofreció a recogerla para que pudiesen pasar el fin de semana juntas.

Sus primas Nuria y Raquel la habían ayudado a acondicionar la vivienda. No era demasiado grande, así que en una sola tarde a la salida del trabajo la habían arreglado entre las tres para evitar que su hermano tuviese que hacerlo ese mismo día.

Javi y su familia llegaron temprano, a eso de las diez de la mañana, a la casa familiar. Dejó a su embarazadísima mujer y a su pequeño y le pidió a Estela que le acompañase a comprar los suministros para la barbacoa.

Ella lo hizo, se había citado con el abogado a las dos en punto, cuando este llegaría desde Gibraltar, pues tenía una reunión esa misma mañana. Así que subió a su coche y condujeron hasta un supermercado.

—Ese tío, tu ligue, ¿cómo es? —le preguntó, recuperando su papel de hermano mayor sobreprotector cuando paseaban por el pasillo de los refrescos.

—Es buena gente.

—Y rico.

—No sé si es rico, pero el dinero no le falta, de eso estoy segura.

—¿Cuándo sale el juicio?

—En unas tres semanas.

—¿Y estás bien con él?

—¿Qué quieres decir?

—Que me parece arriesgado que salgas y te impliques tanto con él antes de que termine vuestra relación comercial. ¿Y si discutís? ¿Y si le dejas? Podría no cumplir con su trabajo como es debido.

—Él no es así. Es un profesional, además, no lleva mi caso, lo hace uno de sus abogados.

—Es lo mismo. Si le pide que la cague la cagará.

—Nunca haría algo así.

—Los hombres despechados son capaces de cualquier cosa.

—¿Por qué piensas en eso? Nos va bien y punto.

—Solo me preocupo por ti.

—Pues deja de hacerlo, por favor.

—Cuando le conozca te daré mi opinión.

—No quiero tu opinión sobre él, con la mía es suficiente. Eres peor que papá, Javi.

—Aun así te la daré —sentenció, cogiendo un paquete de refrescos de cola.

Después de comprar los alimentos fueron a dejarlos

en la humilde casita de ladrillo y paredes encaladas, situada en mitad de la parcela de diez mil metros, flanqueada en la parte posterior por un extenso tunal y en la anterior por la carretera paralela a la playa.

Estela pensó en lo feliz que había sido en aquel lugar. La cantidad de celebraciones familiares, de fiestas y barbacoas que se habían realizado allí, o incluso el número incontable de tardes que había pasado leyendo junto a la chimenea durante los fines de semana del invierno.

Miró el mar desde la puerta de entrada, y recordó un momento de una noche lejana sobre esa playa. Se acordó de una fogata, de un corro alrededor del fuego que cada vez se hizo menos concurrido, de haber estado a solas con Hugo y de cómo este la miraba como si pretendiese decirle algo. ¿Quizá que él era su Frankenstein? El corazón se le arreboló de solo pensar que lo hubiese hecho, que le hubiese confesado que él fue el primer hombre al que había besado. Y la forma en la que lo había descubierto no había sido menos sobrecogedora, encerrados en un pequeño almacén de El Califa, besándose como dos almas condenadas que temen la llegada del alba.

Pero después de aquel beso, Hugo no había vuelto a intentar nada con ella. Algo lógico en una persona comprometida.

Una frase de aquella noche de su adolescencia acudió a su mente, una promesa; «Prométeme que no cambiarás». ¿Podía ser eso lo que le pidió?

Poco o nada quedaba en ella de aquella Estela. Había cambiado, mucho, no podría asegurar que para mejor. Pero era lógico, la gente cambia por el mero hecho de crecer, de madurar, solo en su ingenuidad infantil podía haber aceptado realizar esa promesa.

Javi la dejó de vuelta en casa de sus padres, allí esperaría a Tyron, pues desconocía el camino hacia la casa de la playa. Le había enviado un mensaje advirtiéndola de que se habían retrasado por la cola de salida del Peñón y llegaría en torno a las dos y media, así que aprovechó el tiempo jugando con su sobrino.

Un mensaje la advirtió de su llegada. Se despidió de sus progenitores, incluido su padre, al que amenazó con no volver a dirigirle la palabra si se asomaba a la puerta y le invitaba a entrar para ejecutarle su tercer grado, como tenía intención.

Subió veloz al coche y después del afectuoso saludo a los dos tomaron el camino en dirección a la casa.

—Tengo muchas ganas de conocer a tu hermano, lo único que Kate me ha contado de él durante el camino es que está muy bueno —bromeó Tyron.

—Es que lo está. Es un hombre muy guapo. Estoy practicando hablar solo español —aclaró Kate con la voz casi robotizada, provocándole la sonrisa—. Pero tiene novia.

—Y un hijo y otro de camino —puntualizó Estela, como si la advirtiese.

—¿Y no se ha casado? —preguntó Tyron enarcando una ceja, extrañado.

—Mi hermano no cree en el matrimonio y es ateo, así que no tenía motivos para casarse —explicó.

—¿Entonces su hijo no lleva su apellido?

—Claro que lo lleva.

—Ah, creí que tampoco creería en la paternidad. Al fin y al cabo se llame matrimonio o unión civil por norma general cuando alguien decide dar el paso es porque quiere formar una familia. Nunca he entendido por qué hay gente que se empeña en hacerlo todo al revés.

—Yo no considero que mi hermano haya hecho las cosas al revés. Lleva diez años con su novia, mucho más de lo que duran algunos matrimonios, y a los seis de haberse conocido les apeteció tener a mi sobrino y ahora esperan a mi sobrinita Claudia. Son una pareja estable, ¿cuál es el problema?

—El problema es, dejando el tema religioso aparte, que si tu hermano falleciese tu cuñada tendría quebraderos de cabeza para cobrar la pensión de viudedad. Las cosas hay que hacerlas bien. Primero el matrimonio, o la unión civil, y después los hijos. Todo esto sin contar que ese niño imagino que ni siquiera estará bautizado.

—¿Estás de coña? Su padre es ateo, ¿cómo va a estar bautizado? —Tyron arrugó los labios en un mohín de desagrado, negando como si acabase de oír la locura más irreverente—. Desconocía por completo esta vena tuya tan religiosa. Pero vamos, que tú y yo nos hemos acostado y que yo recuerde no estamos casados, ¿no es cierto? ¿No estás saltándote algún mandamiento?

Su respuesta fue el silencio.

—Cuando yo le conocí no tenía hijos, pero sí novia. Por eso se me escapó —intervino Kate rompiendo la silenciosa tensión que se había instaurado entre ellos. Ella le conoció cuando ayudó a Estela a mudar muchas de sus pertenencias al apartamento que habían compartido. Después se habían visto en las escasas tres ocasiones en las que había ido a visitarla a La Roca. Viendo que no obtenía respuesta de ninguno de los ocupantes de la parte delantera del vehículo volvió a intentarlo—. ¿Sabes, Estela?, hemos estado hablando de ti todo el viaje.

—¿De mí?

—Sí, de la suerte que he tenido de que Walcott te despidiese y necesitases un abogado. Le he agradecido a Kate que me llamase y me hablase de tu caso —respondió Tyron aún con gesto serio.

—Lo tienes enamorado, amiga —advirtió esta. Estela no sonrió, estaba enfadada. No podía soportar que hubiese puesto en tela de juicio a su hermano, su familia podía no ser perfecta, pero era su familia y no aceptaba opiniones al respecto. Ella jamás habría opinado sobre la suya, y menos aún sin conocerles.

Siguiendo sus indicaciones llegaron hasta la parcela y aparcaron en el interior, había al menos media docena de coches en total.

—Kate, ¿puedes darnos un minuto? —pidió Tyron, y esta asintió y bajó del coche—. Perdóname, Estela, por favor. A veces debería callarme mis opiniones.

—No sé qué me sienta peor, que opines sin conocerles o que tengas un modo de pensar tan retrógrado.

—Mis padres me educaron en una estricta educación católica, no puedes esperar que mi mentalidad cambie de un día para el otro. Pero tienes razón en que debo tener una mente más abierta, al fin y al cabo en determinadas zonas del planeta hay tribus que no conocen la legalidad ni por asomo y no por ello atentan contra el bienestar...

—¿Estás comparando a mi hermano y a su familia con una tribu salvaje?

—No quería decir eso. Será mejor que me calle, porque solo consigo estropearlo más. Quiero decir que cada uno es libre de hacer su vida como quiera.

—Ahí estamos de acuerdo.

—Y que es cierto lo que dice Kate, estoy enamorado de ti. Mucho, muchísimo más de lo que lo había estado nunca. —Le cogió la mano y se aproximó para besarla, a pesar de que esta aún mantenían el mohín de desagrado, pero alguien golpeó el techo del vehículo y ambos se sobresaltaron.

–¡Venga, tortolitos! –dijo Javi desde el exterior de la ventanilla de Estela. El abogado sonrió y ambos bajaron del coche.

–Tyron, te presento a mi hermano Javi.

Ambos hombres se estrecharon la mano y se miraron a los ojos con una sonrisa tensa.

–Encantado de conocer al tipo que ha elegido mi hermanita.

–También yo lo estoy de conocer al fin al menos a una parte de su familia.

–A Kate ya la conoces, Javi –apuntó Estela introduciéndola en la conversación.

–Por supuesto, un placer verte de nuevo –dijo dándole un par de besos, a lo que esta respondió con una sonrisa–. Sentíos como en casa –aseguró ofreciéndoles caminar hacia la vivienda, en cuyo patio exterior había puestas varias mesas largas rebosantes de aperitivos bajo un toldo, a un lateral estaba la barbacoa de ladrillos vistos, funcionando a pleno rendimiento a manos de uno de los amigos de Javi.

Nuria y su novio, que conversaban con su cuñada Sofía, les vieron llegar y acudieron a saludarles. También Raquel, a quien había acompañado una amiga. Tyron reconoció a Fede y a su prima del restaurante y comenzaron a conversar sobre lo hermoso de este y recriminó a Estela que no le hubiese dicho que eran de la familia.

Pero Estela dejó de prestar atención a la conversación en el momento en que le vio.

Hugo departía con el grupo formado por varios amigos y amigas de Javi, a un lado de la puerta de entrada a la vivienda. Un polo azul cielo realzaba el color natural de sus ojos, llevaba el cabello rubio algo despeinado y los vaqueros con un roto en la rodilla. Estaba tan arrebatador que sería el sueño libidinoso de cualquier mujer, una aparición erótica en sí mismo.

Hablaba sobre algo que debía de ser interesantísimo, porque le oían con total atención, sobre todo una de las chicas, que incluso se mordisqueaba el labio por no poder mordisquearle a él, imaginaba.

—Ayúdame un momento, Estela —le pidió su cuñada, llamándole la atención. La siguió hasta la puerta de la casa y esta hizo ademán de coger una caja de botellines de cerveza que había en el suelo.

—No puedes coger eso —le advirtió, impidiéndole que lo agarrase.

—Tengo que meterlos en la nevera, tu hermano debería haberlo hecho en cuanto llegó, pero se le ha debido olvidar. Aún hay frescos, pero se están acabando y...

—Tranquila. Yo lo haré.

—Pero pesa mucho para una sola persona.

—Yo la ayudo —dijo una voz a su espalda que provocó que la azotase un escalofrío desde la nuca hasta la espina dorsal.

—Muchísimas gracias, Hugo. Eres un sol —proclamó su cuñada, cediéndole el asa de la caja de plástico—. Voy a ver cuánto le queda a la carne, que ya deberíamos haber comenzado a servirla.

—No hay prisa —apuntó él—. ¿Dónde llevamos esto? —le preguntó con una sonrisa que provocó que se le derritiese hasta la suela de las sandalias.

—A la nevera de la cocina —respondió seria, tratando de camuflar lo agitado de su interior. Iba a quedarse a solas con Hugo en una habitación mientras Tyron conversaba fuera con el novio de su prima Nuria. Se avecinaba tormenta, estaba segura.

Recorrieron la entradita y el salón en silencio hasta llegar a la cocina cargando con la caja y la posaron sobre la encimera.

—Gracias. Yo me encargo de meterlas —dijo, y cogió un par de botellines. Hugo hizo lo mismo, desoyéndola. Abrió la nevera, colocándolos en el interior—. No hace falta que me ayudes.

—Pero quiero hacerlo —afirmó con algo parecido al recelo en su mirada. Como si supiese que se sentía incómoda y desconociese el porqué. Estela continuó colocando botellines. Podían oír el murmullo de las risas y la conversación en el exterior.

—No hace falta, de verdad. Ve y atiende a tu novia, debe sentirse sola.

—¿Qué novia?

—¿No has venido con ella?

—Hace un mes que rompí con Yolanda. —Aquella revelación la dejó paralizada. Fue como si el mundo dejase de girar en ese instante. Quedó inmóvil con un par de botellines en las manos que Hugo le retiró como si temiese que fuese a soltarlos, dejándolos sobre la mesa de la cocina.

—No tenía ni idea. Lo siento…

—No lo sientas. En absoluto. La dejé la noche en la que nos besamos en El Califa —afirmó tomando sus manos, devolviéndoles la flexibilidad que parecían haber perdido con su noticia. Estela comenzó a sentir un palpitante hormigueo en ellas.

—Creí que habíamos acordado que aquello nunca había sucedido.

—Si no ha sucedido, ¿por qué no puedo dejar de pensar en ese momento, noche tras noche?

—¿Y has dejado a tu novia por eso?

—La he dejado porque no estaba enamorado de ella.

Su corazón se saltó un latido, con sus manos presas de las suyas, rotundas, poderosas, acariciándolas, cuando el cosquilleo en las palmas ascendía ya por todo el brazo y recababa en su pecho.

—¿No la amabas?

—Estoy enamorado de otra persona. —Hugo tiró de sus manos, atrayéndola hacia sí, rodeando su cintura con los brazos, pegando sus labios a su frente, depositando en esta un beso largo y pausado que provocó que el chisporroteo en su estómago se convirtiese en fuegos artificiales. Estaba tanteando su reacción, lo sabía, pero no se sentía con fuerzas para impedírselo—. Creo que la amo desde que tengo uso de razón. Pero no sé si ella siente lo mismo por mí, y eso está matándome.

Estela dudaba en si debía hacerle aquella pregunta o no. Se sentía a punto de desfallecer por los nervios.

—¿De quie...?

—Estela, ¿estás ahí? —preguntó una voz en el pasillo. Era Tyron. Estela se apartó de Hugo como si quemase y pudo leer en sus ojos la decepción. Desvió la mirada, intimidada, carraspeó recomponiéndose y tomó los dos botellines que estaban en la mesa mientras oía pasos acercarse.

—Estoy aquí.

El rostro de este palideció cuando siguiendo su voz les descubrió a solas en aquella habitación. Pero pronto su expresión cambió, convirtiéndose en una sonrisa carente de la menor sinceridad.

—Vaya, estáis aquí. Los dos.

—Sí, estábamos... estábamos colocando botellines a enfriar en la nevera —dijo atropellada, nerviosa, y los ojos del abogado les recorrieron como si estuviesen en un interrogatorio.

—Hola, Hugo, ¿verdad? —le saludó, ofreciéndole la mano. Este enfrentó sus ojos azules y la estrechó con firmeza. La tensión casi podía respirarse concentrada en el aire.

—Hola. Si me disculpáis, voy fuera.

—Sí, gracias. Tengo que hablar a solas con mi chica —dijo manteniendo la sonrisa forzada que se esfumó en cuanto este abandonó la habitación. Guardó silencio un instante y caminó por la cocina como un león enjaulado. Estela le miró en silencio, sin saber cómo reaccionar—. ¿Te acuestas con él? —inquirió con los ojos encendidos de ira cuando se decidió a hablar. La pregunta la dejó helada.

—¿Qué?

—Estás acostándote con él, ¿verdad? No me mientas, Estela. ¿Te crees que soy imbécil? —clamó fuera de sí, era la primera vez que le veía así.

—No, no me estoy acostando con él ni con nadie, excepto contigo —respondió molesta. Era cierto, no se habían acostado, aunque los sentimientos que aun sin hacerlo había despertado Hugo en ella no sabía muy bien cómo calificarlos—. No voy a permitir que me ofendas, Tyron, entre otras cosas porque tú y yo no somos nada serio.

—¿No somos nada serio?

—Estamos conociéndonos, eso es todo.

—Acabo de decirte en el coche que estoy enamorado de ti. ¿Eso no significa nada?

—Significa que vas a un ritmo distinto al mío. Necesito pensar.

—¿Ahora necesitas pensar? Creí que estábamos bien.

—Y lo estábamos. Pero estos celos me dejan a cuadros. Por Dios, Tyron hace poco más de un mes que nos conocemos, ¿como puedes afirmar que estás enamorado de mí?

–El amor no se mide en tiempo, sino en sentimientos. Y está claro que tú y yo vamos a ritmos distintos, tal y como dices. Será mejor que me marche.

–Creo que estás sacando las cosas de quicio.

–No me gusta permanecer donde no soy bien recibido. Adiós, Estela.

No le llamó, no trató de retenerle. Dejó que se marchase, le vio alejarse a través de la ventana y rompió a llorar una vez que se quedó a solas.

Se sentía confundida.

¿Estaba haciendo mal al dejarle marchar? Él representaba todo lo que una vez soñó encontrar en un hombre. ¿Por qué sentía que ya no era así?

Era normal que se sintiese celoso, hasta un ciego hubiese podido percibir la tensión sexual existente entre ella y Hugo. Pero tal y como le había dicho estaban conociéndose, no se habían comprometido a nada.

–¿Qué te pasa? –preguntó su hermano alarmado al entrar en la cocina y descubrirla llorando. Trató de limpiar sus lágrimas veloz con una servilleta de papel.

–Tyron. –Fue capaz de balbucear.

–¿Qué te ha hecho ese gilipollas?

–Nada.

–¿Nada? Se va a enterar –bramó, dejando en la encimera la fuente vacía de ensaladilla rusa que traía, dispuesto a salir tras este y partirle las dos piernas.

Estela le agarró del brazo, impidiéndoselo.

–Se ha ido.

–Es verdad, lo he visto, pero pensé que le habías mandado por hielo o algo. ¿Por eso lloras? ¿Porque se ha ido?

—Lloro porque no sé lo que quiero, Javi —dijo rompiendo a llorar otra vez, tomó otro pedazo de servilleta del rollo de cocina y se sonó. Su hermano la abrazó.
—Mira que estuvimos hablando esta mañana.
—Ni se te ocurra echarme un sermón —advirtió apuntándole con el dedo índice. Javi se echó a reír—. Es un buen tío, me gusta, estoy a gusto con él, pero no siento la chispa. No me tiemblan las piernas, no siento... no sé, no siento que me dé un vuelco el corazón.
—¿Y hay otro con el que sí?
—Quizá. No lo sé. No quiero cagarla. Yo creía que se convertiría en alguien importante para mí.
—Pues deberías aclararte.
—Hay algo que me ha quedado claro esta tarde.
—¿Qué?
—Se ha acabado. No puedo intentar forzarme a sentir algo por él cuando ni siquiera mi cuerpo responde cuando debe hacerlo, y no creo que pueda vivir sin orgasmos.
—Uooooh, demasiada información, hermanita, no quiero oír eso. ¿Sin orgasmos? —preguntó alejándose, como si así pudiese apartar la idea de su mente. Ella se enjugó las lágrimas decidida a tratar de no amargar el resto del día a su hermano, el anfitrión de aquella fiesta.
—¿Has visto a Hugo?
—Sí, se ha marchado a casa. Al parecer le ha sentado mal algo que ha comido y le dolía el estómago. Le he notado algo raro, creo que estará pasándolo mal por lo de su novia.
—Sí, me ha dicho que han roto.
—No solo han roto. Ella le ha destrozado el escaparate de la clínica de su casa.
—¿Qué?

—Al parecer ayer por la noche debió ir con algo de metal y le rompió la luna de cristal, le cuesta casi tres mil euros cambiarla y no gana eso por las tardes ni en un par de meses. Pero ni se te ocurra sacarle el tema porque no quiere ni oír hablar de ello.

—No lo haré.

—Por cierto, Kate se lo está pasando genial con el amigo de Hugo, ese de los caballos.

—Aarón. Es un buen tipo. Lo mismo hasta hacen buena pareja.

—Ya salió la casamentera.

—Pues a Kate le gustabas tú.

—No me digas. Si es que llevo el *sex appeal* en las venas.

—Pero yo le dije que no perdiese el tiempo, que estabas muy enamorado.

—¿Quién está muy enamorado? —preguntó Sofía asomando con dos bandejas de aperitivos vacías.

—Yo, cariño.

—Pues el enamorado que salga fuera a atender a sus amigos, que acabamos de empezar y ya estoy molida. Me voy a echar un ratito en el sofá.

—A sus órdenes, mi sargento. Quiero decir, enseguida, cariño —bromeó, dando un último beso a su hermana en el cabello antes de abandonar la cocina—. Y tú tranquila, ¿vale?

—¿Y a ti qué te pasa, cuñada?

—Estoy un poco tontorrona.

—¿Has discutido con el Llanito?

—Creo que hemos terminado.

—Pues tu hermano se habrá llevado una alegría, antes de entrar acababa de decirme que no te veía con él. Aunque creo que él no te ve con nadie —bromeó sentándose en el sofá, subiendo los pies a este—. Per-

dóname que sea tan bruta cariño, tú pasándolo mal y yo... son las hormonas, que me tienen afilada la lengua.
—Tranquila. Solo espero que sea para bien.
—Lo será, estoy segura. Tu sobrina acaba de dar patadas de felicidad al oír la noticia —dijo señalándose la tripa, provocándole una sonrisa.

Capítulo 28

Hugo

Había sido una estupidez asaltarla de ese modo, casi con total certeza le habría ocasionado una discusión con ese imbécil con el que salía. Se había comportado de un modo egoísta y la hubiese besado de no ser por la interrupción de ese idiota.

Pero resultaba que ese idiota se encargaba de la demanda que podría devolverle su trabajo y su egoísmo podía echarlo todo a perder. Por eso se había marchado. No quería resultar un obstáculo para Estela, ni ocasionarle problemas.

Pero tampoco se resignaba a renunciar a ella, no podía hacerlo.

Al llegar a casa lo primero que vio fue el escaparate roto. Su sueño de convertir su clínica en el lugar que soñaba se alejaba cada vez más.

Cuando comenzó a trabajar en la hacienda lo hizo pensando en ahorrar el dinero suficiente para montar un lugar a la altura de sus sueños en el que atender todo tipo de animales, sobre todo caballos, sus favoritos. Compró la casa en la que vivía con idea de establecer la clínica en la parte inferior. Fueron obras complejas, pues dejó preparada una habitación en la que en un futuro iría un quirófano, con tomas de oxígeno y rieles para transportar a los animales pesados.

Las obras de la clínica fueron mucho más costosas que las de las reformas en la vivienda. Dejó terminada la parte delantera, con dos consultas, una pequeña recepción y una sala de tratamiento. Pero se negaba a pedir otro préstamo para terminar la parte trasera, prefería ir haciéndola poco a poco.

Y tan poco a poco. Casi cada mes surgía un imprevisto y el dinero que pretendía ahorrar disminuía de modo considerable.

En la hacienda le solicitaban cada vez más horas y por las tardes abría su consulta, a la que acudían clientes con sus mascotas, no eran demasiados, se había propuesto darle mayor publicidad, pero antes quería dotarla de más instrumental. Solo el ecógrafo le había costado casi tres mil euros.

Y ahora además tendría que pagar un escaparate porque su exnovia había encargado a alguien que lo rompiese mientras él trabajaba fuera, atendiendo el parto de una vaca. O quizá lo hubiese hecho ella misma. Yolanda rabiosa era mucha Yolanda.

Sentía que estaba en un momento de su vida en el que debía decidir si continuar en la hacienda y olvidarse de una vez por todas de su sueño o dejarlo todo y concentrarse en conseguirlo, pidiendo un crédito y arriesgándose a que fuese mal perdiéndolo todo.

Pero dejar atrás el sueño que mantenía desde su infancia resultaba harto difícil, incluso imposible.

Lo mismo le sucedía con sus sentimientos por Estela. Por una parte deseaba lanzarse de una vez por todas y que fuese ella quien le parase los pies, si es que lo hacía, y por otra temía perjudicarla al hacerlo.

Quizá la solución fuese esperar a que todo eso del juicio pasase. Javi le había comentado aquella misma tarde que sería en pocas semanas. Podía contener sus impulsos unas semanas más, ¿podría?

Pensar que ese imbécil continuaría tocándola, besándola, le encogía las tripas, pero tendría que soportarlo, por ella.

Ni siquiera fue capaz de prometerse nada a sí mismo.

Miró el ordenador de su consulta y giró el cartel de abierto, a pesar de tratarse de un sábado, día que por norma general descansaba la tarde, prefería trabajar antes que quedarse parado pensando, dando vueltas a la cabeza a todo aquello.

Capítulo 29

Estela

Habían transcurrido cuatro días desde que Tyron se marchó de la barbacoa de Javi sin que hubiese vuelto a tener noticias de él.

Ni un mensaje, ni una llamada.

Y al contrario de lo que hubiese cabido esperar no lo había echado de menos.

Ni a su mensaje mañanero de buenos días, ni al de media tarde, ni al de buenas noches.

Le había sido indiferente no recibirlos, y eso la hacía saber que, aunque quizá no del mejor modo, su distanciamiento había sido lo mejor. Sobre todo después de la conversación que mantuvo con Kate aquella misma noche cuando la mayoría de los invitados se habían marchado.

Kate fue a buscarla cuando la echó de menos en el exterior y le preguntó por Tyron. Había estado tan distraída conversando con Aarón que ni siquiera le había visto marcharse. Sofía se había quedado dormida en el sofá, por lo que pudieron conversar con total tranquilidad.

—*Honey*, yo me lo temía. Tyron y yo salimos hace una década, no te lo había dicho porque no quería condicionarte.

—¿Condicionarme sobre qué?

—Sobre él. Parecía que había cambiado a lo largo de estos años.

—¿Qué quieres decir?

—Tyron y yo empezamos enrollándonos, yo trabajaba para él y una noche nos liamos en la oficina, en el cuarto de las fotocopiadoras –relató con su mezcla de inglés y andaluz que ella entendía a la perfección–. A partir de ese día nos vimos con frecuencia. Era muy romántico, demasiado, y comenzó a agobiarme, a insistir en vernos cada fin de semana, a enviarme mensajes a todas horas... –relató sentada a su lado en la cocina.

—Vaya, eso me suena.

—Hasta que me cansé, le dije que sería mejor que nos tomásemos un tiempo. Ahí entró en cólera, me llamó cosas horribles y me despidió. –No era esa la versión que él le había contado–. Pero ni siquiera así me dejó en paz, continuaron los mensajes y las llamadas, pidiéndome que volviese con él. Tanto fue así que tuve que decirle que había vuelto a darle una oportunidad a mi ex y aun así la sensación de estar vigilada no me dejaba respirar.

—¿Y cómo es que sigues siendo su amiga?

—Pasé cinco años sin verle ni tener noticias de él y hace tres años me lo encontré en un pub, estaba acompañado de una mujer. Para mí fue algo violento, pero él se acercó y me saludó como si no hubiese pasado nada entre nosotros, me presentó a su mujer, se había casado y parecía haber sentado la cabeza. Su bufete había despegado, convirtiéndole en un hombre rico, y parecía

una persona distinta –dijo encogiendo la nariz, como solía hacer cuando estaba preocupada–. Después nos hemos visto en distintas ocasiones porque comencé en el gimnasio y conocí a Rolo, el monitor, es muy amigo suyo, en realidad Rolo es amigo de todo Gibraltar. Conoce a todo el mundo. Cuando te sucedió lo de Walcott le comenté si conocía a un buen abogado, él mismo le llamó y le pasó conmigo por teléfono. No creí que fueses a enrollarte con él.
–Madre mía.
–Ya te digo que parecía haber cambiado tanto…
–Bueno, se ha marchado sin más, no creo que vaya a molestarme.
–Eso espero.
Aquella noche durmieron juntas, apretadas en la misma cama en uno de los dos dormitorios. A la mañana siguiente, Estela la llevó a casa de sus padres para que les saludase, ambos la apreciaban mucho porque conocían lo bien que se había portado con su hija en el pasado. Además, Estela pudo compartir tiempo con ella y con Nuria, permitiendo que ambas se conociesen mejor. Relacionando a dos pilares importantes de su vida, sus dos mejores amigas.

Tampoco había tenido noticias de su abogado, James, en aquellos días, que la hiciesen sospechar que había habido algún cambio en su representación. Por lo que en principio, todo continuaba adelante.

Aquella mañana había disfrutado de un nuevo paseo con Olympic tras su entrenamiento, él la había llevado hacia la zona de paseo de las cercanías del hotel.

Allí la distinguió Jon Gilbert en la distancia, que conversaba con un par de caballeros, alzó el brazo saludándola y comenzó a caminar en su dirección. Estela le devolvió el saludó y bajó del caballo.

—Buenos días, señorita Sánchez, ¿cómo está? Venía a hablar con usted.
—Estoy bien, gracias. Usted dirá.
—El lunes nos marchamos para Ascot.
—Lo sé. Oly está preparado —aseguró, acariciándole la cresta.
—Quiero que venga con nosotros.
—¿Qué?
—Olympic ha hecho grandes progresos y no puedo evitar temer que se vuelva atrás al tenerla lejos tantos días. Debe aclimatarse al nuevo entorno, se pondrá nervioso... Y quiero que esté allí para calmarle. —Estela iba a responder que tendría que pensarlo, pero no se lo permitió—. Le pagaré el doble de lo que gana a la semana, mil libras.
—Cuente conmigo.
Gilbert sonrió complacido.
—¿Ha visto a Hugo?
—No, no le he visto. Me imagino que estará en la clínica.
—Gracias. Yo me encargaré de organizar el viaje, Aarón la informará de todo, nos veremos en Ascot.
—De acuerdo.
Gilbert se alejó caminando en dirección a la zona de entrenamientos y la clínica. Olympic le tocó en el hombro con el hocico y resopló.
—Yo también me alegro de ir contigo, tonto —le dijo, y este relinchó satisfecho. —Anda terminemos el paseo que tengo que darte una ducha. No le he preguntado quién más nos acompaña, espero que no sea una encerrona para que vayamos él y yo solos, ¿vendrá más gente con nosotros verdad, Oly? —Este cabeceó como si tratase de responderle.
Recorrieron el camino de regreso y Estela le aga-

sajó con una relajada ducha mientras miraba en la dirección hacia la clínica. Casi no había visto a Hugo en aquellos días y cuando lo había hecho no estuvieron a solas, ese veterinario en prácticas le seguía a todas partes. Incluso estuvo pensando una excusa para acudir a la clínica, pero no se le ocurrió nada, Olympic estaba mejor que nunca. Él en cambio podría haber inventado algo para ir a verla a solas. Parecía que cuando trataba de evitarla se le daba muy bien.

Pero, ¿por qué la evitaba?

Al igual que la ausencia de mensajes de Tyron no la había alterado, la actitud esquiva de Hugo la traía en un sin vivir.

Había rememorado sus palabras una y otra vez aquellas noches, aquellos días. «Creo que la amo desde que tengo uso de razón. Pero no sé si siente lo mismo por mí, y eso está matándome».

Se refería a ella. ¿Verdad?

Nunca se le había dado demasiado bien leer entre líneas, pero aquellas eran tan gruesas que debía haber estado miope para no verlas.

¿Y entonces por qué la evitaba?

—Veo que estás hecha toda una experta —dijo Aarón alcanzándola proveniente de la zona de las taquillas, cuando pasaba con maestría la manopla por todo el pelaje oscuro escurriendo el agua sobrante.

—Te dije que aprendía rápido.

—Ya lo veo, ya. ¿Qué tal estás? —Le sorprendió su interés, además podía leer en sus ojos que traía intenciones ocultas.

—Bien, ¿por qué lo preguntas?

—Por nada, por saber cómo estás.

—Vale. —Volvió a darse la vuelta para terminar de cepillar el pelaje negro de Olympic.

—Ejem. —Se giró de nuevo.
—¿Qué?
—Tu amiga inglesa.
—Kate.
—Sí. Ella. ¿Me podrías dar su teléfono? —preguntó con ojos de cordero degollado. Estela sonrió de oreja a oreja. Mientras la llevaba de vuelta a Gibraltar el domingo, esta también había mostrado interés por él.
—No lo sé, tendría que preguntarle.
—Ella me lo dio.
—¿Entonces?
—Me lo anotó con lápiz de ojos en el brazo y por la mañana los números estaban borrosos. Me faltan algunos y he llamado a una veintena de personas tratando de averiguarlos, pero no hay modo —su confesión la hizo reír—. No quiero que piense que paso de ella.
—Ajá. Entonces, te interesa mi amiga, ¿verdad?
—Es maja.
—¿Maja? ¿Así como la maja desnuda dices? Se lo comentaré…
—No enredes. Es maja… como guapa.
—Si lo que buscas es una cara bonita, olvídate de ella, porque es mucho más que eso.
—¿Me lo vas a dar o no? Recuerda que soy tu jefe —bromeó con una sonrisa ladeada.
—Lo mismo me doy de baja por un ataque de amnesia, ¿eso puede hacerse, jefe?
—Eres terrible.
—Te lo daré, pero cuidadito con ella o tendrás que vértelas conmigo. No me importa que seas mi jefe.
—Tranquila, intentaré que no se enamore de mí.
—¿Qué no se enamore de ti? Procura no enamorarte tú de ella.
—Ya veremos.

—Anota.

Llevó a Olympic a su box y se aseguró de retirar el grano viejo, le sirvió una mezcla fresca y se disponía a dar su trabajo por terminado cuando su teléfono móvil comenzó a sonar. Al ver el número que la llamaba se quedó petrificada, sintió un pinchazo agudo en el pecho y tuvo que apoyarse en la pared de madera de la cuadra para sostenerse en pie.

Se tomó un instante para recomponerse antes de ser capaz de descolgar.

—Usted dirá, señor Walcott. —Su voz sonó tan fría como pretendía, pero por dentro se sentía en ebullición, temblando.

—Buenas tardes, Estela. Necesito hablar contigo, si es un buen momento. —La suya en cambio sonó cansada, como si se sintiese hastiado de todo, mundo incluido. Le conocía lo suficiente para reconocerlo.

—Pues no lo sé. Creo que todo lo que tengamos que decirnos lo haremos en el juicio.

—Precisamente quería hablarte de un asunto referente al juicio. ¿Podríamos vernos en persona?

—En este momento...

—Me gustaría hacer un trato.

—Eso tendrá que hablarlo con mi abo...

—Escúchame, Estela, aún hay un sitio para ti en el despacho. Durante este mes y medio me he dado cuenta de que eres irremplazable. Los clientes no paran de preguntar por ti y nadie ha sido capaz de sacar los proyectos adelante con el saber hacer necesario.

—¿Ni siquiera su sobrina? —Se lo merecía. Se merecía aquella pulla por el modo en el que la despidió, echándola con desprecio inusitado.

—Ella menos que nadie. No ha dejado de meter la pata una y otra vez, hemos perdido el proyecto de Manelly en Dubái y el de la universidad Stanford por su culpa. –Reveló malhumorado–. Sé que el día de tu despido debí haber oído tu explicación y que me comporté de modo irracional.

–E irrespetuoso. No me dejó abrir la boca y me echó como si no me conociese.

–Y te pido perdón por ello.

–Se portó usted como un animal.

–Lo siento, de veras, Estela. Emily me ha confesado que fue mi sobrina quien dio la orden y no tú. Si me lo hubiese contado en ese momento....

–Su sobrina se habría encargado de desacreditarla primero y de arruinarle la vida después, como hará a partir de ahora. Cuide de que no lo haga, Emily es una gran chica.

–No lo hará. Hemos mantenido una conversación hace unos días tras la cual ha decidido regresar a los Estados Unidos.

–Vaya.

–Me gustaría poder volver atrás en el tiempo y que este último mes y medio desapareciese.

–Ya sabe que eso no es posible, y no porque se haya dado cuenta del error que cometió voy a retirar la denuncia. Me hizo mucho daño, señor Walcott, sobre todo porque desconfió de mí y me acusó sin permitir que me explicase. Yo jamás habría hecho nada que le perjudicase, mi único error fue seguir las órdenes de su sobrina.

–Lo sé, lo sé. Y vuelvo a pedirte perdón, Estela. Como te he dicho quiero que vuelvas, y es más, estoy dispuesto a asumir las cien mil libras que exigías en la demanda en un principio. Creo que es justo. Yo cometí un error y tú pagaste las consecuencias. Pero quinientas mil libras me parece excesivo, Estela, por favor. Ninguna corte aceptaría una indemnización de esa cantidad y, entiendo que estás herida, pero no me parece que el chantaje sea el mejor modo de conseguir lo que consideras justo.

—¿Quinientas mil libras? ¿Chantaje? No sé de lo que me habla.

—¿Cómo llamas a amenazarme con exponer en el juicio esas fotos mías con mi amiga? Llevo treinta años casado con Rebeca, tú la conoces, ¿sabes el daño que le harás a mi esposa si esas imágenes salen a la luz? Si a ella le pasase algo yo jamás me lo perdonaría...

—Perdóneme, señor Walcott, pero no sé de qué imágenes me habla.

—De las que me han enviado por correo a mi oficina.

—¿Y por qué piensa que he sido yo?

—Porque me ha llamado esa sucia alimaña que tiene por abogado.

—¿James?

—No, el señor Lancaster. Me ha llamado para decirme que si no pago las quinientas mil libras se encargará de filtrar las imágenes a la prensa durante el juicio para desacreditar mi imagen de hombre serio y católico. De verdad, Estela, acepto las cien mil libras pero me es imposible llegar a las quinientas mil, la empresa no puede asumir ese desembolso de liquidez, no en este momento en el que hemos perdido a algunos de nuestros mejores clientes. Pero no arruines mi matrimonio, por favor, te lo suplico —clamaba desesperado.

Estela le oía estupefacta.

—Hablaré con mi abogado, señor Walcott, porque le aseguro que no sé de qué me habla. Él se pondrá en contacto con usted.

—Está bien, esperaré su llamada. Reitero mis más sinceras disculpas.

–Disculpas aceptadas, pero en absoluto podré olvidarlo. Adiós, señor Walcott.

Después de colgar el sentimiento fue agridulce, por una parte se sentía satisfecha de que su antiguo jefe hubiese experimentado el resultado de su error y la echase de menos en su trabajo. Jamás le había deseado ningún mal, pero resultaba tranquilizador que aunque fuese a las malas hubiese entendido que se había equivocado de parte a parte.

Y por el otro pensar en que Tyron hubiese tratado de chantajearlo de ese modo le erizaba la piel, le producía escalofríos.

Rebeca, la esposa de Samuel Walcott, sufría una insuficiencia cardiaca desde hacía años, tomaba medicación para ello, solo de pensar que una noticia como aquella la perjudicase la horrorizaba.

Ella no era de ese tipo de personas capaces de todo por su propio beneficio. Si lo justo era una indemnización de cien mil libras, eso quería, ni un penique más. Ni siquiera se le había informado de que se había modificado el concepto de la cantidad, como tampoco que Tyron hubiese recuperado el caso como propio.

Hola. Tenemos que hablar. Le escribió en un mensaje sin pensarlo.

Estoy muy ocupado, hablamos mañana. Respondió este casi de inmediato. Antes jamás la había emplazado al día siguiente para mantener una conversación, pero claro, antes estaban juntos, ahora no.

Le contestó con un breve *ok* y suspiró resignada, apoyando la frente en el carrillo de Olympic, inspirando ese olor animal que poco a poco se había vuelto tan familiar. Ese olor que le inspiraba libertad y cariño.

–¿Te sucede algo? –preguntó Hugo accediendo a la

cuadra. Estela se recompuso de inmediato, enderezándose, forzando una sonrisa.

—No, nada. Estoy bien.

—No estás bien. Pero si no quieres contármelo...

—Es Tyron. Acabo de enterarme de que ha tratado de chantajear a mi antiguo jefe para sacarle quinientas mil libras.

—¿Chantajearle? ¿Cómo?

—Con unas imágenes. Al parecer mi exjefe tiene una aventura con alguien y Tyron debe haberle puesto un detective, estoy suponiéndolo, porque no tenía idea de nada de esto. Según me ha contado le ha enviado un correo con las imágenes y le ha amenazado con difundirlas.

—No sé allí, pero aquí el chantaje es un delito muy grave. ¿Y le has autorizado a hacer eso en tu nombre?

—En ningún momento. No sé cómo ha podido atreverse a hacer algo así sin mi consentimiento, como tampoco me había advertido que ha vuelto a hacerse cargo de mi caso personalmente.

—Dile que no quieres nada de eso. Puede meterte en un gran problema.

—Estoy cansada de que el mundo conspire a mi espalda para meterme en problemas. Tyron no tiene ningún derecho a decidir por mí. Ninguno.

—¿Habéis discutido?

—Lo hemos dejado. —Los ojos de Hugo se clavaron en los suyos de inmediato al oír aquellas palabras—. No ahora. Lo dejamos el sábado.

—Vaya.

—Discutimos y se marchó de la barbacoa.

—Ah, no me has comentado nada.

—Has estado rehuyéndome estos días.

—¿Yo? —Desvió la mirada. No podía mentirle mirándola a los ojos, saberlo le provocó una sonrisa–. He estado ocupado.

—Haciendo cualquier cosa que te mantuviese lejos de mí.

—No quería causarte problemas, y a ese tío no parecía agradarle demasiado nuestra amistad.

—Pues me parece muy mal que te hayas alejado de mí por lo que pueda pensar otra persona.

—¿Aunque esa persona sea el hombre que has elegido?

—Aunque esa persona sea quien sea. Yo nunca me alejaría de ti por otros.

—Tú ya te alejaste de mí una vez, te alejaste de todos.

—¿Puedes dejar de echármelo en cara? No soy perfecta, nunca he dicho que lo sea y creo que jamás me perdonaré por haberme apartado tanto de mis raíces. Pero no creo que sea el mejor momento para recordármelo –dijo apretando los labios, conteniendo las ganas de llorar que la asolaron. Se sentía muy vulnerable después de hablar con Walcott, de que la culpase de chantajearle, de que tratase que regresase a su empleo y, más aún, de que Hugo la acusase de haberse olvidado de todo el mundo, incluido él.

—Perdóname, por favor. He hablado sin pararme a pensar –dijo dando un paso hacia ella. Asintió, incapaz de pronunciar una palabra–. Debes estar pasándolo mal por la ruptura y yo tengo la delicadeza de un estropajo.

—Tranquilo –balbució. Cuando en realidad le habría gustado decirle que no estaba así por su ruptura, sino por el cúmulo de circunstancias.

—Al menos el viaje a Ascot te ayudará a despejar la cabeza.

—¿Te ha dicho Gilbert que voy?

—Que vamos. Me ha pedido que te acompañe y he aceptado.

—¿Sí? —Ascot, varios días, con Hugo, ganando mil libras a la semana, acababa de tocarle la lotería—. Es genial.

—No suelo dejar la hacienda tantos días. He estado formando a Luis en principio para que fuese él quien acompañase a Olympic, pero creo que se las apañará aunque me lleve también a Mateo. Necesito el dinero y no creo que Wolowitz, el dueño de la hacienda, me ponga problemas. Gilbert es uno de sus mejores amigos, así que pasaremos una semana en Ascot para ayudar a Olympic a ganar un premio.

—Me siento mucho más tranquila al saber que vienes.

—Ni Gilbert ni Macarena viajarán con nosotros. Les veremos en su granja, Woodland, al este de Londres. Nosotros viajaremos con Olympic y algunos otros caballos de la hacienda, siguiendo a su transporte en un coche para supervisarle en todo momento, así me lo ha pedido Jon.

—¿En coche hasta Ascot?

—Hasta la granja de Gilbert, por el Eurotunnel.

—¿Cuántas horas?

—Unas veintitrés, en dos días.

—Vaya. Será la primera vez que viaje con un caballo —dijo acercándose a este y acariciándolo. Olympic meció el rostro en su mano y continuó comiendo su pienso.

—Tienes un don, ¿sabes?

—¿A qué te refieres?

—A la forma a la que te responde, a cómo se ha recuperado tan rápido. Y no solo él, cada caballo que acaricias parece recordarte, cuando caminas por los boxes se asoman para verte deseando que les prestes algo de atención.

—Qué exagerado.

—Si lo desarrollases podrías ser eso que llaman una susurradora de caballos, que no es más que una habilidad especial de hacer una doma con amor y respeto —aclaró ante su expresión de incredulidad.

—Te estás cachondeando de mí, ¿verdad?

—Claro que no. Hablo en serio. ¿No te parece algo bonito? Lo he dicho como un halago.

—A ver, sí, es bonito, pero esto para mí es una pausa, un paréntesis en mi vida, mi trabajo es otro. Nunca me había planteado dedicarme a cuidar o a entrenar caballos.

—Ya. Echas de menos la vida de lujo y viajes —dijo con cierto retintín.

—¿Es eso algo malo?

—Supongo que no, si es lo que te gusta.

—Me sacas de quicio a veces, Hugo. De verdad, parece que disfrutas haciéndome sentir culpable.

—No pretendo hacerte sentir culpable. Quiero que no te olvides de la gente que te quiere. Que no vuelvas a olvidarte de mí.

—No podría hacerlo aunque quisiese, no después de las cosas que me dijiste el sábado.

—No dije más que la verdad.

—¿Estás seguro de eso?

—Desde que tengo uso de razón. Si hay algo que sé es que no puedo permanecer más de dos minutos a tu lado y a la vez contener las ganas de tocarte, de abrazarte, de besarte... —afirmó acercándose aún más a ella en el interior de la cuadra, mirándose el uno al otro.

—No las contengas, hoy no, por favor.

Él recorrió la distancia que les separaba y la sujetó por la barbilla.

—¡Hugo! Hugo, ¿dónde estás? —Oyeron la voz de Macarena en el exterior y Estela se apartó incómoda ante la idea de ser descubiertos. Pronto la entrenadora asomó por la ventana de la cuadra—. Ah, estás aquí.

—Buenas tardes, Maca.

—Hola. Hola, Estela.

—Hola.

—Hugo, Gilbert acaba de darme la noticia de que vienes a Ascot.

—Sí. Estela también.

—Ya. Me parece genial tenerte cerca, por si Olympic te necesita —afirmó con una sonrisa que casi le rodeaba toda la cabeza.

—Nos veremos en Woodland.

—No. He decidido ir con vosotros en el coche. —Estela sintió como si le hubiesen echado un cubo de agua helada encima. La expresión de Hugo no difería mucho de la suya.

—¿En el coche?

—Sí. Olympic es un caballo muy particular y prefiero seguirlo de cerca.

—No vas a entrenarlo durante el trayecto y nosotros solo vamos a seguir al remolque por si necesita atención.

—Ya, pero prefiero vigilarlo de cerca —afirmó algo molesta por su desinterés en que les acompañase—. ¿Cuándo salimos?

—Gilbert me ha dicho que el transporte partirá el lunes al amanecer, llevan dos chóferes, así que pararemos poco, está previsto que lleguemos el martes a mediodía.

—Olympic necesita pasar al menos un día de descanso en la granja para estar listo para la Gold Cup. Me parece mentira que solo falte una semana.

—¿Qué es la Gold Cup? —preguntó Estela.

—No sé cómo puedes trabajar con caballos y no saberlo —dijo escandalizada.

—Estela nunca antes había trabajado con caballos, es arquitecta, no moza de cuadras —intervino Hugo irritado con su respuesta.

—¿Eres arquitecta?

—Sí.

—¿Y qué haces trabajando…?

—La Gold Cup es la carrera más importante de Ascot —relató él, interrumpiendo su pregunta—. Se celebra el jueves, que es llamado el Ladies' day. El resto tendrás tiempo de aprenderlo por el camino —dijo dedicándole un guiño afectuoso.

—Bueno, ¿entonces a qué hora salimos? —insistió Macarena.

—A las siete de la mañana. Conduciremos tú, Mateo y yo, Estela, porque Macarena no tiene carné de conducir.

—No me lo puedo creer, ¿no tienes carné? —preguntó con el mismo escándalo en su voz.

—Lo mío son los caballos, no los motores. —Chascó la lengua con mueca de disgusto—. Bueno, tengo que seguir trabajando, pero me gustaría que antes le echases un vistazo a una pata de Polenta, parece que no apoye bien el casco, ¿puedes venir a verla, Hugo? —preguntó con una sonrisa que resplandeció en el rostro moreno de ojos pequeños.

—Sí, claro, vamos.

Resultaba increíble la camaleónica capacidad de la que disponía Macarena para transformar sus expresiones faciales según el interlocutor que tuviese delante, pensó Estela mientras ambos se marchaban del box.

Besó a Olympic en el carrillo y se despidió de él hasta el día siguiente, como hacía cada mediodía al marcharse.

No tenía ni idea de lo que era la Gold Cup, si alguno de sus exclusivos clientes la había mencionado en el pasado no le había prestado la menor atención. Pero durante aquella tarde se dedicaría a investigar acerca de ella en Internet.

Capítulo 30

Estela

Al día siguiente, viernes, el último día que trabajaba anterior a la partida a Ascot, Estela dejó preparados todos los enseres con los que solía agasajar al purasangre. Sus distintos peines y manoplas, un masajeador capilar con el que solía relajarle entre las orejas e incluso un par de rosas de una jardinera cercana al cerco de entrenamiento cuyos pétalos le gustaba comerse.

Le dio un masaje con la rasqueta dejándole el pelo de todo el cuerpo perfecto. Estaba un poco agitado y decidió no montarlo, parecía nervioso.

–Tranquilo, yo también lo estoy, todo esto es nuevo para mí –le susurró rascándole en el tupé con los dedos para intentar calmarle.

Sus padres habían puesto el grito en el cielo cuando les dijo que recorrería España y Francia en coche hasta llegar a Inglaterra por el Eurotunnel. Aunque cuando les dijo que Hugo la acompañaría se quedaron bastante más tranquilos.

Por ello decidió no mencionarles el tema de la llamada de su exjefe. Al menos hasta que regresase del viaje.

Tyron no la había llamado ni le había enviado mensaje alguno. En poco más de una semana después de su regreso de Ascot tendría lugar el juicio si no llegaban a un acuerdo con el empresario. Necesitaba discutir con él de lo que le había contado Walcott, pero lo cierto era que podía esperar a su regreso.

No le apetecía lo más mínimo hablar con él.

–Estela –la llamó Aarón cuando dejaba a Oly en su cuadra para descansar tras la ducha.

–Estoy aquí –dijo cerrando la puerta y saliendo a su encuentro. En cuanto le vio se quedó petrificada, ¿que hacía allí? Tyron caminaba hacia ella vestido con un impoluto traje gris oscuro siguiendo los pasos de su jefe.

–¿Os dejo solos para que podáis hablar? –preguntó Aarón mirándole con desconfianza.

–Sí, por favor.

–Después tú le acompañas a la salida.

–Gracias –respondió ella, mirándole como si aún no se creyese que estaba allí.

–Hola, Estela –la saludó, su mirada la recorrió de arriba abajo con una extraña expresión de desagrado. Se miró a sí misma, estaba algo mojada y llena de pelos de caballo de la cabeza a los pies.

–Hola. Discúlpame un momento, voy a lavarme las manos –dijo apartándose hacia la pileta central y regresando un par de minutos después con el corazón acelerado. ¿Qué hacía allí?–.Tú dirás.

–Ayer me enviaste un mensaje diciendo que necesitabas hablar conmigo y te dije que hoy hablaríamos.

–Sí. Pero creí que me llamarías por teléfono.

–Las cosas importantes me gusta hablarlas en persona, creí que lo sabías. –Estela apretó los labios incómoda. Estaba muy elegante con su traje y su expresión de prepotencia, pero lo único que despertaba en su corazón en ese momento era rabia.

—Sí, lo sabía, pero he comenzado a dudarlo cuando Walcott me ha llamado por teléfono contándome algo de lo que no tenía ni idea.

—¿Walcott te ha llamado y le has cogido el teléfono? —preguntó hosco.

—Pues sí. Sé que no debí pero lo hice.

—¿Y bien?

—¿Y bien? Me ha dicho que le estás chantajeando —susurró en voz baja. El abogado le dedicó una media sonrisa condescendiente, como si fuese idiota.

—Eso no es cierto.

—¿No lo es?

—Solo le estoy ayudando a darse cuenta del error que cometió y asegurándome de que te pague lo que tiene que pagarte para que puedas pagarnos a nosotros como es debido. Nada más.

—Voy a pagaros hasta el último penique.

—Por supuesto.

—Pero no creo que fuese necesario ponerle un detective para hurgar en sus miserias.

—Mi método de trabajo es asunto mío.

—No cuando me afecta a mí y a mi honor.

—¿Tu honor? Tu honor ya se encargó él de pisotearlo.

—Y tú vas a acabar con él definitivamente.

—¿Para eso querías hablar conmigo? ¿Para tratar el tema de ese viejo hipócrita que se las da de buen cristiano y va jodiendo con cuanta fulana se cruza en su camino? Yo creo en la familia, si no respetas a tu familia, a tu mujer, no respetas nada —aseguró dando un paso hacia ella. Estela supo de inmediato que era el momento de los temas personales—. Estoy tratando de conseguirte la vida que mereces, que merecemos. No tienes por qué seguir limpiando mierda de caballo así... —dijo mirándola como si de un propio excremento se tratase—. Sucia y despeinada. Yo te conseguiré tanto dinero que podrás montar tu propio despacho de arquitectura.

—Si es a base de chantaje no lo quiero. No quiero nada de eso, prefiero seguir llena de mierda de caballo.

—¿Todo esto es por culpa de ese tipo, verdad? Por culpa de ese desgraciado.

—¿Por qué vuelves a llevar mi caso? —No iba a responderle una sola pregunta personal.

—Porque soy el mejor. Respóndeme, ¿todo esto es por ese hijo de puta que te estás follando? Contéstame. —Exigió agarrándola del brazo.

—Tyron, te estás pasando —advirtió soltándose de un tirón, dio un paso hacia atrás. Oyó cómo Olympic comenzó a relinchar a un par de metros de distancia—. Esto no tiene nada que ver con Hugo, esto tiene que ver conmigo.

—Hugo Lago Jiménez, así se llama ese desgraciado al que apenas le alcanza para pagar la hipoteca, ¿verdad? —inquirió destilando un profundo desprecio.

—¿Estás investigándole? —preguntó horrorizada.

—Solo lo suficiente para saber con quién me la juego. Contéstame, ¿es él a quien te estás tirando?

—En este momento dejas de ser mi abogado. Te lo comunicaré por escrito al bufete esta misma tarde por fax. Pagaré tus honorarios y nuestra relación comercial terminará por completo.

—¿Por qué, Estela? ¿A qué viene todo esto? ¿Por qué prefieres a ese sucio veterinario antes de todo lo que puedes tener conmigo? —preguntó como si no fuese capaz de entender que los sentimientos no tienen explicación y no pueden cambiarse a voluntad. Cogió su mano–. Pasemos este fin de semana juntos. Dame otra oportunidad. –Ella negaba con la cabeza. Trató de besarla, pero Estela dio un paso atrás.

–¡Eh, tú, gilipollas! ¡Aléjate de ella ahora mismo! –exigió Hugo desde la zona inicial de los boxes corriendo hacia ellos a toda velocidad.

–Cierra esa puta boca, imbécil, y lárgate antes de que te la cierre yo. –Ladró Tyron soltándola.

–Hugo, por favor, solo estamos hablando. –Trató de calmarle Estela. Preveía que aquello iba a acabar muy mal.

–Inténtalo –pidió, subiéndose las mangas de la camisa verde hasta el codo.

–¿En serio me dejas por este mierda que no tiene ni para pagar una silla de mi apartamento?

–Pero tengo estos dos para arreglarte esa sucia boca que tienes como no la dejes en paz –dijo refiriéndose a sus puños.

–Esto no es asunto tuyo. Vamos a hablar a otra parte –dijo agarrándola del codo para tratar de sacarla de allí, Estela se resistió y tiró de ella. Hugo le dio un empujón que le hizo estrellarse en el suelo, encima de toda aquella suciedad que manchó de polvo y excrementos su, hasta ese momento, impoluto traje.

–Te he dicho que la dejes en paz. Como vuelvas a tocarla te parto el alma en dos.

–Maldito hijo de puta. –Mordió Tyron incorporándose. Se lanzó contra él y trató de golpearle, pero Hugo era más ágil y se apartó, evitándolo, devolviéndole un puñetazo en la nariz, enzarzándose ambos en una pelea.

Estela echó a correr, llamando a Aarón a gritos, este apareció desde la zona de entrenamiento junto con otros tres hombres, dos mozos de cuadras y un yóquei, que no sin dificultad lograron separarles.

Tyron tenía la boca y la nariz ensangrentadas y Hugo la ceja derecha partida en dos.

—¡Me las vas a pagar, maldito hijo de puta! ¡Esto no va a quedar así, no sabes con quién te has metido! —gritaba el abogado fuera de sí.

—¿Vas a venir a por más? Pues yo te lo daré, tranquilo.

—¡Soltadme! —gritó a quienes le sujetaban, estos le obedecieron. También Aarón y el otro chico soltaron a Hugo—. Esta me la vas a pagar —le amenazó apuntándole con el dedo índice.

—Cuando quieras y donde quieras —respondió Hugo con una sonrisa desafiante.

Tyron sacudió su ropa y se marchó, limpiándose con un pañuelo la nariz, dedicándole a Estela una última mirada de profundo desprecio que provocó que Hugo apretase los puños dispuesto a volver a abalanzarse sobre él. Aarón le tocó en el hombro, llamándole a la calma.

—¿Qué ha pasado? —le preguntó cuando Tyron se hubo marchado.

—Ese imbécil se cree el rey del mundo solo porque tiene dinero y le he puesto en su sitio.

—¿En su sitio? ¿Se puede saber en qué narices estabas pensando? ¿Te crees que esto es un ring de boxeo? Estela, llévalo al centro de salud a que le den puntos en esa ceja —pidió Aarón entregándole un paquete de pañuelos de papel que sacó de su bolsillo. Este lo abrió y se presionó con uno de ellos la herida—. Todo el mundo al trabajo —advirtió a la decena de espectadores que se había congregado a su alrededor, principalmente mozos de cuadras.

—Vamos en mi coche –dijo Estela, y él aceptó.

Caminaron en silencio hasta la zona de los aparcamientos y subieron a su vehículo. No fue hasta que echó las manos al volante cuando se dio cuenta de cuánto le temblaban aún.

—¿Quieres que conduzca yo?

—No, no, estoy bien –dijo posándolas con firmeza.

—¿Seguro?

—No creo que puedas conducir y presionarte la herida al mismo tiempo. Estoy bien, de verdad. –Arrancó y recorrieron el camino de albero hasta conectar con la carretera principal.

—Por regla general cuando alguien se hace un corte en la hacienda los puntos los suelo dar yo, pero en mi propia ceja lo veo un poco complicado –dijo mirándose en el espejo retrovisor. Continuaba sangrando.

Ella no respondió. No podía quitarse de la cabeza la escena de ambos hombres golpeándose sin que pudiese hacer nada. De cómo Tyron insistía e insistía, no le entraba en la cabeza que no quisiese estar con él. Las palabras tan feas que había utilizado con ella. Y pensar que cuando Kate le relató lo sucedido tras su ruptura pensó que jamás le pasaría algo así, que debía haber cambiado de veras.

No parecía el mismo Tyron que había conocido. Ni por asomo. Había visto maldad en sus ojos, rabia, furia, despecho.

—Estela, ¿estás bien?

—No, no estoy bien. El tipo con el que salía y tú os habéis pegado delante de mí. ¿Cómo voy a estar bien?

—¿Y qué esperabas que hiciera? ¿Que le permitiese que te arrastrase contra tu voluntad?

—No… No lo sé.

—Si ese malnacido vuelve a molestarte va a necesitar algo más que una visita al dentista. Maldito desgraciado, cómo se atreve a tratar a una mujer así... –La rabia le tensó los músculos de la mandíbula.

–Está celoso. Se le pasará –dijo rogando en su interior que fuese así. No pudo contenerlo más y un par de lágrimas silenciosas recorrieron sus mejillas incendiando la piel con su calor a su paso.

–Oh, no, vamos, no llores, por favor. Lo siento mucho. Siento mucho el espectáculo.

–No, no. Al contrario, tengo que darte las gracias. Tú eres el herido.

–Estoy bien. Mejor vamos a mi casa.

–¿A tu casa?

–Sí, acabo de recordar que tengo Dermabond en la clínica, con eso y unos cuantos puntos de aproximación me apaño.

–¿Derma qué?

–Un pegamento para heridas.

–¿Piensas pegarte la herida con pegamento?

–No es cualquier pegamento, es uno específico para heridas –dijo con una sonrisa. Cuando Hugo sonreía todo parecía más fácil.

–¿Estás seguro?

–Sí, por favor, llévame a casa.

–¿A la de tu madre?

–No, a la mía.

–No sé dónde vives.

–Es cierto, nunca has estado, es a la entrada de Vejer, en la calle Cruz de Conil, cerca del taller de coches Los Remedios.

–Si es lo que quieres.

Estela continuó por la carretera comarcal hasta llegar a la rotonda, que con grandes letras blancas anunciaban Vejer, desde la que accedieron a la empinada travesía que ascendía el monte en el que estaba situado el pueblo por su lado norte.

Callejearon por la localidad hasta llegar al lugar indicado y aparcaron en la zona de descampado junto a varios vehículos estacionados frente al taller justo donde terminaba la calle y comenzaba el campo.

Estela contempló la vivienda de dos plantas en la que en la parte inferior sobre la fachada podía leerse el cartel de *Clínica veterinaria Lago*, sobre el escaparate cuyo vidrio estaba aún roto.

—Muchas gracias por traerme –dijo dispuesto a bajar del vehículo.

—¿Te acompaño por si necesitas que te ayude? Sigo pensando que sería mejor que fuésemos al centro de salud.

—No es necesario, tengo puesta la vacuna del tétanos de este mismo año. Si no te importa echarme una mano te lo agradezco, sino me las apañaré solo.

—No, claro, te ayudo, aunque no sepa nada de curar ni de puntos –afirmó bajando del coche.

—No hace falta. Es solo asegurarte de que fijo bien los bordes.

—Como quieras –dijo siguiendo sus pasos hacia la puerta de entrada a la clínica.

Hugo le ofreció pasar primero y Estela accedió a una bonita pero pequeña recepción con muebles blancos y oscuros que a la vez hacía las veces de sala de espera con sillas en el mismo color.

—¿Esta es tu clínica? Es preciosa.

—Gracias, por el momento es pequeña y aún no está terminada, pero espero que se convierta en algo grande algún día –dijo él cerrando tras de sí–. Ven.

Pasaron a la primera de las consultas, una sala pequeña pero con potentes luces halógenas, una mesa de exploración con una gran lupa de pie, un ecógrafo y espacio de almacenamiento con material quirúrgico.

—¿Pasas consulta aquí?

—Cada tarde. Paso consulta, recibo a los pacientes, lo hago todo. Ojalá algún día pueda terminarla y tener una recepcionista, más consultas y material, una clínica como es debido.

—Como la de la hacienda.

—Con la mitad me conformo —admitió lavándose las manos en un pequeño fregadero metálico cuyo grifo cerró con el codo.

—¿Y entonces, dejarás la hacienda?

—Me encargaré de conseguirles un buen profesional, si ellos quieren.

—¿Y por qué no lo haces ya? ¿Por qué sigues allí?

—Por el dinero. —Abrió un paquete del que extrajo un paño estéril verde y lo extendió sobre la mesa de exploración. Colocó sobre este gasas y povidona yodada—. Pago una hipoteca importante de la que aún me quedan diez años, he comprado material pero es muy caro y aún me falta mucho. Mi trabajo en la hacienda me proporciona un sueldo estable y las tardes libres, espero que algún día pueda terminar la clínica tal y como la tengo en mi mente y dejarlo.

—¿Ese es tu sueño, trabajar en tu propia clínica?

—Sí —afirmó aplicando desinfectante en una de las gasas que después pasó por su ceja. Arrugó la frente, debía escocer bastante—. Mira, voy a romper la boquilla de este vial. —Le mostró un pequeño envase del tamaño de una pila pequeña que contenía un líquido morado en su interior—. Y necesito que me lo apliques justo en la herida.

—Hugo, estoy sucia y me da miedo provocarte una infección.

—Tranquila, entonces lo haré yo solo, vamos al baño, allí tengo un espejo en el que mirarme y una luz muy buena.

Le siguió, atravesando una puerta al final del pasillo. Hugo cargaba con todo el material quirúrgico que había preparado en una bandeja. Siguiendo sus pasos descubrió la parte de la clínica que aún no estaba terminada, una gran sala alicatada, tan grande como vacía.

—Aquí será el quirófano de grandes intervenciones —explicó—, esta será la sala de recuperación. Aquí habrá un segundo quirófano para operaciones menores. —Al final del todo había una puerta que conectaba con una escalera de caracol metálica que les llevaba directos a la planta superior—. Bienvenida a mi humilde hogar —dijo al adentrarse directamente en la parte trasera del salón, justo tras una librería que ocultaba en parte la escalera. Era una habitación amplia y acogedora, con sofás color café, grandes fotografías de caballos en blanco y negro colgando de las paredes y dos lámparas *tiffanys* muy coloridas en el techo.

—Me encanta. Es precioso, has tenido mucho gusto al decorarlo.

—Gracias. El baño está por aquí. —La guio por el pasillo de habitaciones y abrió la puerta de este. Era amplio y contaba con todo lo necesario, incluida una placa de ducha con una mampara de vidrio translúcido y un mueble de lavabo con dos senos. Hugo encendió la luz y se miró al espejo.

—Bueno, esto no es nada.

—¿Que no es nada? Tienes una buena herida.

—Nada, de veras —afirmó, dejando la bandeja en el lavabo, y volvió a desinfectar la herida. Se miró la camiseta manchada de sangre en el espejo y decidido se la sacó por la cabeza.

Estela contempló el reflejo de su pecho atlético y no demasiado musculado, salpicado de bello castaño en los pectorales, descendiendo en una línea suave hasta su ombligo y más allá. Sus oblicuos muy marcados hasta donde dejaban ver los vaqueros, y los brazos fuertes y bien formados, y sintió cómo la temperatura de la habitación había ascendido varios grados en un segundo.

–¿Ves, no es nada? –dijo mirándola a través del espejo. Ella asintió, incapaz de pronunciar palabra. Se miró en este, sucia y despeinada, tal y como le había dicho Tyron, y sintió vergüenza de su propio reflejo.– Ahora abro esto, lo aplico –relató como si estuviesen en una clase de primero de veterinaria mientras deslizaba el pegamento biológico sobre su herida–, presiono los bordes unos minutos y después aplico puntos de aproximación.

Estela no podía mirar la herida, estaba demasiado concentrada en su espalda, en su espina dorsal y sus omóplatos. En las pecas cobrizas que la salpicaban en algunos puntos y el contorno redondeado de sus nalgas prietas bajo el pantalón, de aquel culo...

–Perfecto. Es perfecto –masculló para sí.

–Sí, ha quedado perfecto. Me quedará una pequeña cicatriz, pero nada importante. ¿A eso te refieres? –dudó, mirándola a los ojos, descubriendo que los suyos se hallaban fijos en otra parte.

–Claro. –Sonrió descubierta–. Hugo, creo que será mejor que me marche. Tú estás bien y yo me siento sucia, necesito una ducha con urgencia –aseguró, indicando hacia su propia imagen en el espejo.

–¿Quieres ducharte aquí? Puedo prestarte algo de ropa. Necesito que me lleves de vuelta a la hacienda a recoger mi coche, si no te importa.

—Vale, entonces sí que me daré una ducha. No quiero volver a montarme en el coche llena de pelos de caballo.

—Tranquila, ahora los quitamos con esto —dijo abriendo el mueble del baño y mostrándole un rollo de papel adhesivo—. No hay veterinario que se precie que no tenga uno. Voy a por ropa para ti.

La dejó a solas en el baño. Cerró la puerta.

¿Cómo podía ser tan sexy?

Incluso herido.

Se sacó la camiseta, llevaba debajo un sostén deportivo.

Estaba excitada.

Por más que su conciencia se lo reprochase aquella escena al más puro estilo *Homo sapiens*, defendiéndola incluso a golpes, la había sorprendido, la había hecho sentir reconfortada al saber que sería capaz de luchar por ella con uñas y dientes, y cejas…

Capítulo 31

Hugo

Buscaba en los cajones de la cómoda de su dormitorio con el corazón acelerado en el pecho, golpeándole con fuerza bajo las costillas. No podía creer que la tuviese en su casa. Al fin. Tan cerca, en la habitación de al lado.

Tomó un chándal de su hermano menor que debía estarle bien y una de sus camisetas.

Aquella herida en la ceja bien valía la pena si la había llevado hasta allí.

¿Sería un desalmado si intentaba besarla?

Estaba afectada por todo lo sucedido, quizá no era el mejor momento.

Se moría por besarla. Con toda su alma.

Regresó con la ropa en sus manos y abrió la puerta del baño.

—Te he traído una camiseta que me está pequeña. —Al mirarla en el espejo descubrió que se había quedado en sostén, observando sus pezones erizados bajo la prenda. Su nuez de Adán subió y bajó al tragar saliva, pero se esforzó en fingir normalidad—. También un pantalón de chándal que creo que te estará bien.

—Gracias.

Dios. Se abalanzaría sobre ella y le haría el amor sobre el lavabo. Ya estaba empalmado y ni siquiera la había visto desnuda.

—Te espero fuera. —Por su expresión pareció decepcionada. Salió, cerró la puerta a su espalda y se recolocó la erección en los vaqueros.

Tragó saliva.

¿Le consideraría un sinvergüenza si volvía a entrar y la besaba?

¿Iba a correr el riesgo?

Estela estaba medio desnuda en su casa, en su baño. Llevaba casi quince años esperando ese momento.

El mundo no estaba hecho para los cobardes.

Volvió a abrir la puerta.

Ella pareció sorprendida, se había deshecho de los pantalones y lucía un *culotte* de lycra del mismo color que el sostén, de lo más sexy.

—Hugo, ¿necesitas algo?

—Sí. Lo necesito. Lo necesito tanto como respirar.

—¿Qué?

—Hacerte el amor. Lo necesito. De una vez por todas, necesito liberar este fuego que me quema por dentro —dijo aproximándose con cada paso—. Pero pídeme que me vaya y te prometo que lo haré.

—No quiero que te vayas.

Su respuesta fue el acicate para dar rienda suelta a lo que sentía, la rodeó con sus brazos y la besó. Apoderándose de aquella boca suave y delicada que parecía llamarle a gritos.

Estela le recibió entreabriendo los labios, permitiéndole el libre acceso a su interior, y él la invadió con su lengua, provocándole jadeos de placer mientras se apoderaba de sus nalgas, presionándola contra su erección.

Ascendió las manos con cuidado por su espalda, acariciando las curvas de su cuerpo para volver a recabar en aquel culo perfecto que en tantas ocasiones había contemplado en silencio.

Cuando la mujer de sus sueños metió decidida la mano bajo sus pantalones supo que su urgencia era tanta como la suya propia.

—Yo también te necesito —jadeó a su oído.

—Soy tuyo —aseguró, tirando del sostén y descubriendo unos pechos tan delicados como los había imaginado, del tamaño de dos melocotones, firmes y suaves.

Hugo inició un camino descendente con los labios desde su garganta hasta su pecho, depositando besos ardientes sobre estos, lamiendo aquellos pezones rosados que respondían irguiéndose a su caricia. Estela echó la cabeza hacia detrás, gimiendo de gozo ante la sensual caricia, sujetándose a sus hombros.

Alcanzó su ombligo, besándolo, y después regresó para saborear su boca de nuevo. Intentaba ir despacio para no incomodarla, pero, entonces, Estela le desabotonó el pantalón y tiró de este, liberando una erección cuya opresión estaba lastimándole, exhibiendo la magnitud de su deseo.

Sus mejillas tenían rubor y sin embargo parecía decidida, le mordió en la barbilla, arrebolándole. Había tratado de ser caballeroso, de contenerse, de ir despacio, pero cuando ella acarició su sexo con las manos, paseándolas por la base de sus testículos para luego ascender despacio, meciéndolo entre los dedos, sintió que no podía ni quería contenerse más.

La tomó en brazos y la llevó hasta el sofá, sentándola sobre este. Estela se dio la vuelta, ofreciéndole su espalda desnuda, que besó desde la nuca hasta el coxis. Le encantó que se volviese, incluso en eso Estela y él parecían hechos el uno para el otro, la que ella le ofrecía era su postura favorita. Pegó su torso a su espalda y tomó sus pechos con ambas manos, Estela jadeó arqueándose contra su cuerpo, parecía tener tan claro como él lo que quería.

Sin dudarlo más guio su sexo hacia la entrada al paraíso que ella le prometía y creyó desfallecer mientras se deslizaba hacia su húmedo y cálido interior.

Una vez más intentó ir despacio, no quería asustarla.

—Oh, Hugo, vamos, necesito más.

También él necesitaba más. Se deshizo de sus prejuicios y sus miedos y la embistió con fiereza, sujetándola por el pelo, meciéndose contra su cuerpo con ímpetu.

Ella jadeó y esa fue su victoria. ¿Podría existir alguien más perfecto para él incluso en ese instinto tan íntimo y animal? No lo creía.

Sus jadeos se hicieron más intensos. A la vez que su cuerpo se tensaba, apretaba los muslos, aprisionándole en su interior, Estela gemía dejándose arrastrar por aquella vorágine de placer, provocando que no pudiese contenerlo más y se dejase llevar sacudido por un orgasmo enloquecedor dentro de ella.

—Oh, sí. Gracias, Dios mío.

La oyó decir en voz muy baja a la vez que su respiración se entrecortaba y jadeaba unida aún a su cuerpo sacudida todavía por los efectos arrebatadores del orgasmo. Él la abrazó, permaneciendo en su interior hasta que dejó de percibir las contracciones de su sexo y después se deslizó despacio, disfrutando del íntimo roce de su carne y buscó su boca, besándola con frenesí, bebiendo de sus labios empapados de sudor el sabor del éxtasis más puro de todos, el del placer satisfecho.

—Ha sido aún mejor que en mis sueños de adolescente.

—¿Soñabas con acostarte conmigo? —preguntó Estela con una sonrisa, incorporándose en el sofá.

—Mejor no te doy detalles —sugirió, pícaro, con una de sus arrebatadoras sonrisas ladeadas, atrayéndola hacia sí, pegándola a su cuerpo desnudo y caliente—. ¿Vamos a la ducha?

Capítulo 32

Estela

Se sentía como en una nube. Emborrachada de placer después de experimentar el mayor orgasmo de toda su vida. Un orgasmo que la había estremecido de pies a cabeza desde el interior. Un orgasmo que aún la sobrecogía al dar un paso, percibiendo la oquedad en su interior mientras su cuerpo se recuperaba. Le siguió hasta la ducha.

–Eres preciosa –dijo mientras le mojaba los hombros con el agua de la alcachofa.

–Eso son los ojos con los que tú me miras.

–No es un cumplido. Eres casi tan preciosa por fuera como por dentro. –Estela negó con la cabeza mientras él continuaba mojándola despacio–. Recuerdo una vez, cuando tenías dieciséis años, un día en que tenías un cumpleaños e ibas con tu prima Nuria a salir con unas amigas en Chiclana.

–¿En Chiclana? Sería con su prima Laura y sus amigas.

–Yo estaba jugando con tu hermano a Street Fighter en la Xbox en el salón de vuestra casa. Cuando bajaste las escaleras con aquel vestido rojo de tirantes tu hermano me mató.

—¿Te dijo algo porque te quedaste mirándome?

—Me mató en el videojuego. Pero ni siquiera me importó.

—Serás tonto... —Rio divertida. Le quitó la alcachofa y le mojó el cuello y el pecho, evitando la cara para no humedecer la zona de la herida—. ¿Desde cuándo te sentías así?

—Desde que volviste de Irlanda. La Estela que se marchó era una niña y la que regresó una mujer. —Deslizó un poco de gel en la palma de su mano y comenzó a aplicárselo sobre los hombros, descendiendo despacio hacia los brazos.

—Es cierto que el verano en Dublín me cambió, porque fue la primera vez que me marchaba fuera sin mis padres, aprendí a hacerme más independiente, conocí a mucha gente y descubrí una cultura maravillosa. Pero eso fue con catorce años, no me puedo creer que te sintieses tanto tiempo así y no me dijeses nada, ¿por qué?

—Porque tú no tenías el menor interés en mí.

—Eras, eres —se corrigió— el mejor amigo de mi hermano. Eras un chico popular del instituto y yo os oía hablar de tías todo el tiempo. Me parecías guapo, siempre lo has sido, pero de ahí a imaginar que pudieses estar interesado en una mocosa como yo, era como inconcebible. ¿Cómo esperabas que lo supiese si no me lo decías?

—No esperaba que lo supieses, creí que se me pasaría.

—¿Querías que se te pasara?

—¿Te haces la idea de lo que es vivir enamorado como un imbécil de una chica que no te hace el menor caso?

—Te di mi primer beso, no creo que eso sea no hacer caso. Porque tú fuiste mi Frankenstein —dijo aproximándose a él, abrazándolo, alzando el rostro para mirarle a los ojos, provocándole una sonrisa, al sentirse descubierto.

—Lo sabes.

—Lo descubrí cuando me besaste en El Califa. Llevaba toda mi vida pensando en esos ojos, en tus ojos. Tú hablas de cómo es sentir lo que sentías por mí sin que yo sospechase nada, pero no te imaginas lo que es estar enamorada de alguien disfrazado de monstruo, añorar los besos de alguien que ni siquiera sabes quién es. Anhelar un beso de adolescentes sin que ninguno de los que has recibido y dado de adulta pueda parecérsele siquiera.

—¿Eso es cierto?

—Sí, lo es. Y lo achacaba a que fue mi primer beso y ninguno podría parecérsele por el mero hecho de ser el primero, pero no es cierto. Volví a sentir lo mismo cuando me besaste en El Califa, lo mismo. —Él la besó despacio, paladeando sus labios y toda su boca—. Hugo, todas esas cosas que me dijiste el sábado en la parcela…

—Son ciertas y no puedo callármelas más. He tratado de convencerme a lo largo de los años de que me aferraba a un sentimiento infantil, que para ti ese beso no significó nada…

—¿Que no significó nada?

—Te fuiste.

—No tenía ni idea de que eras tú.

—Traté de decírtelo. De verdad que lo intenté, aquella noche en la que me prometiste que nunca cambiarías bajo la luna azul, ¿la recuerdas? —Ella asintió—. Pero habías dejado que te besara porque no sabías que era yo, ¿sabes lo frustrante que resultaba saberlo cuando intentaba tener el valor suficiente para declararme?

—Aun así tendrías que haberlo hecho.

—¿Y si me rechazabas? No solo te perdería a ti, sino probablemente también a tu hermano, el último verano que pasaríamos juntos antes de tomar cada uno nuestro propio camino. Yo intentaba que te dieses cuenta, de un modo demasiado sutil, es cierto, pero era muy arriesgado lanzarme.

—Te entiendo. Pero para mí era algo impensable, creía que solo eras amable conmigo porque me considerabas una mocosa.

—Y cuando volvimos a vernos, casi doce años después, mi corazón dio un vuelco de emoción pero tú ni siquiera me reconociste, y creí que me moriría de tristeza.

—Has cambiado tanto que no te reconocí, hasta que mis primas no me dijeron quién eras, y entonces comencé a recordar cosas. A quien jamás olvidé fue a mi Frankenstein. Lo siento, lo siento muchísimo.

—No lo sientas, Estela. Porque cada paso que has dado ha hecho que hoy al fin estés aquí, conmigo – afirmó taladrándola con su mirada de aguamarina, y la besó, provocando la estampida de las mariposas que comenzaron a revolotear de nuevo en su estómago. Hugo cerró el grifo y salió de la ducha, tomando dos grandes toallas del mueble del lavabo. Se enrolló una en la cintura y la aguardó con la otra–. ¿Puedo hacerte una pregunta?

—¿Cuál? –dudó, permitiendo que la envolviese con esta y la abrazase.

—¿Has dado gracias a Dios mientras lo hacíamos?
—El rostro de Estela enrojeció hasta el punto que creyó que iluminaría la habitación con su resplandor.

—Qué vergüenza. Sí, lo he hecho.

—No te avergüences de nada conmigo, nunca, por favor. Si te va ese rollo, por mí como si rezas un padre nuestro, no me importa, de veras.

—No, no. No me va ese rollo. —Sí, podía enrojecer aún más—. Es algo complicado, y bochornoso de explicar, pero temía haberme vuelto una frígida. Ay, qué vergüenza, por favor.

—¿Frígida? Estela, por favor, ha sido el mejor sexo de mi vida.

—También para mí. Pero, ¿podemos hablar de otra cosa? Como por ejemplo de que deberíamos volver al trabajo a por tu coche.

—Si te quedas a pasar la noche.

—¿A pasar la noche?

—Quédate conmigo el resto del día, el fin de semana al completo. No quiero que te separes de mi lado, me apetece demasiado estar contigo.

—No puedo, tengo una cita con un chico.

La expresión de Hugo se transformó de inmediato. Se puso serio en el acto y descendió la mirada, incapaz de disimular su malestar.

—¿Le conozco?

—Bastante bien. Es un poco bajito, pero muy guapo, moreno y tiene unos impresionantes ojos castaños, como los de su padre.

Hugo enarcó una ceja.

—Por casualidad, ¿no se llamará Iván? —preguntó recuperando la sonrisa.

—Exacto. El sábado pasado me hizo prometerle que pasaría el fin de semana con ellos en Sevilla. Me voy mañana después del desayuno y volveré el domingo. Además, esta tarde sin falta tengo que buscar un abogado y entregarle toda la documentación del caso antes de que nos marchemos a Ascot. El juicio es en dos semanas y estoy sin abogado.

–Yo conozco a alguien. Se llama Mónica, es de Sevilla y trabaja para un sindicato, pero también acepta casos privados. Ella defendió el procedimiento de baja permanente por accidente laboral del padre de un compañero de la facultad que es de Carmona. Es muy buena abogada y buena persona.

–¿Te la has tirado? –Su sonrisa le había delatado–. Vaya con don *Estoy-enamorado-de-ti-desde-la-adolescencia*.

–Y lo he estado, pero tú pasabas de mí y no estoy hecho de escayola. Claro que he salido con mujeres.

–Pues no me importa que tu amiga sea tan buena, en todo lo que haga –refunfuñó, abriendo la puerta y dando un paso fuera del baño–. Necesito un abogado de Gibraltar y voy a llamar a Kate para que me ayude a buscarlo, espero que con mejor acierto esta vez.

–¿Estás celosa? –Rio, siguiendo sus pasos.

–¿Te divierte?

–No, es que, a ver si me entiendes, me encanta que estés celosa.

–Pues enhorabuena.

–Estela, lo que siento por ti es tan real como el sol que brilla ahí fuera –dijo sosteniéndola por el brazo, obligándola a mirarle–. Siempre estuve convencido de que estábamos hechos el uno para el otro, pero el tiempo me hizo dudarlo y traté de seguir con mi vida. Ahora estás aquí, desnuda en mi casa, conmigo, y no sé qué sucederá mañana o pasado mañana, pero siento que se ha cerrado una etapa de mi vida, la de soñar con amarte, para empezar otra, la de amarte cada día más, si tú me dejas.

–Yo me he pasado la vida pensando que jamás encontraría a alguien para mí, porque estaba enamorada

de un monstruo de película de terror –dijo provocándole la risa –. ¿Cómo iba a encontrar a un hombre a la altura?
　–Espero estarlo yo.
　–Estoy convencida.

Capítulo 33

Estela

El sol se levantaba despacio en la lejanía, impregnando las calles de un tono violáceo, cuando subió a su ranchera verde con el logo de la hacienda después de dejar su maleta en la parte de atrás.

–Buenos días –la saludó con un beso en los labios y una sonrisa–. ¿Qué tal el fin de semana? –preguntó con picardía a la vez que arrancaba y se ponían en camino.

–Lo sabes mejor que yo.

Hugo sonrió de nuevo. Habían pasado el fin de semana enviándose mensajes como dos auténticos adolescentes. Estela no se reconocía a sí misma en esa actitud tan moñas.

Le había enviado fotos desde la Giralda, desde la Torre del Oro, desde el dormitorio compartido con su sobrino Iván, en la que igual que este le hacía muecas sacándole la lengua.

Incluso su cuñada se había percatado de algo y llegó a preguntarle quién era ese al que escribía tanto y que le hacía resplandecer los ojillos. Por supuesto, lo había hecho sin que su hermano las oyese, porque estaba segura de que este, entre bromas, le habría quitado el teléfono de las manos y lo habría comprobado por sí mismo con el consiguiente ataque al corazón.

No se lo había dicho a nadie. Ni siquiera a Nuria, ni a la propia Kate, a pesar de que pasaron juntas toda la tarde del viernes. Era como si tuviese miedo a decirlo en voz alta y que la magia desapareciese. Porque era el único modo en el que podía expresar lo que Hugo le hacía sentir, magia. Una sensación indescriptible que le nacía en el estómago y se extendía por todo su pecho, un nerviosismo hermoso, casi eléctrico. Y no solo cuando habían hecho el amor. Lo sentía cuando leía frases como: «Me duelen las manos porque no alcanzan a acariciarte, me duelen los ojos porque no te ven, pero mi corazón sonríe porque sabe que volverás».

Moñas total, pero no podía borrar la sonrisa de la cara.

Auténticas cursiladas que ahora la hacían derretirse como un bombón al sol.

El viernes, después de llevarle a la hacienda a recoger su coche fue a casa, se cambió de ropa y partió hacia Gibraltar en busca de un nuevo abogado, que había logrado con la ayuda de Kate, y él regresó a su clínica a trabajar.

Habían pasado el fin de semana separados, en la distancia, pero aun así le había sentido muy cerca, justo al otro lado del teléfono, cada día.

El sábado conversaron todo el camino hasta llegar a Sevilla, Hugo la llamó y le pidió que le permitiese acompañarla de ese modo. Así también, a la vuelta, durante la hora y cuarenta y cinco minutos de trayecto.

Ahora sentía que lo sabía todo de ella. Le había hablado desde sus miedos en la adolescencia a no sacar la nota de selectividad para estudiar arquitectura, sus inseguridades por ser una chica demasiado alta para su edad, pasando por lo mal que se sintió cuando viajó por primera vez a Dubái a ofrecer su proyecto a un jeque árabe y perdió su pasaporte, hasta el momento en que Walcott la despidió.

Hugo le había contado sus años más difíciles en la adolescencia, la separación de sus padres, lo mucho que había sufrido en silencio, pues no quería mostrar sus sentimientos ante su hermano ni su madre, porque él siempre había sido el fuerte, el que tiraba de ambos en sus momentos de flaqueza. Sus desventuras en la universidad, cuando suspendió tres asignaturas porque trabajaba para pagarse el apartamento compartido y no obtuvo beca. Las horas extra que hizo durante todo el verano como pizzero para poder abonar la matrícula. Su relación con su hermano pequeño, en ocasiones difícil. Le habló de lo mucho que adoraba a su madre y cuánto ansiaba que esta se decidiese a compartir su vida con su novio. También de Yolanda, de las chicas que conoció antes que ella y que no habían significado nada, del miedo que llegó a sentir a no volver a enamorarse jamás.

Estela sentía que durante aquel fin de semana se habían conocido más que si hubiesen pasado la última década viéndose a diario.

Y le gustaba todo lo que había descubierto de él. Sus aciertos, sus errores, sus gustos, sus pasiones... Su risa, su carcajada escandalosa cuando algo le sorprendía o ella le saltaba con alguna irreverencia. Sus sueños. Su idea de terminar su adorada clínica y dedicarse por completo a trabajar para sí mismo...

—Eh, hola, la Tierra llamando a Estela —bromeó devolviéndola a la realidad en el interior del vehículo–. Te estaba diciendo que Mateo, mi auxiliar en la hacienda, es un buen conductor, creo que podremos llevar bien el ritmo del transporte.

–Claro, estupendo.

–Preferiría que fuésemos solos, pero de todos modos Macarena sigue decidida a acompañarnos –dijo posando la mano en su pierna, acariciándola–. ¿No sé por qué, cuando Gilbert le paga el avión?

–Pues yo sí lo sé, pensará aprovechar cualquier oportunidad para intentar revivir lo vuestro.

–¿Lo nuestro? No hubo nada nuestro.

–Quizá tú pienses que solo fue sexo, pero estoy convencida de que para ella fue algo más.

–Dejemos de hablar de Macarena, ¿te parece? Si intenta algo se encontrará con mi negativa, ahora que he vuelto a saborear mi particular maná celestial ningún otro sabor estará a la altura –sugirió con picardía provocándole la risa–. Me habría gustado que te quedases anoche.

–Ya, pero mis padres sabían que regresaba a dormir.

–Las sábanas olían a ti.

–Espero que eso sea un cumplido.

–Por supuesto. Adoro el olor de tu cuerpo.

En su mutuo deseo por estar juntos, Estela había conducido directa hasta su casa desde Sevilla. Hicieron el amor ansiosos el uno del otro en el sofá, la alfombra, la cama, la cocina… hasta perder la cuenta. Y entre besos y jadeos se confesaron cuánto se habían extrañado. Sin promesas, sin pretensiones, dando rienda suelta a los sentimientos tal cual fluían de sus almas. Nada más, y nada menos.

–Cuando regresemos de este viaje hablaré con tu hermano.

—¿Vas a pedirle permiso para seguir acostándote conmigo? —bromeó, haciéndole reír.

—Si lo hiciese en esos términos tendría que contratar seguridad privada —advirtió con una sonrisa—. Quiero ser quien le cuente lo nuestro.

—Pues yo he estado a punto de decírselo un par de veces a lo largo del fin de semana. Pero dejaré que lo hagas tú, eso sí, no me gustaría perderme su cara. Aunque creo que ninguno, en el fondo, se sorprenderá demasiado al saberlo. Mis padres se quedaron mucho más tranquilos cuando les dije que viajaba contigo, también mi hermano.

—Me ha enviado un mensaje pidiéndome que te cuide. Solo que él no se imagina lo bien que lo haré. —Rio. Estela se aproximó y le besó en la mejilla, disfrutando del roce de la incipiente barba cobriza mientras él trataba de permanecer atento a la carretera. Podría besarle cada minuto de cada día por el resto de su vida y estaba convencida de que no se cansaría jamás. Había extrañado sus besos durante más de diez años, aun sin tener ni la menor idea de que era él quien la había besado.

—He estado pensando y... no te molestes, por favor, pero creo que es mejor mantener lo nuestro en secreto hasta después del viaje.

—¿Por qué? ¿Por qué mantenerlo en secreto cuando desearía subir a la peña más alta y gritarlo a los cuatro vientos? —dudó, arrugando el entrecejo, mirándola a cada instante, sin perder la atención de la vía. Debía darle una buena explicación o se molestaría, estaba segura.

—Después de este viaje. Cuando regresemos subiré contigo a la peña y lo gritaremos juntos. Pero ahora tengo que compartir demasiadas horas con Macarena y no me apetece aguantarle la cara de perro, además de que podría hacer comentarios desafortunados delante de Gilbert y esto me haría sentir incómoda. Solo hasta después del viaje, ¿vale?

—Está bien... pero voy a tener que morderme la lengua demasiado —aceptó—. Tendré que comenzar a ensayar cómo decirte que no a lo que me pidas, o seré un esclavo absoluto de tus deseos por el resto de mis días.

—¿Y eso es algo malo?

—Sí. O quizá no lo sea tanto...

Llegaron a la hacienda, donde Estela se acercó a ver a Olympic mientras lo subían con cuidado al transporte, un semirremolque azul con diminutas ventanitas y capacidad para diez equinos.

Le acarició las crines y subió con él, le situaron en la parte delantera, acompañado de Cristal, una yegua color canela, también propiedad de Gilbert, que competiría el jueves en Ascot, solo que en lugar de en la Gold Cup lo haría en una de las carreras de inferior categoría. El espacio se completó con otros caballos de distintos propietarios que realizarían el viaje junto a ellos.

Eran las siete de la mañana cuando subieron al vehículo, un turismo Volkswagen con el logotipo de Hacienda Monte Alto, con el que seguirían al semirremolque por España, Francia e Inglaterra hasta llegar a la granja de Gilbert en Swindon, a unos noventa kilómetros de Ascot. Las puertas se cerraron, y emprendieron el camino.

Macarena, con la excusa de sentir náuseas, se colocó en el lugar del copiloto, relegándola a la parte trasera junto a Mateo. Hugo le dedicó una mirada de circunstancias por el retrovisor central.

Siguieron al vehículo pesado hasta Sevilla por la autovía, tomando entonces la Ruta de la Plata y conduciendo sin detenerse hasta Cáceres, donde en torno a las once de la mañana se detuvieron para que los chóferes diesen agua a los caballos y pudiesen estirar las piernas.

Estela se acercó a ver a Olympic mientras Macarena y Mateo se dirigían a la cafetería del área de servicio a por un café cargado. Estaba tranquilo, tenía agua suficiente y pienso, pero ella le entregó una resplandeciente manzana que guardaba en su mochila. Cristal pareció ponerse celosa y comenzó a relinchar como protesta, así que le entregó otra a ella.

–¿No tienes nada para mí? –preguntó Hugo abrazándola por detrás, pegando el torso a su espalda y apoderándose de sus pechos con las manos. Con ese sencillo roce todo su cuerpo se encendió como si hubiesen activado un interruptor. La besó en la oreja y en el cuello.

–Hugo, por favor. Podría venir alguien.

–Están todos en la cafetería –afirmó, volteándola para besarla en los labios, sujetándola por las nalgas.

Estela sintió cómo le flaqueaban las piernas, sostenida contra la estructura metálica del interior del remolque, con su boca apoderándose de la suya, despertando anhelos mucho más íntimos.

–Te necesito, ahora –susurró sobre sus labios.

–¿Ahora? ¿Estás loco?

–Ahora. –Tomó su mano, colocándola sobre su erección, que se percibía insolente a través de los vaqueros.

–Pues bebe agua fría, porque no voy a hacerlo aquí, delante de los caballos.

–¿No quieres espectadores? –preguntó con una de sus fascinantes sonrisas ladeadas que estuvo a punto de vencer su voluntad.

—No —aseguró, zafándose de sus manos, que la sostenían con adoración—. Esta noche, buscaremos el momento.

Se recolocó la camiseta y los vaqueros y salió del remolque en dirección a la cafetería.

Hugo rio a solas en su interior aun antes de enfilar el mismo camino.

Media hora después emprendieron el viaje de nuevo, en esta ocasión con Estela al volante, condujeron otras cuatro horas sin detenerse, en las que Macarena, más espabilada por el café, estuvo relatándoles su carrera como entrenadora equina, la cantidad de premios con los que contaba a sus espaldas e incluso el sacrificio de su primer caballo por una fractura.

—¿Las fracturas en los caballos son irrecuperables? —preguntó Estela a Hugo por el retrovisor.

—La fractura de una extremidad por norma general no es que sea una sentencia de muerte, pero sí que con casi total seguridad el caballo no pueda retomar su antigua vida. Si se trata de un caballo de velocidad o de doma, sus movimientos quedarán limitados, y el coste de la operación es muy alto.

—O sea, ¿que si el caballo no sirve para lo que servía antes acabamos con él y punto?

—Es lo que piensan algunos dueños.

—¿Para qué quieres un caballo de carreras que ya no corre? —preguntó Macarena.

—Pues para darle cariño, para pasear, para tenerle a tu lado.

—Es un caballo, no un perrito. Los caballos son felices corriendo, disfrutando al aire libre. Un caballo lesionado morirá de pena.

—Si te diesen a elegir entre vivir con una pierna atrofiada el resto de tu vida o morir, ¿elegirías morir? —

preguntó, taladrándola con su mirada furiosa–. Si tiene la más remota posibilidad de recuperarse y llevar una vida digna el dueño debe tener la obligación moral de hacerse cargo, porque mientras el caballo estuvo sano bien que se aprovechó de su servicio.

Macarena no se atrevió a rebatirla, o quizá pensó que no merecía la pena. Al fin y al cabo su opinión no contaba para nada, ella ni siquiera tenía caballos.

Eran las tres de la tarde cuando el remolque volvió a parar en un área de servicio cercana a Burgos. Los cuatro salieron despedidos del coche como repelidos por un imán y se estiraron para desentumecer los músculos. Olympic y sus compañeros de viaje continuaban en perfecto estado.

En esta ocasión la parada tuvo una hora de duración para comer. Lo hicieron todos juntos en la cafetería, los chóferes del remolque eran hombres de mediana edad que parecían acostumbrados a viajar sin parar durante horas y no podía atisbar una pizca de agotamiento en sus rostros.

Ella en cambio se sentía como si la hubiesen sacudido dentro de una maraca. Comía las patatas fritas después de haber devorado su hamburguesa cuando notó un leve toque en el tobillo, alzó la vista y descubrió los grandes ojos azules de Hugo observándola con expresión pícara por encima del vaso de su refresco de cola.

Me debes un beso. Dibujó con los labios, y le guiñó un ojo. Estela miró al resto de comensales que oían distraídos la anécdota que relataba uno de los chóferes sobre cuando transportó un avestruz. Pero a Hugo la avestruz le traía sin cuidado y le hizo un gesto con el rostro de que le siguiese.

–Pedidme un café solo si viene la camarera, ahora mismo vuelvo –dijo este levantándose sin dejar de mirarla.

Estela asintió y le observó partir hacia la zona de los aseos.

Estaba loco, como una auténtica cabra, si creía que iban a tener sexo en el baño de un área de servicio con el resto de sus compañeros esperándoles.

Se moriría de la vergüenza de que alguien les sorprendiese.

No, no iba a ir.

Por mucho que se derritiese de ganas de hacer el amor con él.

No era el momento ni el lugar, claro que no.

Pero se moría de ganas.

¿Iba a dejarle allí, esperándola?

–Yo quiero un café con leche, si viene la camarera –dijo a Mateo, y caminó con el corazón latiendo acelerado hacia la zona de los aseos por donde había desaparecido Hugo.

Este la arrinconó nada más atravesar las puertas abatibles y la introdujo en el aseo.

–Ahora estamos solos, encerrados, y nadie puede interrumpirnos –dijo besándola en los labios a la vez que la sujetaba con fuerza contra sí.

–No, no puede ser, Hugo. ¿Y si a cualquiera de ellos le apetece entrar en el baño?

–Que busque otro.

–Escúchame, por favor. Solo he venido a decirte que no, que yo no hago estas locuras, para que no estuvieses esperándome.

–Yo tampoco suelo hacer estas locuras, Estela, pero tenerte así de cerca es una tortura.

–Pues tendrás que soportar la tortura un poco más – dijo abriendo el pestillo. Saliendo del baño se topó con un señor que aguardaba para entrar. Sintió un terrible pudor, pero regresó a la mesa en la que ya habían servido los cafés.

Cuando Hugo volvió lo hizo serio, le dedicó una mirada y se sentó, tomándose su café solo. Estela, arrugó la frente, ¿se había enfadado? Pues si lo había hecho porque le había dicho que no, tendría doble trabajo, enfadarse y desenfadarse, pensó.

Iniciaron la marcha de nuevo con Mateo al volante y ambos en la parte posterior del vehículo.

Estela temía que estuviese molesto y le miró a cada instante, permanecía serio.

Estela: ¿Qué te pasa? Estás muy serio.
Le preguntó por un mensaje del teléfono.
Hugo: Estoy sufriendo un infarto testicular :-P.
Estela: Pobrecito mío J.
Hugo: Pobre de ti, que cuando te pille vas a necesitar una semana para recuperarte ;).
Estela: No lo creo.
Hugo: ¿Te atreves a dudarlo? Te voy a lamer como a ti te gusta, justo ahí, hasta que te derritas. No te imaginas lo rico que sabes, nena.

Tragó saliva, había enrojecido hasta la raíz del pelo. Le miró a los ojos, leyendo en estos su satisfacción. Decidió devolverle la jugada.

Estela: Oh, sí. Y yo te apretaré en mi interior justo cuando te tenga dentro, muy dentro, porque sé que te gusta, se me erizan los pezones solo de pensarlo.

Los ojos de Hugo se dirigieron a esa parte concreta de su anatomía y ella se ajustó la blusa, permitiéndole que comprobase que era cierto, estaba excitada.

Hugo: Me vas a matar, ya no sé cómo ponerme.

Le miró, su erección era más que evidente, tuvo que recolocarse el vaquero con cuidado.

Estela: Espero que los caballos no tengan una urgencia mientras continuas con la sangre acumulada ahí.
Hugo: En tus manos está solucionar este problema.
Estela: Un problema enoooorme y taaaan ardiente.
Los ojos de Hugo chispearon al leer el último mensaje.
Hugo: Vale, tú ganas, no puedo más.
Bloqueó el teléfono y lo dejó a su lado en el asiento. Estela sonrió satisfecha y le lanzó un beso silencioso.

Cruzaron la frontera con Francia por Irún y después dejaron atrás Burdeos, deteniéndose en la amplia explanada de un hostal habitual de camioneros en su extrarradio, cuando pasaban las nueve de la noche.

–Solo quedan dos habitaciones individuales y tres compartidas. Los conductores comparten habitación. Yo necesito dormir solo –advirtió Hugo a su vuelta de la recepción.

–Estela y yo podemos compartirla si vosotros preferís no hacerlo, total, es solo una noche –sugirió Macarena tan solícita como de costumbre cuando se trataba de agradarle.

–Si tú necesitas dormir solo, a mí me parece bien –dijo con falsa inocencia Estela, que acababa de regresar de comprobar el estado de los caballos. Le había entregado una zanahoria a Oly que había devorado.

Cenaron el menú nocturno en torno a una larga mesa del salón repleto de comensales. Hugo se encargaba de pagar todas las comidas y guardaba los tiques de estas para Gilbert, imaginaba. Después bajaron sus maletas del coche y tomaron las llaves de las habitaciones.

132. Recibió en su móvil de inmediato. Pero decidió torturarle un poco. Esperó a que Macarena se duchase y ella también lo hizo, se vistió con un chándal que utilizaría para dormir y se tumbó sobre la cama.

Hugo: Vamos nena, no me hagas esperar más.
Estela: ¿No necesitabas dormir solo?
Hugo: ¿Y quién te ha dicho que quiero dormir?
Estela: Descansa, debes estar agotado. Buenas noches.
Hugo: Cinco minutos y voy a buscarte a tu habitación.

Transcurrieron esos cinco minutos.
Hugo: Subo.

−Voy a dar una vuelta −le dijo a Macarena, que la miró como si fuese una estatua de piedra que acabase de hablar.

−¿A dar una vuelta? Pero si estamos en un área de servicio.

−Voy a tomar un poco de aire fresco.

−Tú misma.

Salió de la habitación con el número grabado en la mente, 132, recorrió el pasillo y bajó a la planta inferior por la escalera. Se topó con Mateo, que salía de su habitación, la 133.

−Buenas noches, Estela, ¿necesitas algo? −le preguntó este.

−No, gracias, bueno sí, voy a pedirle el cargador del móvil a Hugo.

−Yo tengo un Samsung, si te vale...

−No. No me vale, qué lástima. Es un... un iPhone, como el de él.

−Voy a bajar a por una botella de agua, si quieres que te suba algo.

−No. Eres muy amable.

−Hasta mañana, entonces.

−Hasta mañana.

Mateo recorrió el pasillo en dirección a la escalera y Estela respiró aliviada. Se sentía como una niñata de excursión buscando la habitación del chico que le gustaba, solo que ella ni siquiera en su adolescencia había hecho algo así.

Llamó a la puerta, pero nadie contestó.

—Hugo. Hugo —le llamó, pero no respondió. Giró la manecilla y esta se abrió.

La habitación estaba a oscuras, con la luz del baño encendida y la puerta entreabierta. Cerró tras de sí y dio un paso en aquella dirección cuando alguien la asaltó por la espalda, acorralándola contra la pared. Un grito acudió a sus labios, pero Hugo la calló con un beso.

—Has estado burlándote de mi debilidad y ahora me la vas a pagar —dijo, sosteniéndola contra la pared. Sus palabras obtuvieron un efecto inmediato en su cuerpo, sintió la humedad en su ropa interior.

Le tiró del pantalón de chándal hasta sacárselo junto con la ropa interior y antes de que le diese tiempo a decir nada hundió el rostro en su sexo.

Estela se sentía expuesta, intimidada, pero poco a poco separó las piernas, ofreciéndole el acceso pleno a aquella parte tan íntima de su anatomía.

Percibió el roce suave de sus labios succionándola, lamiéndola, el deslizar húmedo y experto de su lengua por entre los pliegues de su cuerpo hasta adentrarse en su cavidad mientras con los labios, con los dientes cubiertos por estos, presionaba el botón de su placer.

Trató de asirse a la paredes, a cualquier parte, porque sentía que las piernas le flaqueaban, que se vencerían y caería al suelo si continuaba acariciándola de ese modo.

Le agarró las nalgas y se apretó aún más contra su sexo, provocando que su incursión fuese todavía más devastadora.

—Joder, joder, Hugo, no puedo más —suplicó.

El orgasmo se produjo como un estallido, sin darle tiempo a estar preparada. Gimió, jadeó, asida a su cabello, y convulsionó sobre su boca mientras él bebía de su placer.

Cuando se apartó fue como si le arrancasen un pedazo de sí misma. Arrodillándose ante él le limpió los labios con la mano y le besó apasionada, casi sin aliento, probando de su boca matices lejanos de su propia esencia.

—Creo que han debido oírme en toda la planta —dijo pegando la frente a la suya con la respiración aún acelerada.

—Y lo que les queda por oír —sentenció él incorporándose, le ofreció la mano para ayudarla a levantarse. Lo hizo y la deshizo de su sudadera descubriendo que no llevaba sujetador. También él se desprendió de la camiseta.

Estela le acarició el torso con los dedos, deslizándolos despacio por el leve vello castaño, por los pezones pequeños y rosados, hasta alcanzar la parte baja del vientre, introduciéndolos bajo la cinturilla del pantalón.

—¿Ibas a alguna parte? ¿Por qué no te has puesto el pijama?

—Iba a buscarte.

—¿En serio?

—Claro. —Tomó su mano y la posó sobre su sexo enhiesto bajo los vaqueros.

—Vaya.

—Lleva así todo el día, casi no me llega sangre al cerebro. —Ella se echó a reír. Podía ver su rostro entre las penumbras, Hugo no reía, estaba serio, muy serio, y eso la excitaba aún más.

—¿Y qué puedo hacer por ti?
—Ser una buena chica, por ejemplo.
—Lo seré, haré lo que me pidas.
—¿Lo que te pida? Date la vuelta. —Le obedeció. Él se situó de pie a su espalda y la rozó con su cálida humedad entre los muslos, despacio. Estela se colocó de puntillas, buscando el encaje perfecto de sus cuerpos, pero él la esquivó, volviendo a rozarla sin entrar en ella. Una vez más repitió la misma operación.
—No me gusta —dijo ella con la respiración agitada.
—¿No te gusta? —insistió, impidiéndole de nuevo satisfacerse contra su carne.
—No.
—Esta ha sido mi sensación todo el día de hoy.
—¿Estás vengándote? —preguntó girándose para enfrentarle.
—Estoy igualando posturas —dijo volviendo a colocarla de cara a la pared.
—No me gusta este juego.
—No es un juego, es una advertencia —proclamó, penetrándola de improviso contra la pared. Estela gimió de placer ante aquella incursión tan salvaje y sensual—. Cada vez que te haga un gesto, una señal de que te necesito, piensa en esta sensación.
—Oh, joder, sí.
—En este preciso momento.
—Lo haré, te lo prometo, pero no vuelvas a salir —pidió. Él le mordió en el cuello con suavidad, enviando descargas eléctricas a su entrepierna, y la sostuvo por los pechos. Se deslizó despacio para volver a adentrarse con frenesí, entregándole lo que tanto ansiaba. Lo que ansiaban ambos, ese amar fiero y primitivo que la transportaba al mismo nirvana.

Capítulo 34

Hugo

La alarma de su teléfono móvil le despertó, eran las seis de la mañana. Miró al otro lado de la cama, permanecía vacío, y no pudo evitar la sonrisa que acudió a sus labios.

¿Era real? ¿Había sido real o se trataba de un sueño?

Llevaba desde el fin de semana como envuelto en una nube de irrealidad que temía que en cualquier momento le estallase en las narices.

Trataba de hacerse el duro, todos los hombres saben que a las mujeres no les gustan los tipos blandos, pero no podía evitar derretirse ante cada sonrisa suya.

Cogió el móvil y miró su fotografía, la de su perfil de Facebook, en la que aparecía con gafas de sol y un sombrero de paja, esa que llevaba años sin modificar y que él llevaba grabada el mismo tiempo en su teléfono porque ni siquiera se había atrevido a pedirle amistad en la red social.

Ahora podría hacerle una solo para él, una en la que apareciese sonriendo para él, lanzándole besos furtivos o besándole.

Amarla había sido mucho más maravilloso de lo que nunca imaginó, y lo había hecho un centenar de ocasiones.

Estrecharla entre sus brazos, hacerla estremecer, había despertado una parte de él que creía dormida, o incluso muerta, la de la ilusión. Ilusión por hacerla reír, por sorprenderla, por hacerla feliz.

Se levantó y miró por la ventana. Amanecía más allá del área atestada de camiones estacionados uno tras otro. De nuevo tendrían que compartir unas horas de viaje juntos. De nuevo tendría que fingir que no estaba loco por ella. No podría tocarla, besarla. Una auténtica tortura.

¿Pero qué eran un par de días en comparación con toda una vida?

Ahora por fin su amor le pertenecía, por todos los santos que se dejaría la piel por hacerla feliz, porque si amarla había sido un sueño durante años, ahora era real. Y no perdería la oportunidad de demostrarle lo que él sabía desde que era un adolescente alto y desgarbado y ella una jovencita con la cara llena de pecas, que estaban hechos el uno para el otro.

El camino transcurrió sin incidencias, realizaron las paradas oportunas. Le encantaba verse reflejado en su mirada y acariciar su mano a escondidas mientras Mateo conducía y Macarena le acompañaba en el asiento delantero.

Su cariño por aquel caballo le enternecía, el modo en el que se preocupaba por él, en el que le acariciaba y calmaba, no hacía sino que se enamorase aún más de ella.

Se adentraron en el Eurotunnel en torno a las siete de la tarde. Cada grupo de vehículos tenía asignada una letra cuyo turno era avisado por las pantallas situadas por toda la zona de espera.

−¿Tienes miedo? −le preguntó en voz baja una vez dentro del tren al que habían subido el remolque y el vehículo para recorrer el paso subterráneo.

−Es la primera vez, y pensar que viajamos bajo el agua no me hace especial ilusión −respondió, conteniendo la respiración.

−Podemos bajar del coche si quieres. −Aunque el espacio era reducido contaba con una especie de acerado a ambos lados de los vehículos en los que algunas personas permanecían de pie en espera de que concluyese el trayecto subterráneo de apenas treinta y cinco minutos entre Coquelle, Francia, y Folkestone, Reino Unido.

−No, estoy bien. Es solo un poco de claustrofobia.

−A mí también me produce claustrofobia −aseguró Macarena−. Además, no he dormido demasiado bien, mi compañera de habitación hizo demasiado ruido cuando se acostó cerca de la una de la mañana después de dar un paseo nocturno de más de dos horas y media. −Estela palideció, no esperaba un comentario como aquel en absoluto.

−Estuvimos tomando algo en la cafetería −intervino Mateo, mirándola por el retrovisor como si pretendiese evitar que rebatiese lo que acababa de decir−. Ninguno de los dos teníamos sueño y estuvimos hablando. Podrías haberte venido.

−¿Yo? Tengo que descansar para rendir al máximo, no estamos en este viaje de vacaciones, ¿verdad, Hugo?

−Creo que sí que me voy a salir, noto el ambiente un poco cargado −afirmó Estela bajando del vehículo a todas vistas incómoda.

−Pues sí, es cierto que no estamos de vacaciones, pero no por ello debemos estar controlando la vida de nuestros compañeros de viaje, creo que somos mayorcitos para eso –sentenció, siguiendo los pasos de Estela al exterior y dejando a Macarena con un palmo de narices.

Estela se apoyó en la pared lateral del vagón sobre el cristal del vidrio.

–No dejes que te afecten esas gilipolleces. Si me dejases darte un beso en los morros ahora mismo estaría callada el resto del viaje –sugirió, haciéndola reír aún enfurruñada como estaba.

–Mejor no lo hagas.

–¿Estás segura? Decir que no a uno de mis besos es perder una oportunidad de oro. Están muy cotizados –bromeó, haciéndola reír de nuevo.

–Eres más tonto...

–Del tipo de tontos que te gustan, ¿verdad? –Deslizó la mano hasta pellizcarle la mejilla.

–Del tipo de tontos que me encantan –respondió, mordisqueándose el labio. Sus sonrisas eran una victoria silenciosa para él–. Así que Mateo sabe lo nuestro.

–Yo no le he dicho una palabra. Pero las paredes del hostal eran de papel y tus: «Oh, Hugo, Oh, vamos, joder...».

–¡Calla! –pidió, tratando de taparle los labios con la mano–. Me muero de vergüenza.

–Anoche no parecías tan pudorosa.

–¡Hugo, por favor! –Estaba roja como un tomate.

–Está bien, cambiemos de tema, ¿de qué quieres hablar?

–Cuéntame cómo es la granja de Gilbert, ¿has estado alguna vez?

–Sí. He venido con él a comprar caballos en alguna ocasión y nos hemos alojado allí. Woodland, que así se llama, es una finca de veinte hectáreas perteneciente a la ciudad de Swindon, próxima a Londres y a Ascot. No es una granja en la actualidad, lo sería en el pasado, imagino, pero ahora en la casi totalidad de su terreno Jon cultiva Jatropha Curcas, una planta que se utiliza para conseguir biodiesel. Según él, le está proporcionando buenos rendimientos. El edificio principal es una construcción grandiosa de ladrillo con una veintena de habitaciones, con ama de llaves al más puro estilo de las películas de terror –apuntó con voz lúgubre–. Cuenta con un pequeño aunque precioso invernadero de cristal y un establo importante con una yeguada de al menos sesenta ejemplares, todos purasangres. Allí estuvo viviendo Olympic desde que Gilbert lo compró a su dueño...

–Al padre de su dueño sin que su dueño lo supiese.

–Al dueño legal al fin y al cabo –apuntó–. A principios del año pasado, después de la Gold Cup en la que quedó tercero, comenzó a sentirse mal, a pasar una afección pulmonar tras otra y por ello decidió traerlo a España a recuperarse.

–Me preocupa qué será de Olympic después de esta competición.

–Casi con total probabilidad competirá una y otra vez hasta que su edad o una lesión le impidan continuar, entonces le destinarán como semental, imagino.

–Es muy especial, es único, en serio. Yo no me imaginaba que los caballos podían ser tan inteligentes, tan cariñosos.

–Los caballos son unos animales muy particulares, y como te he dicho tienes un don para tratarlos, para hacerte entender, para que te obedezcan. –Ella le oía con atención, como si se permitiese creerlo por primera vez–. Pero lo más curioso de todo es que también parece afectar a los veterinarios.

Estela se echó a reír y, sin que él lo supiese, contuvo el impulso de besarle aquella boca de labios carnosos y sonrisa seductora que parecía llamarla a gritos.

Capítulo 35

Estela

Había anochecido cuando alcanzaron la propiedad de Gilbert. El camión se detuvo junto a los establos y descendieron a los dos animales antes de continuar con su camino. Los establos estaban situados a un lateral de la gran propiedad de ladrillo rojizo de dos plantas con tejados negros y grandes ventanales con contraventanas de madera, con altas chimeneas, contó al menos tres de un vistazo. Al más puro estilo de una cabaña típica de los Montes Costwolds en plena campiña inglesa, pero al más alto nivel y dimensiones.

Estela llevaba a Olympic y a Cristal de las riendas hacia el establo. Oly estaba algo nervioso por la inmovilidad y parecía cansado. Un señor alto y con el cabello cano acudió a su encuentro.

—Deje que me encargue de ellos, señorita —le dijo en inglés—. Soy Mathew, el encargado de las cuadras.

—Prefiero acompañarle, si no le importa.

—Por supuesto.

—Bienvenidos a mi humilde hogar —les saludó Jon Gilbert acudiendo a recibirles desde la entrada principal frente a la que Hugo, encargado del último tramo del viaje, había estacionado.

Este le correspondió con un afectuoso abrazo. Gilbert le estrechó la mano a Mateo, regalando dos besos falsos como una moneda de chocolate a una Macarena aún más seria de lo habitual. Después de la respuesta de Hugo no había vuelto a abrir la boca el resto del trayecto.

—Bienvenida, señorita Sánchez.

—Gracias, señor Gilbert.

—¿Cómo están los caballos? —le preguntó, uniéndose a ella y al encargado camino de las cuadras.

—Bien, cansados. Lo normal en un viaje así, imagino.

—Descansarán esta noche para recuperarse y mañana Olympic conocerá a su yóquei y entrenará con él.

—¿No lo hará con Macarena?

—Macarena es su entrenadora, Wesley Frost será su jinete en la Gold Cup. Vamos a hacer historia, ¿verdad, campeón? Vas a hacerme rico, ¿eh? —dijo palmeándole el lomo, el animal relinchó y se removió incómodo—. Le espero en la casa —añadió antes de alejarse, dejándola a solas con Mathew, mientras este añadía algo más de paja a la cama del purasangre.

—Sí, yo también he visto el signo del dinero en sus ojos —masculló Estela en español a su amigo equino—. Descansa esta noche, Oly, mañana será otro día. Hasta mañana —se despidió en inglés de Mathew y se dirigió a la vivienda.

—Usted debe ser la señorita Sánchez —la saludó en el anticuado aunque elegante recibidor una señora de en torno a los sesenta años vestida con un traje gris oscuro. Su rostro estaba plagado de lechosas arrugas y sus ojos eran pequeños pero muy azules, llevaba el cabello recogido con un moño bajo y tirante.

—Sí, soy yo.

—Soy la señora Merlon, el ama de llaves de Woodland.

—Encantada.

—Acompáñeme y le mostraré su habitación.

Estela siguió sus pasos cargada con su maleta que Hugo debía haber bajado del coche, dejándola en la entrada, ascendió la escalera de madera hacia el primer piso.

—¿Dónde están todos?

—Cada uno en sus habitaciones.

—Ah. —Bueno, ahora no tenía ni idea de cuál era la de su veterinario favorito.

—En diez minutos se servirá la cena en el comedor principal, es la segunda puerta de la derecha al bajar las escaleras, no se retrase, por favor —dijo al abrir la puerta de una habitación amplia, con muebles de película antigua y estampados de flores en la cortina y la ropa de cama, con vistas al jardín trasero desde la que se distinguía la pared posterior de las cuadras.

—No, claro que no.

Aprovechó esos diez minutos para ir al baño y dejar la maleta junto al armario. Enseguida descendió la escalera y al primero al que se encontró fue a Mateo al final de esta.

—Gracias por lo de antes en el Eurotunnel —le dijo, y este asintió.

—No tienes por qué darlas. Supuse que ella ni lo sabía ni le importaba.

—Hicimos mucho ruido, ¿verdad?

—Ya lo sabía antes de anoche. Se os notaba demasiado. —Incluso antes de estar juntos, pensó Estela—. Pero sí, hicisteis bastante ruido. —Rio, y ella deseó que se la tragase la tierra.

Pasaron al comedor, donde se hallaba Hugo conversando con Gilbert, y Macarena permanecía junto a la chimenea de ladrillo con la mirada perdida en el exterior a través de los ventanales. La saludó con una sonrisa en la distancia y todos tomaron asiento a la mesa.

La cocinera de Woodland bien podía haberlo sido de un hotel de renombre, la comida, que fue servida por una joven empleada ataviada con un largo vestido oscuro del mismo corte que el del ama de llaves, estaba deliciosa. El *cottage pie*, un pastel de carne de ternera picada recubierta de puré de patata, fue una maravilla.

Después de cenar, Gilbert abrió uno de los grandes ventanales con vistas a la entrada de la vivienda y encendió un puro grueso como un fuet, ofreció la caja a los presentes, pero ninguno aceptó.

—Buenas noches, me retiro a descansar —dijo Estela incorporándose de la mesa.

—Yo también —apuntó Hugo mientras Gilbert se servía alcohol del pequeño mueble bar que había bajo la ventana.

—Buenas noches, señorita Sánchez. Hugo, amigo, ¿no me vas a acompañar a tomar una copa? Vamos —pidió, alargando hacia él el vaso en el que había servido whisky.

—Estoy trabajando, Jon.

—Venga. Solo una copa —dijo entregándoselo.

—Yo también me tomaré una —anunció Macarena acercándose a ambos.

Estela abandonó el salón y subió a su habitación. Antes de llegar arriba percibió el castañeteo inconfundible de la recepción de un mensaje.

Hugo: No creas que vas a librarte de mí, en cuanto me libere de J. te buscaré.

Estela: Tranquilo, tenemos toda la vida por delante, podemos descansar una noche.

Hugo: ¿Quieres descansar? ¿No me echarás de menos ni un poco?

Estela: Claro que te echaré de menos, pero no queda otra L.

Hugo: Ni hablar, no pienso perderme una sola oportunidad de estar contigo.

Estela sonrió al leer su último mensaje. Se dio una ducha y se vistió con unos vaqueros y un jersey. Desde que abandonaron España la temperatura había ido descendiendo a medida que ellos ascendían rumbo al norte.

Poco a poco la casa había quedado en silencio. Aprovechó para enviar un mensaje de voz a sus padres contándoles que habían llegado hacía rato, relatándoles lo hermoso que era el lugar en el que se hospedaban, eran las diez de la noche en Inglaterra, una hora más en España.

Pasaban las once de la noche y estaba a punto de quedarse dormida cuando recibió un mensaje de Hugo. *Baja la escalera.*

Le obedeció, salió de la habitación a oscuras. La casa había quedado en el más profundo silencio, tan solo permanecía encendida la luz del porche delantero, cuya iluminación se colaba por los ventanales del vestíbulo.

Descendió los escalones uno a uno y reconoció la silueta que la esperaba al final. Hugo tomó su mano y abrió una habitación hacia la parte trasera, atravesaron la cocina, a oscuras, y tras otra puerta se encontraron en el jardín posterior.

–¿Adónde vamos? –le preguntó. La luna estaba en cuarto creciente y apenas iluminaba con su brillo plateado alrededor.

—Tú sígueme.

Percibió entonces que él cargaba con una especie de cobertor y una bolsa, en la mano con la que no la sostenía.

Atravesaron los altos setos y árboles del jardín iluminándose con el teléfono móvil de él y descubrieron una explanada en la que se hallaba el bonito invernadero de cristal que le había mencionado.

Hugo abrió la puerta y pasaron a su interior. Pegadas a las paredes de cristal había mesas de metal atestadas de macetas y plantas, otras colgaban desde el techo y había aún más en el suelo.

El aroma a flores frescas impregnaba la estancia, un ambiente mucho más cálido que en el exterior les envolvió.

—Es precioso —dijo Estela maravillada, mirándolo todo bajo la luz del teléfono.

Hugo, con un mechero, prendió las dos gruesas velas que portaba en la bolsa y las colocó en una de las mesas, entonces extendió en el suelo la manta que cargaba, en la zona central, más despejada que los laterales, y situó las velas una a cada lado.

—¿Qué más traes ahí? Parece el bolso de Mary Poppins —preguntó ella, divertida.

—Seguro que Mary Poppins no tenía una de estas —dijo mostrándole una botella de champán helado que posó sobre la manta junto con dos copas.

—¿De dónde la has sacado?

—De la nevera. Mañana le diré a Gilbert que me la bebí a solas en mi cuarto.

—Va a pensar que eres alcohólico.

—No menos que él —afirmó, descorchándola con cuidado, y sirvió las dos copas, entregándole la suya—. Por nosotros —brindaron, con la luz anaranjada de las velas destellando en el burbujeante líquido dorado, mirándose el uno al otro en silencio. Ambos probaron el champán, que estaba delicioso, primero de sus copas, después de los labios del otro.

Hugo apagó las velas de un soplido para evitar ser vistos desde el exterior en caso de que alguien se acercase al invernadero. Y, entre penumbras, dieron rienda suelta a lo que sentían el uno por el otro. Hicieron el amor apasionados sobre aquella manta de lana tejida, envueltos por el aroma de las damas de noche y las rosas salvajes.

—He muerto y estoy en el cielo —aseguró, quedando tendido sobre su espalda, con Estela aún subida a sus caderas, jadeando agotada. Se tumbó a su lado y apoyó la cabeza en su pecho, jugando con el bello cobrizo que lo cubría con los dedos.

—Pues yo he debido morir contigo —dijo con la respiración aún acelerada.

—Has despertado en mí una necesidad que... te advierto que será muy difícil de controlar.

—¿Yo? Peor es lo mío, has hecho que cada vez que me dedicas una de tus miradas lascivas piense en anoche, en lo que me hiciste en el hostal, y me tiemblen las piernas.

—Yo no tengo miradas lascivas. —Rio—. Quizá solo un poco, pero porque tú las provocas —rebatió moviéndose, quedando tendido sobre su costado derecho, con ella tumbada boca arriba a su lado—. No se puede ser tan sexy —aseguró, paseando los dedos por su pezón derecho con aire distraído.

—Hugo, necesito comentarte una cosa —dijo seria. Llevaba días, desde el fin de semana, dándole vueltas a un asunto, y creía que había llegado el momento de compartirlo con él.

—Lo que sea. Dime.

—Como sabes, hace casi dos meses yo vivía una vida muy distinta a esta. Una vida frenética con un teléfono que se sobrecalentaba de la cantidad de llamadas y mensajes que recibía. Cuando me despertaba por la mañana lo primero que hacía era mirarlo, y lo último por la noche cuando me acostaba. Salía, entraba, viajaba y creía que era feliz.

—¿Creías?

—Hace casi dos meses ese teléfono me lo arrebataron de las manos y me quedé con el mío personal, cuyo número nadie tenía, solo los más íntimos. Dejé el apartamento que era mi casa, quedó atrás el que creía que era el trabajo de mis sueños y lo más lejos que he viajado desde entonces es aquí, contigo. —Él la oía, atento, sin sospechar adónde quería ir a parar—. Hace casi dos meses descubrí que otro tipo de vida era posible y hace unas semanas, mientras salía con Tyron —Hugo se revolvió, algo incómodo— él me devolvió retazos a aquella vida y trató de que me aferrara a ella con uñas y dientes, que me esperanzase en recuperarla. Pero hoy sé que no quiero hacerlo.

—¿No quieres recuperar tu vida?

—No. No quiero volver a esa vida. Llevo días pensando que, quizá si gano el juicio con este nuevo abogado, o si llego a un acuerdo con Walcott, y si a ti te parece bien, claro, me gustaría convertirme en tu socia en la clínica.

—¿Qué? —Como empujado por un resorte, Hugo se incorporó, sentándose a su lado. Estela hizo lo mismo.

—Que me gustaría invertir las cien mil libras en terminar de acondicionar tu clínica. Si, como dices, tengo un don con los caballos, me gustaría ayudar a muchos más, dedicarme a tratarlos, a hacerlo de manera profesional. Prepararme y saber lo que hago por algo más que por el instinto. ¿No te parece una buena idea? –Él guardó silencio, pensativo–. Di algo, por favor.

Hugo prendió una de las velas para poder mirarla a la cara.

–A ver, Estela… Es que no lo sé. No sé si sería una buena idea. Me parece genial, sería estupendo, cumpliría mis dos sueños a la vez, el de tener la clínica que siempre soñé y a la vez tenerte a ti, a mi lado, cada día. Pero me da miedo, me preocupa que mezclar el trabajo y el amor perjudique nuestra relación. No me da miedo que se hunda la clínica, no me asusta que vaya mal y quedarme en el paro con todas mis deudas, lo que me da miedo es que se hunda lo nuestro.

–Pero estoy segura de que no pasará –dijo, sosteniéndole el rostro entre las manos, reflejándose en sus ojos azules anaranjados por la luz–. Lo sé, lo siento.

–Yo lo estoy, pero ¿cómo puedes estar tan segura de que es eso lo que quieres?

–Porque te quiero, porque nunca había sentido esto, esto que tú me haces sentir, con nadie más. Porque siempre he sido la primera que he desconfiado de los amores que surgían así, rápido, arrollándolo todo, pero el nuestro no ha sido así. Yo te conozco y tú me conoces a mí, por más que el tiempo haya pasado entre nosotros. Creo que trabajar contigo en el único modo en el que podría afectarnos sería para unirnos más.

–Estela, yo también te quiero, sabes que estoy loco por ti. Pero ¿y si te arrepientes? ¿Y si dentro de unos años te das cuenta de que fue un error abandonar la arquitectura?

–Si me arrepiento mi título seguirá colgado en la pared. No voy a dejar de ser arquitecta. Buscaría trabajo, tal y como tendría que empezar a hacer ahora.

Pero no me apetece, quiero probar, quiero saber si puedo convertir esta experiencia en una profesión que me haga sentir realizada.

–Si tú estás convencida yo estoy dispuesto a lanzarme a la piscina. Pero antes... –Hugo se incorporó y desnudo caminó hasta un lateral, hacia la pared de cristal, y tiró de una cadena de metal, accionando una polea que produjo que se deslizase una hoja de vidrio del techo sobre la otra, abriéndose una oquedad de dos metros cuadrados sobre sus cabezas a través de la cual podían contemplar la hermosa luna creciente que estaría en todo su esplendor en un par de días–. Haremos una promesa, bajo la luna ante la que me prometiste que nunca cambiarías y esta vez sí que la cumplirás.

–La cumpliré. ¿Cuál es la promesa?

–Oye primero la mía y después haz la tuya. –Ella asintió y él tomó sus manos–. Te prometo que siempre te amaré, cuando tenga ochenta años lo haré como ahora con treinta, con mis manos arrugadas te sostendré con la misma firmeza con la que lo hago ahora y en mi corazón siempre prenderá esta llama que me ha acompañado desde que era un adolescente. No permitiré que nada ni nadie nos separe, jamás –Estela sonrió con los ojos anegados de lágrimas.

–Prometo quererte tanto como tú a mí, prometo permanecer a tu lado y peinar las canas que pueblen tus sienes. Lo prometo y esta vez cumpliré mi promesa –dijo con una sonrisa, con los labios impregnados del sabor salado de las lágrimas.

Y le besó.

Capítulo 36

Estela

El entrenamiento comenzó temprano a la mañana siguiente, primero Macarena montó a Olympic y le hizo correr en la pista varias vueltas. Estela controlaba el tiempo con su reloj desde la ventana del comedor en el que había desayunado. Había hecho una media de 4:26 minutos. Según le había dicho Hugo, Gilbert creía que si rebajaban un par de segundos el premio sería suyo.

Después, la entrenadora le permitió descansar en un cercado próximo en el que Hugo lo revisó y controló las pulsaciones, y Macarena dedicó sus esfuerzos a Cristal.

Estela había dormido como una niña pequeña a su regreso del invernadero, cuando se detenía a pensarlo un instante le parecía una locura, pero a la vez era como si hubiese estado esperando ese momento toda su vida y al fin se hubiese cumplido. Quizá pudiese parecer muy pronto para realizar una declaración como aquella, pero Hugo no era alguien a quien tenía que conocer, ya le conocía, el tiempo que pasaron separados sirvió para templar sus personalidades, para separar sus caminos y que en el reencuentro fuese aún más reveladora la necesidad a uno del otro. Y si al final se equivocaban y algo salía mal continuaría teniéndole un profundo cariño. Pero no sería así, estaba segura.

—Vamos a ganar, tengo un pálpito —dijo el dueño de Olympic apareciendo a su lado, sorprendiéndola ensimismada como se encontraba dentro de su mente.

—Buenos días, señor Gilbert —le saludó, volviéndose, descubriendo entonces que estaba acompañado de otro hombre, bajito y menudo.

—Señorita Sánchez, le presento a Wesley Frost, el mejor yóquei de todo el Reino Unido.

—Encantado, señorita Sánchez.

—Igualmente, señor Frost.

—Él conseguirá que Olympic rebaje esos dos segundos, estoy seguro.

Gilbert entregó a Frost un paquete con un colorido uniforme con los colores rojo y negro, los mismos del viejo estandarte familiar que había sobre la chimenea, percibió Estela, bordado con las iniciales J.G.

—Está hecho a medida, así que imagino que debe estarle perfecto. Si no es así, dígamelo con la máxima celeridad. Bueno, vamos a ver a Olympic.

—Les acompaño —dijo Estela caminando hacia el pasillo.

La mañana era fresca y húmeda, aunque el sol trataba de despuntar tras las espesas nubes blancas que lo ocultaban.

Caminaron hasta donde el veterinario terminaba de examinar al purasangre. Era la primera vez que le veía desde que se despidieron la noche anterior.

Gilbert le presentó a Frost y se estrecharon la mano. Hugo se dividía entre las miradas de curiosidad al yóquei y las de innegable adoración hacia Estela, con la que ansiaba compartir palabras a solas. Ella se acercó a Olympic y le acarició el hocico, susurrándole los buenos días, el animal asintió arriba y abajo, agradecido.

Frost tomó las riendas y le montó.

—Vamos a ver qué tal te portas. Abridme el cercado —pidió a Hugo. Lo hizo y se introdujeron en la pista en la que cabalgaba Macarena con Cristal.

Gilbert se alejó para colocarse más centrado y observar el galope de su campeón.

Estela le contempló preocupada, ese tipo le espoleaba muy seguido y le daba con la fusta que había traído consigo.

Olympic galopaba a toda velocidad, pasando por su lado como un suspiro con los ollares dilatados y las crines agitadas por la velocidad, aun así Wesley continuó con una segunda vuelta mientras su patrón le cronometraba.

—Le va a hacer daño.

—Tranquila, los caballos de carreras han nacido para correr —dijo Hugo como si intentase convencerse a sí mismo—. Está tratando de comprobar su aguante.

—¡Cuatro y veinticinco! —gritó Gilbert fuera de sí—. ¡Ese es mi campeón! ¡Cuatro y veinticinco justos!

Wesley pasó el día con ellos, no solo montó a Olympic, también a Cristal. Comieron y compartieron la sobremesa juntos. Era un tipo que se las daba de simpático, muy pagado de sí mismo y sus victorias, había sido tricampeón de la Gold Cup y aquel año esperaba conseguir su cuarta Copa Dorada. Parecía contar con la total aprobación de Gilbert, quien le reía todas sus gracias y cuyos ojos continuaban marcados por el símbolo de la libra esterlina.

Cuando aquella noche la casa se hubo quedado en silencio y Hugo subió a su habitación, la besó y se tumbó en la cama a su lado.

–¿Qué te pasa? –le preguntó al percibir que no respondía a sus besos como solía hacerlo.

–Me siento intranquila. Estoy preocupada por Olympic.

–¿Por qué, si has ido a verle dos veces desde que lo llevamos al establo?

–Estoy preocupada por ese tipo, el yóquei, no me da buena espina.

–Tranquila, es un profesional.

–¿Un profesional? Ese Pinypon no me gusta un pelo, ni uno solo. Lo veo capaz de todo por ganar.

Hugo rompió a reír a carcajadas.

–¿Pynypon?

–¿Y Gilbert? ¿No le viste? Solo piensa en el dinero, parece el Tío Gilito.

–Es lógico, es dueño de un caballo de carreras. Vamos, no le des más vueltas a la cabeza, mañana Olympic hará una buena carrera, Gilbert ganará dinero y nosotros regresaremos a España para empezar a diseñar nuestra nueva clínica.

Esa última frase la hizo sonreír. Él la abrazó con energía bajo las coberteras y volvió a besarla.

–No quiero que Oly lo pase mal por culpa de ese tipo.

–Pero Olympic no es de tu propiedad, ni en un millón de años podrías comprarlo, si es lo que estás pensando…

–Comienzas a darme miedo. –Rió, le había leído el pensamiento.

–Descansa, mañana será un día intenso –pidió, besándola en la barbilla y hundiendo el rostro en su cabello, se durmió, pegado a su cuerpo, disfrutando del contacto de su piel cálida.

El relincho de Olympic la despertó y después tan solo oyó silencio. Miró el móvil, que estaba en la mesita de noche: las dos y media de la madrugada. Hugo permanecía dormido en su cama, tendría que despertarle temprano para que no les descubriesen, aunque comenzaba a estar cansada de ocultarse. Permaneció atenta un instante por si oía algo más, pero no fue así. Volvió a pegar la cabeza a la almohada y entonces oyó otro nuevo relincho.

Se puso de pie y miró por la ventana. No se percibía nada extraño, solo quietud y calma en la casa y en el exterior.

¿Y si le había pasado algo a Olympic por culpa de ese yóquei ambicioso?

¿Y si le había dado un infarto?

¿Los caballos sufrían infartos?

Si Hugo estuviese despierto podría preguntarle, pero no lo estaba, dormía como un bebé.

Seguro que sí que podían sufrir infartos los caballos, tenían corazón, un corazón que se agotaría con el sobreesfuerzo, como el que había tenido ese día.

Necesitaba saber que estaba bien. Era él quien había relinchado, le reconocería entre un millar de caballos.

Estela se puso un chándal y descendió la escalera despacio, la madera crujió bajo sus deportivas. La luz de la entrada permanecía encendida, debían haberla dejado olvidada, esa claridad le permitió avanzar sin tropezar. Tomó un gran candelabro de plata del aparador del rellano junto a la escalera y cruzó la cocina para salir por la puerta trasera.

Un ave ululó en el silencio de la noche y otras se removieron en los árboles en los que dormitaban, quizá percibiendo su incursión en el jardín posterior.

Recorrió el camino a los establos a oscuras, guiándose con la luz lejana de las farolas de la entrada, sin que oyese ningún nuevo ruido procedente de estos, muerta de miedo, tratando de convencerse de que no sucedía nada extraño. Sentía la humedad del rocío de la yerba que empapaba sus tobillos por encima de los zapatos.

Al aproximarse a la nave percibió cierta agitación, ruido de cascos al caminar y pasos humanos. Se asomó por el lateral de una de las hojas de la puerta principal, abierta en su mitad superior, y oyó un susurro que pedía en inglés silencio.

Había alguien con los caballos.

¿Sería Gilbert tratando de infundir ánimos a su purasangre?

Lo dudaba.

Se asomó un poco más, sobrepasando la puerta, y vio la luz azulada del resplandor de una pequeña linterna. Entre las penumbras pudo distinguir que se trataba de un tipo alto, vestido de oscuro y de complexión fuerte que tiraba de las riendas de Olympic, sacándole de su cuadra.

¡Estaban tratando de robarlo!

¡Por Dios santo! Tenía que impedirlo, pero, ¿cómo? Si echaba a correr hacia la casa ya se lo habría llevado antes de que diese la voz de alarma.

Encendió el interruptor de las cuadras y estas se iluminaron con las luces halógenas de punta a punta.

El tipo miró sorprendido en su dirección. Era un hombre joven, rubio, que la observó estupefacto.

—¡Deja a ese caballo ahora mismo, ladrón!
—No es lo que piensas, este caballo es mío.

—No, no es tuyo. Estás intentando robarlo y ya puedes soltarlo o gritaré y despertaré a todo el mundo –profirió, fingiendo un valor del que carecía, apuntándole con el candelabro de plata como si fuese un arma.

—De verdad, este caballo es mío. Mi padre se lo vendió a Gilbert, pero es mío.

—¿Eres Scott Abbot?

—¿Me conoces?

—Conozco tu historia –dijo dando un paso hacia él, candelabro en alto–. La historia de Olympic, quiero decir.

—¿Quién eres tú?

—Soy su cuidadora.

—Por favor, deja que me lo lleve.

—Siento que tu padre lo vendiese, pero no puedes presentarte aquí y robarlo sin más.

—Gilbert convenció a mi padre de que se lo vendiese a pesar de mi negativa aprovechando que yo no estaba en la granja. En cuanto regresé de la ciudad y supe lo que había hecho cogí las sesenta mil libras y me planté en su hotel y le puse el dinero sobre la mesa. ¿Y sabes lo que me dijo? Que ya no valía sesenta mil libras, sino doscientas mil. ¿Y sabes cuánto valdrá mañana si gana esa carrera? Medio millón. Jamás tendré tanto dinero. Olympic no es mi caballo, es mi amigo –dijo apoyando la cabeza contra la de este–. Una vez que le tenga escondido le devolveré las sesenta mil libras, hemos pasado dificultades, pero no he tocado un solo penique, no los quiero, se los devolveré a su propietario.

—Lo siento mucho, Scott, de veras, y aprecio mucho a Olympic, pero esto es robar.

—Él fue quien me robó a mí, me robó a mi amigo. Pareces buena persona, si no dejas que me lo lleve se morirá de pena. Él merece vivir bajo el cielo abierto, corriendo por placer, incluso haciendo alguna carrera de cuando en cuando, pero Gilbert acabará con él y solo le dejará cuando esté enfermo, o peor aún, muerto.

–Si permito que te lo lleves seré cómplice de un delito, acabaremos los dos en la cárcel y no creo que desde allí ninguno podamos cuidar de su bienestar.

–Nadie tiene porqué saber que he sido yo.

¿Debía permitir que se lo llevase?

Aquel joven parecía adorar a Oly y el sentimiento era correspondido, Olympic le tocaba con el hocico en el hombro como solía hacer con ella y buscaba el contacto de su mano, con nadie más se había mostrado tan afectuoso.

–¿Quién anda ahí? –gritó alguien a su espalda desde el exterior.

–Trataré de convencer a Gilbert para que hable contigo –pidió Estela alcanzándole, sujetando las riendas que este soltó–. Búscanos después de la carrera de mañana, quizá pierda y tengas una oportunidad. Si vuelves a por Olympic diré que has sido tú quien lo ha robado.

Scott echó a correr, desapareciendo por la puerta contraria a por la que ella había entrado.

–¿Quién anda ahí? –repitió la misma voz. Estela se volvió para ver su rostro, aunque había reconocido su voz, era Mathew, el encargado de los animales.

–Buenas noches, me pareció oír relinchar a Olympic y he venido a ver si le sucedía algo –dijo cuando este atravesó el portalón de entrada.

–Buenas noches, señorita –respondió mirando en todas direcciones, deteniéndose en el candelabro que aún sostenía en la mano.

–Soy un poco miedosa. Me lo traje por si había alguien aquí –indicó, devolviendo a Olympic a su box, y cerró la puerta–. Siento haberle asustado.

—¿Estela? ¿Estela, estás ahí? —apareció Hugo en el establo, en pijama y zapatillas de cama—. ¿Mathew?

—Buenas noches, señor Lago. Oí ruidos, pero según parece todo está bien y me vuelvo a dormir.

Así hizo, caminó de regreso hacia el jardín trasero camino a sus dependencias. Hugo fue hasta Estela, que permanecía de pie, junto a la cuadra de Oly.

—Tú y el encargado de las cuadras a solas en mitad de la noche, ¿debería preocuparme? —bromeó, pero ella no reaccionó a su broma—. ¿Qué pasa?

—Han intentado robarlo.

—¿Qué?

—Cuando he llegado estaba aquí Scott Abbot, su antiguo dueño, tratando de llevarse a Olympic. —Hugo se puso alerta, buscando en todas direcciones. —Se ha marchado.

—Tenemos que llamar a la policía, ¿cómo sabes que era él?

—Porque me lo ha dicho. Me ha pedido que le permitiese llevárselo, pero no he podido hacerlo, a pesar de que pienso que quizá sería lo mejor para él.

—Habrías ido a la cárcel como cómplice si lo hubieses permitido. Olympic tiene insertado un microchip con localización vía satélite, en cuanto hubiésemos percibido su ausencia por la mañana, Gilbert habría dado la voz de alarma y en menos de una hora la policía estaría deteniéndole. ¿Crees que volverá a intentarlo esta noche?

—Le he dicho que procuraré que Gilbert hable con él mañana tras la carrera. —Hugo alzó las cejas, incrédulo—. Ya sé que será difícil, pero lo intentaré. —Se volvió hacia el caballo y le acarició a través de los barrotes de la puerta—. Mañana ve lo más despacio que puedas, bonito, no corras demasiado.

Capítulo 37

Estela

Una multitud de gente caminaba arriba y abajo en el auténtico Ascot, el Ascot invisible, ese que transcurría alejado del lujo y los excesos del área reservada a los visitantes.

Operarios vestidos con monos de trabajo subían y bajaban material de los camiones, entrenadores llevaban y traían a sus caballos hacia la zona de boxes o hacia los transportes en mitad de un bullicio considerable.

Gilbert les había entregado muy temprano, antes de salir de la granja, una camiseta azul a cada uno de ellos con las iniciales bordadas de su equipo. Habían vestido a Olympic con una manta con los colores representativos de su dueño, el rojo y azul, que después sería sustituida por una silla de montar diminuta y especial para la carrera.

En la zona de seguridad de la entrada un operario les indicó su número de box y recogieron la pequeña manta en la que portaba el número que llevaría en la carrera, el 3, y la leyenda *Royal Ascot* en letras doradas.

Estela tiraba de las riendas entre toda aquella algarabía, sintiéndose como inmersa en una película a cámara rápida. Como si no fuese real, o quizá era el miedo lo que no le permitía creer que era real, consciente de que Oly se lo jugaba todo en aquella maldita carrera.

Estaba cansada, había pasado gran parte de la noche despierta, dándole vueltas a si Scott Abbot se atrevería a volver a intentar llevárselo.

Acarició el cuello del animal y este cabeceó, supo que se sentía tan fuera de lugar como ella misma.

A lo lejos se oía música tocando en directo.

−¿Hay una banda? −preguntó a Hugo, que caminaba tras ella, en un susurro. Este miró su reloj.

−¿No reconoces la melodía? Están tocando *God Save the Queen*, anunciando la llegada de la reina y su desfile real.

−¿En serio?

Él indicó con la nariz hacia una de las grandes pantallas que había en el extremo de la explanada. En efecto, la Reina Isabel II con su cabello blanco y su piel pálida casi transparente era enfocada por las cámaras con su vestido color aguamarina, acompañada por su marido, el duque de Edimburgo, montados en una lujosa carroza tirada por caballos blancos, escoltados por una veintena de jinetes con su elegante uniforme rojo brillante.

Estela sabía que Olympic correría en la cuarta carrera. Según Hugo le había explicado por el camino en carretera hasta Inglaterra, cada carrera poseía un nombre distinto, pero la Gold Cup era la más importante de todas. Se celebraría a las cuatro y veinte de la tarde y su vencedor recibiría una copa dorada y la friolera de 226.840 libras.

Miró las pantallas de televisión que había en la gran nave con espacios diferenciados, que ejercía de establo para la ocasión, situada en la zona interior, bordeada por la pista, y leyó que en menos de una hora se celebraría la primera carrera, llamada Norfolk Stakes.

Faltaban casi tres horas para la Gold Cup y ya estaba como un flan, en mitad de un bullicio de caballos, de yóqueis y empleados que iban y venían con prisas. Mirando a su alrededor, acariciando el pelaje negro de Olympic sin saber muy bien qué hacer hasta entonces.

—Tranquila —le susurró Hugo al oído—. Ven, nosotros no podemos acceder a la zona del hipódromo para los apostantes, pero sí que podemos verles por la pantalla. Mateo, no te despegues de Olympic ni un segundo —pidió. Este asintió.

—¿Y si mejor esperamos aquí?

—Ven conmigo, te ayudará a relajarte.

Sin decir nada más la tomó de la mano ante la atenta mirada de Macarena, que fingía leer un panfleto con los horarios de las carreras pero en realidad estaba más atenta a ellos que al papel. La llevó hasta la zona de las barreras blancas que delimitaban la pista de carreras en la que la hierba era de un verde esmeralda muy brillante.

Había una pantalla inmensa que enfocaba en esta ocasión la fiesta que se celebraba tras el gran edificio acristalado del hipódromo en la zona de entrega de premios.

Frente a ellos, al otro lado de la pista, había sentados en un banco dos típicos caballeros ingleses con sus chaqués y sus bombines. Parecían venidos de otro siglo, como una fotografía antigua hecha realidad.

—¿Qué sabes de Ascot?

—Que la gente se pone sombreros raros y que corren los caballos.

—Bueno, en realidad es un poco más que eso —dijo con una sonrisa—. Las carreras de caballos de Ascot se remontan al siglo XVIII cuando la reina Ana fundó el hipódromo real, que aunque en la actualidad está en funcionamiento desde enero a diciembre adquiere su especial esplendor durante la semana de Royal Ascot, en la que el día más especial es hoy, el Ladies' Day, el día de las damas, día en que se celebra la Gold Cup. —Ella asintió mirando todo en derredor—. Todo inglés que se precie debe asistir a la Royal Ascot al menos una vez en su vida, porque es el evento social por excelencia.

—Todo inglés que se precie y tenga el bolsillo abultado, porque la entrada no creo que sea barata.

—Hay cuatro categorías de entradas, de menor a mayor están la Silver Ring, la Grandstand, los Boxes y la Royal Enclosure. La más exclusiva es la Royal Enclosure, solo pueden acceder a ella personas invitadas por otras personas que hayan disfrutado de esta categoría en al menos cuatro ocasiones anteriores.

—Algo exclusivo.

—Muy exclusivo. Cada una de estas entradas tiene su propio código de vestimenta para hombres y mujeres. Aunque es muy parecido, básicamente las mujeres —dijo señalando a la pantalla que enfocaba entonces a una joven con un excéntrico sombrero con forma de pavo real, con altas plumas incluidas— tienen que llevar un vestido por la rodilla o más abajo, sin escotes ni transparencias y tocado de mínimo diez centímetros de base que no podrán quitarse en ningún momento.

—Pobres, qué tortura —se burló.

—Y los hombres traje negro o gris y sombrero mismo color.

—Veo que tienes la lección bien aprendida.

—Es mi cuarto año en Ascot, he acudido dos por placer y dos trabajando con Gilbert.

—¿Viniste a hacer apuestas?

—Vine con un amigo de la facultad a ver las carreras de caballos desde el Grandstand, para mí la mejor zona –dijo señalando el área con el dedo–. Es a pie de pista, con acceso a grada y al jardín. Aunque justo frente a la línea de meta ese trozo pertenece a la Royal Enclosure, como no podía ser de otro modo.

—¿Y dentro de ese edificio qué hay? No sé en qué estaría pensando el arquitecto que lo diseñó, parece una terminal de aeropuerto –preguntó indicando hacia el edificio principal.

—Casas de apuestas, restaurantes, bares, lujo, excesos…

—¿Se supone que saber todo esto tiene que tranquilizarme?

—Es solo gente que viene a pavonearse ante los demás, a lucir sus galas, a pretender, cuando solo son personas como tú y como yo. El tipo de gente con quienes trabajabas a diario hace casi dos meses.

Ella asintió.

—Varios de mis antiguos clientes venían a Ascot, incluso trataron de invitarme a acudir, pero nunca acepté. Lo cierto es que nunca imaginé que sería así. A ellos no les importan los caballos lo más mínimo, les da igual si acaban reventados en el suelo, solo les importa el dinero, y a Gilbert también…

—Todo saldrá bien, ya lo verás –dijo tirando de su mano hacia sí, rodeándola entre sus brazos, besándola en los labios despacio, recorriendo estos con suavidad con los suyos, paladeando cada instante de su beso.

−¿Ves? Esto es otra cosa, esto sí que me ayuda a tranquilizarme. −¿Cómo podía cambiarle el humor de ese modo, con solo un par de palabras, con solo un beso?
−Estoy loco por ti, Estela Sánchez. En cuanto pongamos un pie en Vejer llamaré a tu hermano por teléfono y si hace falta iré a hablar con tus padres.
−¿Con mis padres?
−Y hasta con el alcalde.
−¿Con el alcalde? −Rio.
−Todo el mundo tiene que enterarse de que te quiero.
−Yo también a ti.
Comenzaron entonces a oír el tintineo frenético de unas campanas.
−Es el aviso de la inminencia de las carreras. La primera está a punto de comenzar −dijo sin hacer la menor referencia a su silencio.
Regresaron junto a Olympic y contemplaron la carrera por la pantalla que había próxima al establo. En apenas cinco minutos todo había acabado y el yóquei vencedor se alzaba de pie sobre los estribos saludando a la concurrencia.
Un rato después llegó la segunda carrera, transcurriendo igual de veloz ante sus ojos.
Hugo encargó a Mateo que comprase bocadillos y botellas de agua y los devoraron sentados en el césped junto a la carpa mientras oían la música de la fiesta que se celebraba donde corrían a partes iguales el champán y las libras.
Estela tenía el estómago cerrado por los nervios, apenas dio un par de mordiscos a su bocata. Miró el reloj, eran las cuatro menos cuarto.
Macarena sacó entonces a Olympic del establo y le hizo realizar unos estiramientos en la explanada que

había previa a la gran carpa, estaba algo alterado y cabeceaba y se retenía en el paso. Por ello cuando terminó se lo entregó a Estela para que le acariciase y le hiciese caminar un poco, hablándole, tranquilizándole como solo ella sabía hacerlo.

Entonces llegó Gilbert, vestido con su chaqué gris y su bombín negro acompañado de Wesley Frost, quien iba ataviado con su uniforme de yóquei.

—¿Cómo va todo? —preguntó a Hugo.

—Bien, ha realizado el calentamiento con Macarena y ahora Estela está calmándole porque estaba un poco nervioso. Está listo.

—¿Está nervioso? —preguntó Frost—. No le habrás administrado ningún sedante.

—Claro que no, su cuidadora le ha calmado.

—No puede dudar cuando estemos en la pista —insistió este.

—No lo hará —intervino Estela—. Responderá como debe si no le fuerza más de lo necesario.

—Esto es Ascot, cada esfuerzo es necesario para ganar —dijo con una sonrisa ladeada que le arrugó la mejilla derecha.

—En diez minutos darán el aviso para colocarle en las posiciones —intervino Gilbert caminando hasta Estela, que acariciaba al animal a un par de pasos de distancia. —Tiene que ganar.

—Señor Gilbert, cuando la carrera termine me gustaría comentarle...

—Cuando la carrera termine —la cortó, alejándose seguido de Frost, perdiéndose entre la multitud.

—No me da buena espina —dijo Estela corroída por los nervios—. Ese tipo no me gusta.

—Es un buen yóquei —intervino Macarena—, aunque en ocasiones fuerza demasiado a los caballos.

—Pues no creo que un buen yóquei deba hacer eso —dijo nerviosa.

Cinco minutos después apareció Wesley de nuevo, junto con un par de hombres con chaquetas bordadas con el emblema de Royal Ascot y cascos protectores. Frost subió al caballo y los operarios trataron de cubrirle el rostro con una capucha, pero Olympic cabeceó y caminó hacia detrás. Tiraron de las riendas, intentando que se estuviese quieto. Estela se acercó a él, le abrazó el cuello y le besó, prometiéndole que todo saldría bien mientras le cubrían la cabeza. Una lágrima escapó de sus ojos al hacerlo, por forzarle a que se rindiese ante aquellos desconocidos.

Conducidos por los operarios llegaron hasta la zona de salida, realizando un pequeño desfile con todos los animales, uno tras otro. Estela contó diecisiete caballos en total. Les dejaron en las puertas de salida de la carrera, unas estructuras móviles de metal blanco con acolchado verde. Por megafonía se advertía del inicio inmediato de la carrera de caballos más importante del año.

Estela se abrazó a Hugo con el alma en vilo bajo la gran pantalla próxima a la carpa, dispuesta a contemplar la carrera a través de esta. Macarena regresó a las cuadras, no se atrevía a mirar y Mateo se situó junto a ellos, royéndose las uñas.

Los paneles enfocaron a unos jóvenes, chicos y chicas, que alzaron unos carteles a modo de estandartes con los colores de la ropa del yóquei y el nombre del caballo y su dueño entre otros datos. Apareció entonces por estos una reportera que retransmitía a pie de pista, después la reina, pero Estela no quería ver nada de eso, quería verle a él en la línea de salida.

Su mirada descendió de la pantalla un instante y le pareció descubrir un rostro conocido bajo esta, se quedó de piedra al verle.

—Mira, Hugo, justo bajo la pantalla. Es Scott Abbot, el tipo de la chaqueta gris.

—¿Ese es?

—Sí. Ha venido.

Entonces las pantallas enfocaron al juez, que alzó una bandera amarilla junto a la salida. En cuanto la descendió las puertas se abrieron y los caballos salieron disparados.

Olympic echó a correr como el viento azuzado por la fusta de Frost. Galopó a toda velocidad entre el resto y pronto se colocó en el grupo de cabeza…

—… Justo detrás de Order Of St George y seguido muy de cerca por Mizzou y Mille Et Mille —relató el locutor por megafonía—. El grupo va muy rápido, los caballos vuelan lanzando hacia detrás pedazos de hierba y tierra con sus pisadas.

Estela vio la inquietud en los ojos de su amigo equino por la pantalla, con los ollares dilatados y la cabeza azabache levantada mientras Frost, casi de pie, le azuzaba una y otra vez.

—Le está poniendo nervioso.

—Sabe lo que hace —trató de tranquilizarla Hugo.

Los segundos parecieron minutos y los minutos horas, como si el tiempo se hubiese ralentizado. 00:03:30 minutos indicaba el marcador cuando se acercaban a toda velocidad a la línea de meta.

—El espacio entre Mizzou, Olympic y Order Of St George disminuye, está a punto de alcanzarles.

Estela tan solo podía ver la fusta arriba y abajo y las rodillas juntas de Frost sobre su lomo.

Estaban a menos de un minuto de la línea de meta

cuando Olympic dejó atrás a Mizzou y luchó por la victoria junto a Order Of St George.

Order Of St George era muy veloz pero Frost estaba empeñado en alcanzarlo a toda costa.

–00:04:23 minutos. ¡Ambos caballos cruzan la línea de meta! ¡Lo hacen tan a la par, tan pegados, que a simple vista es imposible decidir el vencedor!

Estela se sintió sacudida por la tristeza y la felicidad al mismo tiempo, en una sensación muy inquietante.

Pero entonces se oyó una exclamación general entre el público. Estela miró la pantalla, buscando una explicación, pues desde donde ellos estaban resultaba imposible ver nada.

Las cámaras enfocaron a un caballo tirado en el suelo y el yóquei poniéndose en pie, era Frost. El caballo que había caído era Olympic.

Sin pensarlo un instante echó a correr por la pista hacia la línea de meta con el pulso latiéndole en la garganta y las lágrimas anegándole los ojos. También Hugo y Mateo con el maletín de este.

Cuando llegó a su lado se arrojó al suelo junto a él. Le partió el corazón verle tirado sobre la hierba. Olympic trataba de levantarse y los operarios de la carrera que habían acudido a él se esforzaban por mantenerle tumbado. La buscaba con sus ojos negros, resoplando con los ollares tensados, levantaba el cuello...

–¡Soy veterinario! –gritó Hugo, haciéndose hueco entre la gente cargando con su maletín de asistencia.

Estela se arrodilló ante su cabeza, le abrazó el cuello y vio cómo su pata delantera tenía una profunda herida abierta que sangraba mucho. Hugo se quitó el cinturón, aplicándole un torniquete mientras ella le acariciaba, percibiendo el profundo dolor que sentía. Olympic se lamentaba, casi gemía de dolor.

—¿Qué ha pasado? —preguntó Scott Abbot alcanzándoles, arrodillándose junto a Estela con los ojos llenos de lágrimas.

—Ha tropezado con Order Of St George y se ha ido contra la valla —relató uno de los operarios, que lo sostenían tumbado—. Iban demasiado pegados.

Hugo le administró un sedante en el cuello mientras Mateo comprimía la herida con su propia camiseta. Olympic parecía gritar con los ojos su dolor, pero comenzó a adormecerse de inmediato.

—¡He ganado! ¡He ganado! —gritó Frost dando saltos de alegría al ver la foto *finish* en la gran pantalla central de la línea de meta.

¿Cómo podía estar celebrándolo cuando el caballo permanecía herido, desangrándose en el suelo?

¿Es que no tenía corazón?

Estela se fue hacia él y sin mediar palabra le abofeteó con toda su alma, un tremendo bofetón que fue retransmitido en directo por la pantalla.

—Dios mío, ¿es grave? —preguntó con gesto compungido Gilbert llegando al lugar. Estela regresó junto a Olympic dejando a Frost convertido en una estatua de sal, sin saber ni cómo reaccionar.

—Tengo que examinarlo en la clínica del hipódromo, pero pinta mal —dijo Hugo casi en voz baja, como si no quisiese que ella le oyese.

—¡Te has arriesgado demasiado! —gritó Gilbert a Frost furioso cuando llegaba el transporte para trasladar al animal.

El hipódromo tenía su propia clínica con un veterinario especialista en cirugía equina, Eric Le Carré, pero Gilbert insistió en que Hugo estuviese presente en la exploración y valoración de la lesión de su caballo cuya hemorragia había sido controlada y permanecía sedado sobre la mesa del quirófano.

Estela, Macarena, Mateo y Gilbert esperaban sentados en las incómodas sillas de plástico, en silencio, a que saliese con noticias.

Abbot permanecía en un segundo plano alejado de ellos, sin que Gilbert le hubiese dirigido la palabra, como si no le conociese.

El tiempo pasó demasiado despacio, demasiado.

Cuando Hugo abandonó el quirófano y se deshizo de la bata azul, traía un par de radiografías en la mano, se dirigió a Gilbert.

–La cosa está muy mal. Es una fractura a nivel del tercio medio de la caída del miembro anterior izquierdo en el metacarpiano principal. Hay que operarle con anestesia general, intubarle, etc.

–¿Cuánto?

–Unas cincuenta mil libras. Entre la operación, las pruebas, el tratamiento médico, las férulas y herrajes terapéuticos que necesitará, según me ha dicho Le Carré.

–¿Cincuenta mil libras para que no pueda volver a correr? –dijo Gilbert furioso, arrojando el sombrero de copa contra una máquina de refrescos que había frente a ellos.

–Eso o la eutanasia –añadió mirando a Estela casi con miedo.

–¿Va a dejarle morir? –preguntó esta poniéndose en pie, enfrentando a Gilbert –. ¿Acaba de ganar más de doscientas veinte mil libras gracias a él, y no va a gastarse cincuenta mil en operarle?

–¡No servirá de nada! –gritó Gilbert furioso–. ¡No volverá a correr, no volverá a ganar! ¡Ha pasado de valer cientos de miles de libras a no valer nada!

—¡Le salvará la vida! ¿Es que eso no es suficiente? —insistió Estela

—Me apena mucho su muerte, pero no puedo gastar cincuenta mil libras en un caballo que no las valdrá después de la operación —respondió este con rabia.

—¿Y lo va a dejar morir?

Estela rompió a llorar. Si las tuviese ella misma las pagaría. No podía creer que aquel tipo fuese a dejar morir a Olympic por no pagar su operación.

—Yo lo pagaré —intervino entonces Abbot aproximándose a ellos.

—¿Y quién es usted? —preguntó Gilbert.

—¿Ya no me recuerdas? Soy el hombre al que le arrebataste su caballo, ese que está tendido en esa mesa de operaciones y al que pretendes dejar morir. Acabo de oírte decir que no vale nada, bien, yo pagaré las cincuenta mil libras, pero Olympic volverá a ser mío.

—Es tuyo —declaró Gilbert levantándose enfadado, tomó su sombrero del suelo y abandonó la clínica como alma que lleva el diablo.

—Espero que se recupere —dijo Macarena incorporándose, y siguió sus pasos.

Estela se limpió las lágrimas y Hugo regresó al interior del quirófano.

Minutos después vieron a un sonriente Frost recogiendo su copa dorada por las pantallas, que continuaban retransmitiendo en directo el evento.

La operación duró al menos un par de horas.

Cuando Hugo regresó lo hizo con una sonrisa.

—Todo ha salido bien. Necesitará mucha rehabilitación y cruzaremos los dedos para que no se produzca necrosis en los tejidos, pero estoy seguro de que vivirá, y con una relativa buena calidad de vida.

Estela le abrazó con fuerza, también Mateo.

—Yo me encargaré de que no le falte de nada —aseguró Abbot—. Al fin y al cabo ese dinero es suyo. ¿Puedo entrar a verle?

—Van a pasarle a la habitación de reanimación tras la anestesia, entonces podréis verle.

Transcurrida media hora, Hugo les avisó de que podían pasar. Olympic estaba de pie, con la pata delantera escayolada con fibra de vidrio hasta la mitad del muslo.

El veterinario de la clínica, un señor de en torno a los sesenta años, detuvo a Scott antes de pasar, explicándole el tratamiento que debería aplicarle en casa.

Olympic la reconoció en cuanto atravesó la puerta de la habitación acolchada. Dio un paso hacia ella, cojeando, y buscó su caricia. Pero toda la atención de Olympic pasó a Scott en cuanto este apareció en la habitación. Fue hasta él y le recibió resoplando, relinchando aún sin energía. Abbot le abrazó con los ojos llenos de lágrimas.

Estela se apartó, dejándoles espacio, y se acurrucó junto a Hugo, que esperaba fuera.

—Ahora podrán estar juntos para siempre —dijo abrazándole.

—Se recuperará, estoy seguro de que lo hará, es un caballo joven y fuerte con muchas ganas de vivir, y eso es lo más importante. Pasará aquí un par de días y Scott se lo llevará a su granja en Bedford. En cuanto estés lista nos marchamos hacia Woodland.

A las ocho cerraron la clínica y tan solo podía quedarse en el interior el personal de guardia, así que Estela tuvo que despedirse de Olympic, no sabía por cuanto tiempo.

—Cuídate mucho, bonito. No seas un bruto, deja que

te mimen, descansa y pórtate tan bien como siempre. Ponte bueno, por favor –le pidió, sosteniendo su cabeza entre las manos, y este cabeceó como respuesta, Estela sonrió entre lágrimas–. Y por favor, por encima de todo no te olvides de mí, Oly, por favor, porque yo nunca voy a poder olvidarte.

En el camino en el coche de vuelta a Woodland nadie se atrevió a romper el silencio, repasando dentro de sus cabezas todo lo sucedido en aquel terrible día.

Mateo se marchó directo a su habitación. Hugo tomó a Estela de la mano y la acompañó escalera arriba hasta la suya.

–Necesito darme un baño.

–Está bien, yo bajaré a hacer lo mismo y enseguida vuelvo.

Cuando Estela salió del baño la esperaba sentado en la cama, mirando su teléfono.

–Gilbert me acaba de enviar un mensaje, no viene a dormir, se queda en la fiesta de la victoria.

–No puedo decir que me sorprenda.

–Y nos ha reservado un vuelo mañana a las ocho de la tarde a Jerez, acaba de enviarme los billetes al móvil.

–Tiene ganas de deshacerse de nosotros pronto.

–Está molesto por el modo en el que le has hablado –dijo con una sonrisa–. No debe estar acostumbrado a las mujeres con carácter. Los caballos son su negocio, él solo ve ingresos y pérdidas.

–Es un imbécil y un egoísta.

–Sé que estás triste por lo que le ha sucedido a Olympic, pero piensa que quizá haya sido lo mejor para él. No era feliz como caballo de carreras, tú lo sabes mejor que nadie, y ahora va a regresar a su hogar, con su dueño, alguien que le cuidará. Mañana se lo llevará a su granja, donde estoy seguro de que será feliz.

—Pero no me puedo creer que haya gente tan mala en el mundo, tengo grabada en mi mente la imagen de Wesley saltando de felicidad mientras Oly se retorcía de dolor en el suelo.

—Pues tú has dejado grabada en la retina de miles de británicos la bofetada que le diste sin mediar palabra, mira —le mostró un *gif* en el que aparecía ella abofeteándole una y otra vez. Y no era el único, había un centenar de *memes* en la Red con el momento—. Estás en todos los periódicos digitales e incluso en las cadenas de televisión. Wesley ha tenido que hacer declaraciones diciendo que en su alegría por obtener la victoria no se había percatado de que el caballo estaba herido, porque incluso las asociaciones de animales se le han echado encima. Eres incluso *trending topic* en Twitter.

—¿Qué dices?

—Mira. —Lo buscó y en efecto #*spanishbravelady* estaba el número uno en la lista de *hashtags* de la red social—. No sé cómo se han enterado de que eras española, o si alguno de los reporteros te oiría vociferar en español. Lo cierto es que han hecho un juego de palabras con el Ladies' Day y ahora mismo eres más famosa que la reina de Inglaterra.

—Qué vergüenza, por favor —dijo abochornada, pero al menos había logrado hacerla reír.

—Piensa que a pesar de todo el día no ha acabado tan mal, tú te has hecho famosa y Olympic será feliz al recuperar su antigua vida.

—Ya, pero me da mucha pena no volver a verle.

—¿Quién ha dicho que no volverás a verle? Abbot

me ha dado su número de teléfono y me ha asegurado que podremos ir a visitarle. Si quieres dentro de un par de semanas buscamos un vuelo y nos plantamos en su granja. Eso sí, barato, dado que nuestras economías no son demasiado boyantes.

—Y menos que van a serlo. No creo que Gilbert me quiera cerca de sus caballos después de lo de hoy.

—Ni falta que hará. He decidido que, suceda lo que suceda en tu juicio, terminaré la clínica cuanto antes y nos dedicaremos de modo exclusivo a atender a animales con problemas, si continúas queriendo ser mi socia.

—Claro que sí —dijo con más felicidad de la que había mostrado en toda la tarde—. Pero, ¿y si no consigo ese dinero?

—Pediré un crédito, quiero que trabajemos juntos en nuestra clínica. —Estela le abrazó, envuelta en la toalla de algodón.

—Nada me haría más feliz en este momento.

Capítulo 38

Estela

El avión despegó a las ocho en punto desde el aeropuerto de Heathrow. Viajaron solos, Mateo regresaría al día siguiente junto con Macarena, al parecer Gilbert no tenía tanto empeño en que ellos se marchasen.

Estela había hablado con Scott Abbot antes de salir hacia el aeropuerto y este le había dicho que el caballo tenía mucho mejor aspecto, incluso le había enviado un video a su móvil con este dando pasos uno tras otro. Esto la había reconfortado, saber que era cierto, que se recuperaría y sería feliz, aunque le tuviese lejos.

Sonrió, apretando la mano de Hugo entre las suyas y este se giró en el asiento del avión y la besó.

—¿Preparada para nuestra nueva vida?

—Preparadísima.

—¿Cómo crees que se lo tomarán tus padres cuando les digas que no quieres ejercer como arquitecta?

—Pues mal. En principio mi padre me sentará en el sillón del salón y me dirá mirándome muy serio: «¿Lo has pensado bien, cariño? Cada decisión que tomes en tu vida hará que cambie. ¿Y si sale mal?» —aseguró, imitándole, provocándole la risa–. Y yo le diré que si sale mal puedo volver a mi antiguo trabajo, con otra empresa, por supuesto. Pero no saldrá mal, estoy convencida. Mi madre en cambio lo único en lo que pensará es que me tendrá más cerca y no viajando por todo el mundo.

–¿Y no piensas que lo echarás de menos?

–Ya sabes que no soy de respuestas taxativas, pero en este momento creo que no. Ahora cuando viaje será por placer, o bueno, por trabajo. Se ha puesto en contacto conmigo una televisión inglesa.

–¿En serio?

–Quieren hacerme una entrevista, me llamaron esta tarde mientras facturábamos, Abbot les había dado mi número. Quieren sacar un titular tipo: «La española que susurraba a los caballos», porque les he hablado del tratamiento que seguimos con Olympic.

–Eso es genial. No te imaginas la cantidad de británicos que viven en España y tienen a sus animales allí.

–En una semana vienen a vernos y a grabar un reportaje.

–Pues tendrás que impresionarles mucho.

–¿Lo dudas?

–No, claro que no. Si les impresionas la mitad de lo que me impresionaste a mí, los tendrás en el bolsillo en los primeros tres segundos –dijo con una sonrisa, ella le miró con fijeza y le besó en los labios.

–Necesito confesarte algo.

–Lo que sea.

–La noche en el invernadero, fue la primera vez que dije esas palabras.

–¿A qué palabras te refieres, a «Por Dios santo no sabía que esto se podía hacer así»? –se burló, haciéndola reír.

—De verdad que a veces te mataría. –Rio–. No, me refiero a esas otras palabras.

—¿A decir que me quieres?

Ella asintió.

—Tenía miedo a no llegar a sentir la necesidad de decirlas y sin embargo salieron así, de un modo tan natural que me sorprendieron a mí misma.

—Pues ya puedes liberarte de ese miedo, de todos los miedos. Hemos estado jugando al escondite todos estos años y ha llegado el momento de dejar todo eso atrás. Porque cuando me miras sé que mi lugar está entre tus brazos y no hace falta nada más. Porque lo único que quiero es abrazarte, tocarte, besarte, cada minuto de cada día, porque cada vez que te beso siento una lluvia de estrellas en el estómago y no me importa si mañana sale el sol por oriente o por occidente, no me importa ni siquiera dónde estoy parado. Porque que tú me quieras será el motivo por el que levantarme cada mañana, por difícil que me lo ponga el mundo. –Un par de lágrimas brillaron en sus ojos cristalinos y rodaron por sus mejillas–. El amor puede doler, Estela, a veces, pero es la única cosa que nos hace sentir vivos. Y yo te amo, como sé que jamás podré volver a amar a nadie más.

—Tú has hecho que sienta la necesidad de decírtelo. Te quiero, te quiero muchísimo –dijo besándole apasionada con el corazón tiritando de emoción.

—Qué bonito –dijo la señora que iba sentada en el asiento trasero del avión asomándose por el hueco entre estos, haciéndoles reír–. Qué bonito es el amor. ¿Has visto, John? –recriminó a su compañero de asiento–. Tú no me dices esas cosas.

—Llevamos cuarenta años casados, Judy.

—Pero es que tú esas cosas no me las has dicho en

la vida –protestó ella recolocándose en su asiento con mal gesto.

Ambos echaron a reír al oírles. Entrelazaron sus dedos necesitados del contacto del otro.

–Estela, sé que es pronto y que te parecerá una locura, pero ¿por qué no te vienes a vivir conmigo?

–No quiero invadir tu casa.

–¿Invadirla? Cada detalle de esa casa lo hice pensando en que tú algún día vinieses a visitarla.

–Hiciste un trabajo estupendo, me parece maravillosa. –Estela era una mujer que siempre medía sus movimientos, que meditaba sus decisiones, en ocasiones demasiado, pero algo en su interior le dijo que quizá había llegado el momento de cometer una locura, de seguir a su corazón por encima de todo–. Me iré a vivir contigo. Mañana mismo hablaré con mis padres.

–No puedo creer que toda esta felicidad sea real.

Se despidieron en la puerta de la casa de sus padres con un largo beso, con un beso que despertaba fuegos artificiales en su estómago, que le decía que tal y como él mismo le había dicho merecería la pena levantarse cada día solo con saber que estaría a su lado.

–Te quiero.

–Te quiero Estela y siempre lo haré –repitió, y volvió a besarla como si el mundo fuese a acabarse al alba–. Mañana vendré a ayudarte a recoger tus cosas.

Ella asintió con una sonrisa mientras se alejaba hacia el taxi, que les había llevado desde el aeropuerto de Jerez.

Capítulo 39

Hugo

Le quería, le había dicho que le quería, unas palabras que no había dicho antes a nadie. ¿Podría ser más afortunado? No lo creía.

Estela era la mujer de su vida, la misma que creyó que jamás bajaría desde el pedestal del amor platónico en el que él mismo la había subido hacía ya demasiado tiempo.

Perdió la oportunidad de decirle que la amaba demasiadas ocasiones, porque era muy joven y le faltó valor. El miedo al rechazo le paralizó. Por eso en esta ocasión se había lanzado con todo el equipo.

Desde que la besó por primera vez, vestido de Frankenstein con apenas dieciocho años, supo que eran el uno para el otro. Desde que la miró a la luz de la candela bajo la luna azul aquella noche de confesiones adolescentes en la que él se guardó la mayor de todas, supo que jamás podría olvidarla. El paso de los años en su ausencia le había hecho creer que sus sentimientos pertenecían al pasado, pero en cuanto volvieron a encontrarse despertaron con una fuerza aún más viva que nunca. Porque él ya no era el chico de entonces, la deseaba con su mente, con su cuerpo y su alma.

Adoraba su risa, su genio explosivo, el rubor de sus mejillas cuando hacían el amor, el tacto de sus pezones en su lengua, se encogía solo de recordarlo.

Y ahora ella también le amaba y le había prometido que siempre estarían juntos.

Y no habría dificultad suficiente para desgastar ese amor.

Aparcó en el descampado frente al taller mecánico cercano a su casa. Había pedido al taxista que le dejase en la hacienda para recoger su coche y así lo había hecho.

Apagó las luces del vehículo y bajó de este. La farola de la esquina estaba fundida y una profunda oscuridad envolvía todo en derredor. Envió un mensaje a Estela desde su móvil, cargó con su bolsa de viaje a la espalda y comenzó a caminar hacia su casa. Por suerte la luz automática del escaparate de la clínica permanecía encendida, como cada noche.

Buscó las llaves de la puerta en el bolsillo pero entonces oyó pasos a su espalda.

—Vaya, parece que el cuidaperros ha vuelto a casa —dijo una voz masculina que en un principio no reconoció, pero al verle la cara entre las penumbras lo hizo de inmediato.

—¿Qué haces aquí? ¿Has venido a por más? —preguntó, y Tyron sonrió, fue una sonrisa fría, heladora.

—¿Qué tal sienta follarse a la novia de otro? Es de mala educación, ¿sabes? Hay que tener la polla más controlada, porque si no puede meterte en problemas.

—Estela no es nada tuyo.

—Hablas demasiado —dijo dando un paso más hacia él. Hugo dejó caer su bolsa al suelo, apretando los puños. Tyron hizo un gesto con la barbilla y dos tipos enormes aparecieron de entre las sombras, como dos apariciones–. Y voy a tener que callarte de una vez por todas.

Capítulo 40

Estela

Cuando entró en casa tenía todo un comité de bienvenida, su padre la recibió con un fuerte abrazo y su madre también. Sus sonrisas y sus ojos chispeantes no dejaban lugar a dudas de que algo sucedía.

—¿Qué pasa? —preguntó extrañada.

—Que tu madre te ha visto por la ventana —confesó Simón con una sonrisa de oreja a oreja.

—¿Me habéis espiado? No me lo puedo creer.

—Me asomé porque oí un coche y entonces te vimos. Ay, pero qué alegría me he llevado. Siempre supe que Hugo estaba loquito por ti por el modo en que te miraba. Desde que era un muchachito.

—Hugo me parece un buen chico, no como la sanguijuela esa. Un chico de aquí, que conocemos a su familia, que lo conocemos a él y sabemos de qué pie cojea.

—¿Y de qué pie cojea?

—Es un modo de hablar, hija.

—Pensaba contároslo por la mañana, pero me habéis ahorrado el trabajo. Eso sí, mamá, por favor te pido

que no le digas nada a Javi, Hugo quiere decírselo él.
—Su madre asintió en silencio.
—Seré una tumba.
—Una tumba abierta.
—No, una tumba en silencio —aseguró, haciéndola reír.
—¿Qué tal ha ido todo? —preguntó Simón regresando al sofá junto a su cerveza y su plato de queso recién cortado.
—Bien, el caballo tuvo un accidente, pero ya se está recuperando, lo importante es que está de nuevo con su verdadero dueño. Necesito darme un baño.
—¿No vas a comer nada? —preguntó su madre, siguiéndola por el pasillo.
—Cuando me ponga el pijama.

Una vez en el baño comenzó a llenar la bañera y recibió un mensaje, lo leyó con el corazón palpitando de emoción.

Hugo: Ya estoy en casa preparado para afrontar mi última noche sin ti. Sé que será la más larga de todas.
Estela: También lo será para mí. Te quiero.

Sonrió. No podía dejar de hacerlo. Volvía a sentirse como la Estela de dieciséis años a la que un tipo disfrazado de Frankenstein encandiló con sus ojos azules en una fiesta del instituto para el resto de su vida.

Nadie había vuelto a hacerla sentir así, hasta entonces. Estaba loca por él. Recordó cuando la arrinconó en aquel pequeño almacén en El Califa y la besó, le temblaban las piernas con solo pensar en ese instante, cómo la había hecho estremecer con todas y cada una de sus caricias, cómo podía cambiar su humor con tan solo una palabra y hacerla sentir la mujer más dichosa del universo.

Cuando le vio tirado en el suelo en la pista de carreras atendiendo la hemorragia de Olympic, llevando el control de la situación, manteniendo la calma, ordenando a Mateo qué debía hacer, pidiéndole que se tranquilizase, guiando a los operarios en el traslado y a la vez preocupándose por ella, por lo que sentía en ese momento. Supo que no se equivocaba, aquel era el hombre de su vida.

Se metió en la bañera y disfrutó de un relajante baño de espuma con esa sonrisa perpetua que parecía haberse instalado en su cara.

Cuando salió fue a su habitación envuelta en el albornoz y se puso el pijama. Cogió su teléfono móvil y miró la foto que se habían hecho juntos en el avión, apoyando el rostro en su hombro, Hugo sonreía pleno a la cámara, la felicidad podía verse reflejada en sus ojos, la misma que brillaba en los suyos.

Comprobó que no había leído la respuesta a su mensaje y esto le extrañó. Hugo siempre le respondía veloz, debía estar ocupado deshaciendo la maleta.

Pero entonces su teléfono comenzó a vibrar en la mano y comprobó que era su hermano Javi quien la estaba llamando. Pensó de inmediato que su madre, desoyendo lo que le había pedido, le habría llamado para contarle lo que acababa de descubrir.

—Buenas noches, Javi.

—Estela, ¿estás en casa? —Percibió alarma en su voz.

—Sí, ya he llegado, ¿qué pasa, se ha puesto de parto...?

—No, no, ellos están bien. ¿Hugo está contigo? —Estaba nervioso, muy nervioso. Se oía el ruido del coche al conducir.

—No, está en su casa. Javi, ¿qué pasa?

—¿Cuánto tiempo hace que le has visto?

—No lo sé. Una hora más o menos, desde que llegué. ¿Qué pasa?

—Necesito que cojas tu coche y vayas al hospital ahora mismo.

—¿Al hospital?

—Yo estoy de camino, pero tardaré aún mucho en llegar. Necesito saber si es verdad... He intentado localizar a su madre, pero no he podido, no sé si estará con él o no... Y su hermano tampoco...

—¿Qué pasa, Javi? —alzó la voz sin poder evitarlo y su madre, que la oyó desde el salón, acudió a la habitación para ver qué sucedía.

—Me ha llamado mi amigo Loren, el tío del quiosco que hay junto al centro de salud.

—¿Y?

—Y me ha dicho que la ambulancia salió a toda leche y cuando volvieron le preguntó a una señora que venía de urgencias si sabía qué había pasado. Y ella le dijo que... —casi no podía ni hablar—, que al hijo de Ana, al veterinario, le han dado una paliza frente a su casa y está muerto. Hugo está muerto, Estela.

—¿Qué? No, eso no es verdad —dijo colgándole el teléfono para poder llamarle. Marcó su número y este dio un número infinito de llamadas sin respuesta—. ¡No puede ser verdad! —gritó fuera de sí, dejándose caer al suelo.

—¿Qué pasa, Estela? ¿Qué pasa, Javi? —preguntó su madre descolgando el teléfono, que volvía a sonar.

Su padre las llevó al hospital, atravesaron la puerta de urgencias pasadas las once de la noche. Estela no se sentía con fuerzas de dar un paso, era una especie de zombi a quien su madre sostenía del brazo, llegaron a admisión y Simón preguntó por su nombre porque ella ni tan siquiera era capaz de emitir una palabra.

—¿En la UCI? ¿Entonces está vivo? —Aquella insistencia de su padre la hizo despertar de su letargo. ¿Estaba vivo?

—Hasta donde yo tengo aquí actualizado, sí. Es por esa escalera, la primera planta a la derecha —dijo la mujer de la ventanilla, pero Estela ya había echado a correr escalera arriba hacia la UCI del hospital.

Cuando llegó a la sala de espera se tropezó con la mirada derrotada de Ana, una mujer a la que llevaba años sin ver y que aquella noche parecía haber envejecido demasiado, a su lado estaban Eric, el hermano pequeño de Hugo; y Ramón, el padre de ambos.

Sin mediar palabra, Estela echó a correr hacia ellos y les abrazó. A pesar de que llevaban más de una década sin cruzar una palabra en un momento como aquel no las necesitaron.

—¿Cómo está, Ana, dime que está bien, por favor? —le preguntó con los ojos anegados de lágrimas.

—Está intubado, tiene un derrame en la cabeza... Mi niño... Mi niño... Le han golpeado con una barra de hierro. Y en la mano... Tiene la mano derecha machacada... Me lo han querido matar, Estela... Mi niño... —relató ahogada en llanto.

—¿Quién ha hecho esto? ¿Quién? ¿Por qué?

—No lo sé... Mi hijo no tiene enemigos...

—Estaban esperando a que llegase para darle esta paliza y matarlo —dijo Ramón entre lágrimas.

Los padres de Estela llegaron a la sala y Ana se abrazó a su madre llorando desesperada.

—¿Qué han dicho los médicos? —preguntó Simón.

—Están aún haciéndole pruebas, pero nos han dicho que las primeras veinticuatro horas son definitivas – respondió Ramón con la mirada perdida.

Estela rompió a llorar, ojalá ella tuviese la decisión

y la entereza que había demostrado él, pero no la tenía. En absoluto, ella solo podía pensar en que no quería ver el siguiente amanecer si Hugo no podía contemplarlo.

Javi llegó pasadas las doce de la noche y Ana se abrazó a él como si de su propio hijo se tratase.

—Me lo han querido matar, Javi. Me lo han querido matar —repetía.

Javi se sentó junto a Estela y la estrechó entre sus brazos, entonces se desmoronó.

—¿Quién ha hecho esto, Estela? ¿Por qué?

—No lo sé. Solo sé que si le sucede algo, me moriré. Le quiero, Javi.

—¿Qué?

—Que le quiero, estos meses me he dado cuenta de que tu mejor amigo es el hombre de mi vida.

—¿Estáis juntos? —ella asintió y su hermano la apretó con fuerza contra sí—. Todo va a salir bien, pequeñaja, estoy seguro. Hugo es el tío más fuerte que conozco.

La Guardia Civil se personó en la sala de cuidados intensivos, uno a uno les llevó aparte y les preguntó si sabían si Hugo tuviese enemigos, si había discutido recientemente con alguien.

—Solo con una persona, justo antes de marcharnos a Inglaterra —relató Estela—. Discutió con un tipo con el que yo salía. Estuvo molestándome y Hugo y él llegaron a las manos.

—¿Cómo se llama?

—Tyron Lancaster, tiene un bufete de abogados en Gibraltar.

—¿Le suena la cara de alguno de estos hombres? —preguntó el otro agente, mostrándole las imágenes de una cámara de seguridad en una *tablet*.

Estela miró con atención las imágenes y, aunque

resultaba difícil de reconocer por la oscuridad, al moverse la luz tibia del escaparate le iluminó el rostro una fracción de segundo, lo suficiente como para reconocerle.

Por Dios santo, era él, era Tyron. Sintió un profundo dolor en el pecho que casi le impidió respirar. Hugo aparecía de espaldas, hablaban, pero el video no tenía sonido. El agente detuvo la imagen justo cuando aparecieron el par de matones y caminaron hacia él para agredirle.

Estela rompió a llorar.

—Es él. No puedo creerlo. ¿De dónde son las imágenes?

—Hugo tenía una cámara web de una compañía de seguridad disimulada entre los productos del escaparate enfocando al exterior.

—Debió ponerla después de que su ex le rompiese el escaparate —dijo entre lágrimas.

—¿Sabe cómo podemos localizarle?

—Tengo su número de teléfono y su dirección, pero vive en Gibraltar.

—Pondremos un control en la frontera de inmediato por si aún no la ha cruzado. Y si ha sido así solicitaremos su extradición, no se preocupe, pagará por lo que ha hecho —dijo el agente posando una mano en su hombro.

Estela caminó derrotada de nuevo hacia la sala de espera. Y rompió a llorar abrazada a su hermano.

—Ha sido Tyron.

—¿El abogado?

—Ha sido él, con ayuda de unos matones.

—¿Cómo lo sabes?

—Hugo tenía una cámara de seguridad apuntando hacia el escaparate y le ha grabado. No me puedo creer que haya sido capaz de esto. Lo siento, Ana, lo siento de verdad –dijo entre lágrimas.

–¿Quién es ese tipo, por qué le ha hecho eso a mi hermano? –preguntó Eric.

–Es alguien con quien salía, Hugo y él discutieron hace una semana.

–¿Por qué?

–Por mí, porque Hugo y yo estamos… juntos.

–Tú no tienes la culpa, Estela. La culpa es de ese desgraciado, maldito sea… –dijo Ana.

–Sabes dónde vive, ¿verdad? –preguntó Eric.

–La policía no podrá cogerle en Gibraltar pero nosotros sí –dijo Javi poniéndose en pie.

–No, claro que no. Ya tengo a mi hijo mayor tirado en una cama y no quiero al pequeño en la cárcel, ni a ti tampoco, Javi, por favor. Dejad que la policía se encargue de él –pidió entre lágrimas.

Todos los presentes en la sala se levantaron cuando una doctora vestida con su pijama de quirófano acudió a la puerta.

–Familiares de Hugo Lago, por favor –solicitó.

–¿Qué sucede? ¿Cómo está mi hijo?

–Soy la doctora Reina, he estado atendiendo a Hugo. Verá, tiene varias costillas rotas, una de ellas le ha perforado el pulmón, provocándole un neumotórax que fue controlado por el equipo del centro de salud y que ya está intervenido y resuelto. Hemos drenado el hematoma subdural agudo…

–¿Qué es eso, por favor? –preguntó Estela.

–Es una acumulación de sangre entre la cubierta y la superficie del cerebro provocado por los fuertes traumatismos que ha recibido. Hemos tenido que perforar un pequeño agujero en el cráneo por el que hemos podido drenar la sangre y aliviar la presión en el cerebro.

—Pero, ¿él está bien? ¿Está fuera de peligro?

—Está grave, en coma inducido por medicamentos para ayudar a su cuerpo a recuperarse. Las primeras veinticuatro horas son vitales para poder darles un pronóstico. Si todo va bien el compañero de traumatología le operará la mano derecha en un par de días, tiene tres dedos rotos, pero carece de importancia en comparación con el resto de lesiones…

¿Veinticuatro horas?

¿Cómo iba a vivir veinticuatro horas sin saber si saldría adelante?

—¿Puedo pasar a verlo? Soy su madre.

—En este momento es mejor esperar un poco, los compañeros aún están asistiéndole, le avisaremos cuando sea la hora de visita.

Estela regresó a la sala de espera y se hundió en el sofá sin decir una sola palabra, solo podía llorar. No podía pensar, no podía decir nada, solo llorar.

«El amor puede doler, a veces, pero es la única cosa que nos hace sentir vivos. Y yo te amo, como sé que jamás podré volver a amar a nadie más». Recordó sus palabras en ese preciso instante, y ¡oh, por Dios santo! ¡Cómo dolía!

Aquel era el dolor más fuerte que había experimentado en toda su vida. Una opresión en el pecho que casi le impedía respirar.

No podía perderle. No podía. Porque tampoco ella podría volver a amar así a nadie más.

Si Hugo moría una parte de sí misma se iría con él para siempre.

Porque solo él había sido capaz de hacerla feliz.

Porque él era su Frankenstein.

El amor de su vida.

El hombre al que había jurado amar todos y cada uno de los días del resto de su existencia.

El hombre con el que había decidido empezar de cero.

Hugo, solo él.

Guardaría cada sensación, cada beso, cada caricia, como un tesoro en su memoria, pero jamás sería suficiente. Necesitaba verle, sentirle, tocarle y volver a estremecerse con sus besos, lo necesitaba tanto como respirar.

Cuánto podía entenderle ahora cuando era él quien le decía esas cosas, cuánto daría por no haber tenido que aprenderlo de este modo.

Capítulo 41

Estela

No fue hasta pasadas las ocho de la mañana cuando una enfermera acudió a verles a la sala de espera de nuevo. Cada vez que un sanitario acudía a la sala de la unidad de cuidados intensivos todos los familiares se ponían en pie, rogando porque fuese el nombre de su hijo, de su padre, de su hermano, el que trajese acompañado de buenas noticias.

A las dos y media de la noche habían permitido a Ana que entrase a ver a su hijo por cinco minutos y cuando lo hizo volvió con el alma hecha pedazos.

Estela lo habría dado todo por ser ella quien pudiese hacerlo, tocarle, aunque solo fuese un instante, pero solo permitieron el paso a un familiar y se resignó ante la necesidad de su madre de verle, por mucho dolor que le produjese la idea de perderle sin siquiera poder despedirse.

Pero no iba a perderle.

No podía perderle.

–Familiares de Hugo Lago –les llamó, y Estela sintió cómo se le aceleraba el corazón, la rodearon, ansiosos por oír qué tenía que contarles–. Traigo buenas noticias, la presión intracraneal de Hugo es normal en este momento y la doctora Reina ha indicado que vayamos reduciendo la medicación sedante. Conforme vaya despertando retiraremos la respiración asistida y comprobaremos si responde, si lo hace será una muy buena señal. Si no tendremos que volver a intubarle y a sedarle.

–Responderá –dijo Ana abrazándose a su hijo menor.

Estela también se abrazó a su madre. Cuánto bien le hacía tenerles allí, a sus padres y a su hermano quienes se habían negado a marcharse, en ese momento en el que se sentía tan vulnerable.

Ocho largas horas más tarde una nueva enfermera acudía a la sala y decía su nombre.

–Todo ha ido como esperábamos, Hugo está despierto.

La felicidad se transformó en un grito de júbilo, en abrazos, en besos, en llanto.

–Gracias, Dios mío. –Sollozaba Ana.

–No recuerda lo que ha sucedido, pero ha pedido ver a Estela.

Fueron las palabras mágicas que le produjeron la mayor felicidad que había sentido jamás. Hugo estaba bien y la había llamado. Ana asintió, abrazándola.

–Ve, hija, ve. Dale motivos para que se aferre a la vida con uñas y dientes –le pidió emocionada.

Cuando atravesó la puerta de su habitación de cristal el corazón se le quebró en mil fragmentos diminutos al contemplarle. Tenía el rostro amoratado, desfigurado por la inflamación. Un vendaje le cubría la totalidad de la cabeza y su mano derecha permanecía inmovilizada, tenía varios electrodos en el pecho desnudo, con grandes hematomas en los hombros y el tórax. Varios sueros conectaban a una vía y una máquina controlaba sus constantes vitales. Pero Estela se tragó sus propias lágrimas y fingió una entereza de la que carecía mientras se sentaba a su lado y le sostenía la otra mano.

—Pero si está aquí mi princesa —masculló en un hilo de voz, forzando una sonrisa. Y entonces sí que no pudo contener el llanto, se llevó su mano a los labios y la besó—. No llores…

—Dios mío, tienes que ponerte bien, Hugo, tienes que ponerte bien.

—En un par de días… estoy en pie… —Hablaba despacio y pausado—. ¿Qué ha pasado? ¿Tuve un accidente?

—¿No lo recuerdas?

—No.

—Pues no pienses en eso. Solo en descansar y recuperarte.

—Necesito… saberlo.

—De verdad, lo único importante ahora es…

—Por favor —suplicó. Estela guardó silencio, no sabía si en su estado sería oportuno decirle lo que le había sucedido, o si sería peor aún dejarle con la duda dándole vueltas a la cabeza.

—Fue Tyron. Tyron estaba esperándote en tu casa y él y dos matones te dieron una paliza. —Sollozó.

—Desgraciado. No podía soportar… que me llevase a la chica. —Cada vez que se esforzaba en hablar las pulsaciones de su corazón aumentaban, y así lo reflejaba el monitor que había a su lado.

—Hugo, lo siento tanto.

—No es culpa tuya.

—No hables, por favor, tienes que descansar —dijo besando su mano de nuevo—. Le grabó la cámara de seguridad que pusiste en el escaparate y la policía ha dado la orden de detenerle. Le cogerán y pagará por esto, te lo prometo.

—No me importa... lo que le suceda... Dime que nuestros sueños siguen intactos... Que aún quieres... pasar tu vida conmigo.

—Claro que sí, ¿cómo te atreves a dudarlo siquiera? —preguntó con la respiración entrecortada por el llanto—. No te atrevas a dudarlo. Te quiero como nunca he querido a nadie, te quiero casi tanto como a mi sobrino —bromeó, haciéndole sonreír bajo toda aquella inflamación que desfiguraba su bello rostro.

—Es... abrumador.

—Te necesito, Hugo. Estas horas han sido... Quiero estar contigo, sin ti nada merecería la pena. —Le besó en los labios con sumo cuidado.

—No vas a librarte de mí... Mi pequeña pecosa.

Epílogo

Estela acariciaba a Canela, paseaba los dedos por sus crines color arena a la vez que le susurraba que debía seguir adelante, que debía luchar por continuar a pesar del profundo dolor que sentía. Palpaba con los dedos los puntos de digitopuntura a lo largo de todo el cuello y el lomo del animal, presionando con firmeza en los lugares apropiados.

La yegua padecía un fuerte trauma por la pérdida de su primer potrillo nada más nacer debido a una complicación durante el parto. Canela se había negado a comer y estaba caquéctica, pero había ganado algo de peso desde que comenzase el tratamiento hacía una semana, lo que les hacía estar esperanzados en su recuperación.

La llevó caminando despacio hasta uno de los boxes que había dentro del establo anexo a la clínica, donde su dueño la recogería en el horario acordado. Cerró la puerta y aún a través de los barrotes volvió a acariciar su frente, la yegua agitó la cabeza, meciendo las crines, y ella lo sintió como una victoria, como si acabase de sonreírle con el corazón.

—Es la hora de comer, espero que tenga un minuto

para mí, señorita ocupada –dijo Hugo a su espalda, rodeándola por la cintura con sus fuertes brazos. Estela reposó la cabeza en su hombro y recibió su beso cálido en el cuello como una bendición.

–Para ti, siempre.

Habían transcurrido dos años desde que el hombre al que amaba fuese atacado y lastimado hasta el extremo de que a punto estuvo de perderle. Daba gracias al cielo por cada nuevo día que amanecía a su lado.

Dos años desde que aquel energúmeno y sus matones le golpearon de un modo tan salvaje que fueron acusados y condenados por intento de asesinato. Volver a ver al abogado durante el juicio fue una experiencia desagradable, pero su expresión de sorpresa al oír la sentencia compensó el mal rato. Tyron y aquel par de sicarios cumplían condena desde entonces en distintas cárceles españolas. De nada habían servido sus influencias ni sus contactos para evitarlo. Tampoco la coartada falsa que había preparado con una partida privada de póker en un casino cercano a Gibraltar frente a las imágenes de la cámara de seguridad que no dejaban espacio a la duda.

Por suerte, Hugo no tenía secuelas del hematoma subdural, sin embargo, los movimientos de su mano derecha sí quedaron muy limitados por las distintas fracturas. Pero su afán de superación no tenía parangón y se había esforzado día tras día por superar esa dificultad. Había aprendido a escribir de nuevo, con la mano izquierda, cuadernillo tras cuadernillo, a dar puntos de sutura con esta, cosiendo esqueletos de pollo arriba y abajo como entrenamiento, hasta utilizarla como si de su diestra se tratase. Tan solo necesitaba ayuda en las operaciones de gran envergadura, para las cuales contaba con Jorge, un amigo y compañero de la facultad que entonces trabajaba para ellos, quien le asistía como segundo veterinario.

¿Pero qué suponían los movimientos de los dedos de una mano en comparación con poder tenerle a su lado regalándole sus horas, sus minutos, sus días?

–¿Estás cansada?

–Estoy bien. Canela va mucho mejor, tiene la musculatura mucho más relajada y ha aceptado comida en dos ocasiones hoy. Presiento que pronto romperá esa barrera que le impide seguir adelante.

–No me cabe duda de que lo lograrás, como todo lo que te propones.

Ella sonrió, tenía razón. Se había propuesto terminar la clínica antes de que Hugo abandonase el hospital y así lo había hecho, en un tiempo récord.

La semana siguiente a la agresión se reunió con Walcott, junto a su nuevo abogado, y firmaron un acuerdo evitando así llegar a juicio, por un importe de cien mil libras. Las obras transcurren veloces cuando hay un presupuesto que las soporte y en tres semanas se llevaron a cabo las de la clínica según el proyecto original del propio Hugo.

Su antiguo jefe aprovechó la reunión para rogarle que considerase la posibilidad de volver a trabajar para él. Pero Estela estaba decidida a continuar el nuevo rumbo que había resuelto dar a su vida, así que mientras Hugo hacía su rehabilitación se mudó a vivir con él para poder cuidarle, denegando también el resto de ofertas de empleo que surgieron, después de que su honor fuese restablecido en los círculos empresariales.

Los inicios fueron duros, como era de esperar, mientras Hugo se recuperaba, pero trabajar codo con codo juntos no solo no había debilitado su relación, sino que la había fortalecido. Con solo una mirada eran capaces de decirse cualquier cosa, tanto en el trabajo como en casa.

—Ha llamado François Hardy, me pregunta si podrás tratar a sus campeones antes de las carreras de Clairefontaine. Sé que tenemos la agenda al completo, pero Hardy paga muy bien y eso significan euros para el albergue. —Estela se volvió y le miró a los ojos, dos océanos inmensos, percibiendo el cosquilleo nervioso de tenerle tan cerca—. ¿Qué dices, *my Spanish Brave Lady*?

La imagen de la *Spanish Brave Lady* que abofeteó al afamado yóquei Wesley Frost por celebrar la victoria cuando su caballo yacía tirado en el suelo se convirtió en viral, dio la vuelta al mundo. Periódicos de más de veinte países se hicieron eco de lo sucedido, invadiendo las redes sociales y televisiones de medio mundo. Las entrevistas realizadas por la revista *ELLE*, e incluso por el emblemático periódico *The Times* profundizando sobre quién era ella y cuál era su labor para con Olympic acrecentaron aún más su fama como *horse whisperer* o susurradora de caballos.

Durante aquellos dos años había complementado su capacidad natural para trabajar con los equinos con una seria formación especializada. Había estudiado su anatomía, psicología y respuesta de estos a las distintas enfermedades, así como se había especializado en digitopuntura equina y masaje *shiatsu*.

Estela adoraba su nuevo trabajo y esto hacía que se mostrase ansiosa por aprender, por estudiar, por investigar más sobre aquellos animales que la fascinaban.

Animados por su fama importantes criadores de caballos habían requerido de su servicio desde entonces. Tenía incluso lista de espera, pues sus tratamientos no se parecían en nada a algo que pudiesen encontrar en otro lugar. Ella atendía a los caballos y se guiaba a partes iguales por sus percepciones y por su conocimiento, por sus respuestas y las emociones que percibía en ellos para tratarlos, hallando justo lo que necesitaban. Ese era su don, tal y como lo había llamado Hugo desde el principio.

El diez por ciento de los ingresos provenientes de los grandes criadores eran donados a un albergue para caballos sin hogar en el cercano pueblo de Conil, con el que él colaboraba como veterinario desde hacía años, era su modo de devolverles un poco de todo lo que estos majestuosos animales les daban.

Tenían todo lo que necesitaban e incluso habían contratado a más personal para la clínica, además del compañero de facultad de Hugo, contaban con un auxiliar, el eficaz Mateo y una recepcionista.

—Está bien, si a ti te viene bien podemos reservarle la semana que viene al completo a la yeguada de *monsieur* Hardy —aceptó sin demasiada ilusión. Odiaba pasar días lejos de casa, y lo evitaba por todos los medios, pero en un par de ocasiones al año, como en aquella, debía hacerlo, los ingresos bien merecían el esfuerzo. Eso sí, Hugo la acompañaba. Él se encargaba de revisar clínicamente a los equinos y ella velaba por el bienestar de su karma, de su aura, su estado mental o como quisiesen llamarlo, pero lo cierto era que funcionaba y proporcionaba resultados. Por ello su agenda estaba al completo.

—Estás preciosa —aseguró mirándola como si fuese la primera vez que la veía.

—¿Preciosa? Despeinada y llena de pelos de caballo.

—Así estabas el día en el que nos reencontramos en la hacienda, ¿no lo recuerdas? Y aun así me volví loco por ti, otra vez. —Estela se echó a reír, besándole en los labios en repetidas ocasiones, besos rápidos y dulces.

—Debe ser porque tienes algo de caballo en tu ADN.

—Ya sé a qué parte concreta te refieres —bromeó, haciéndola reír a carcajadas.

—Eres un engreído.

—Tu engreído favorito.

—Mi engreído favorito —dijo cogiendo su mano izquierda, colocándola sobre su corazón—. El dueño de este lugar. —Hugo deslizó la mano hacia abajo y acarició el pecho sin pudor alguno, estaban solos en las cuadras e imitó el gesto con la derecha con cuidado. Estela le besó en los labios y él la atrajo hacia sí, devolviéndole el beso apasionado.

—Será mejor que nos vayamos a casa y nos demos una ducha juntos, ¿qué te parece mi idea?

—Me parece que no llegaremos a la ducha —dijo él pegándola a su cuerpo.

—Ni se te ocurra intentar algo aquí, estoy sudada y huelo a yegua.

—Uhm, pues aquí tienes a tu semental, nena —aseguró, haciéndola reír de nuevo. Adoraba su sentido del humor pícaro y descarado, que la provocaba y la hacía desear jugar con fuego, aunque a veces se quemasen. Estela se zafó de sus manos entre risas y buscó su teléfono en el bolsillo de los vaqueros.

—Hablando de sementales, ¿sabes que hemos sido abuelos otra vez? —le preguntó mostrándole una imagen en su móvil.

—¿Ah sí?

—Me la ha enviado Scott esta mañana, y tiene otra yegua preñada, Olympic está hecho un conquistador —dijo mostrándole la imagen que le había enviado Scott Abbot del nuevo retoño, un potrillo negro como la noche con una mancha blanca en la frente, como su adorado Oly. Quien al igual que Hugo se encontraba recuperado casi por completo de su lesión. Este le arrebató el teléfono y lo metió en el bolsillo de su pijama.

—He invitado esta noche a cenar a Aarón y a Kate y la pareja de tortolitos ha dicho que sí.

—¿Ah sí? ¿Kate tiene la noche libre en el restaurante de la casa club? —Estela rio al pensar que a su nuevo jefe también le mangoneaba con su desparpajo, como al pobre de Piero, a pesar de ello, cuánto debía estar echándola de menos. Pero Kate había decidido establecerse en Vejer después del primer año de relación con un irreconocible y enamoradísimo Aarón.

—Sí. Y también he invitado a tu hermano, tu cuñada y los pequeños.

—¿Y eso? ¿Celebramos algo? —preguntó tratando de meterle la mano en el bolsillo para recuperar el teléfono, pero se lo impidió cogiéndole la mano.

—También a tus padres, y a mi madre.

—Nuestro aniversario fue en junio... ¿Qué celebramos? —insistía, tratando de alcanzar el bolsillo.

—Algo muy importante.

—¿Qué? Vamos —dijo alcanzando por fin el dichoso bolsillo, Hugo alzó las manos, permitiéndoselo. No podía imaginarse lo atractivo que estaba con su camiseta de uniforme verde y aquella barba cobriza de varios días.

—Celebraremos esto —dijo él cuando ella extrajo algo largo y morado.

—¿Esto qué es?

—¿No sabes lo que es?

—¿Es una prueba de embarazo? —Hugo asintió—. ¿Es de una yegua?

—Sí, de la que me gusta montar a mí. —Rio abrazándola—. Si fuese de una yegua no daría positivo, es de una mujer.

—¿Y tú que haces con la prueba de embarazo de alguien?

—¿Recuerdas que ayer entregaste una muestra de orina para el reconocimiento médico?

—Sí, claro, y tú también, y Mateo y Jorge...

—Pues me quedé un poco de la tuya.

—¿Qué? ¿Has robado mi orina?

—Solo un poco. Llevas una semana de retraso, diciéndome que estás molesta, que no te baja, que es muy raro...

—No.

—Sí.

—No.

—¡Sí! Al parecer Olympic no es el único que va a ser padre.

—Que no puede ser verdad, que estoy tomando las pastillas.

—Te han sobrado tres pastillas este mes.

—¿También has mirado mis pastillas?

—Están en la mesita de noche, no es que haya acudido al CSIC.

—Ay, madre. ¿Y qué vamos a hacer ahora? —preguntó emocionada, a punto de llorar por la inesperada noticia.

—Felices, cariño, vamos a ser muy felices —dijo antes de besarla con toda la pasión que sentía, con la que ella despertaba con cada mirada—. Me has hecho el hombre más feliz del mundo y ahora solo espero poder devolverte un poco de toda esa felicidad, a ti y a nuestro hijo —susurró a su oído, provocando que se le erizasen los vellos de la nuca.

—Hijo o hija.
—Será niño, confía en mi instinto.
—¿Tu instinto? Entonces será niña —aseguró, provocándole la risa.

Ocho meses y cinco días después de aquella tarde corroboraría la teoría de la mujer de su vida en cuanto a su falta de instinto adivinatorio. Pues con el alba tras una larga noche estrellada de inicios de primavera llegaría la pequeña Olivia. Una bebé regordeta y sana, una niña preciosa con los ojos azules de su padre y la sonrisa arrolladora de su madre, dispuesta a completar la felicidad de su pequeño mundo.

Mientras Hugo la miraba embelesado, sosteniéndola contra su pecho, inspirando su dulce aroma de bebé, el sol se alzó con firmeza en el horizonte. Contempló entonces a Estela, dormida en la cama, agotada pero feliz, con su perenne sonrisa en los labios sonrosados. Su sonrisa, esa que hacía resplandecer sus ojos verdes e iluminaba el mundo solo por tener la dicha de contemplarla, la misma que le había fascinado desde que solo era un adolescente. Y supo que la felicidad podía consistir en algo tan sencillo como despertar junto a ellas cada mañana del resto de su vida.

Agradecimientos

En primer lugar quiero agradecer al jurado del premio HQÑ y a todo el equipo de HarperCollins Ibérica por este maravilloso regalo. Gracias por creer en esta novela y premiarla, y de paso gracias por hacerme feliz ;).

También quiero agradecer a mi familia por su fe en mí, a mis padres, a mi marido y mis pequeños, por regalarme el tiempo necesario para escribir, por inspirarme día a día con nuestras locuras compartidas.

A Eric, Hugo, Ángel, Iván, Abraham y Tatiana, por mostrarme el mundo con ojos nuevos cada día, vosotros sois mi inspiración.

Bajo la luna azul es una novela que escribí con mucho cariño, el personaje de Hugo me ganó el corazón desde el principio. Y es que yo le debía una novela, por eso gracias también a Scott Eastwood, porque no sabes lo mucho que inspiras, chico ;-P.

A mis Caperucitas y lobos, a mis lectores, gracias por compartir conmigo esta loca aventura literaria, por hacer un rinconcito a mis historias en vuestro corazón. Gracias por formar parte de ese bosque literario en el que nos reunimos :).

A todos quienes desde las redes sociales ponéis un granito de arena para ayudar a la literatura a expandirse; *youtubers, instagramers, bloggers, twitteros, facebukianos,* etc. Gracias. Y a los que continuáis utilizando el boca a boca de toda la vida, también ;).

Nos leemos :)

ÚLTIMOS TÍTULOS PUBLICADOS EN HQN

Vacaciones al amor de Isabel Keats

No puedo evitar enamorarme de ti de Anabel Botella

Dulce como la miel de Susan Wiggs

Un lugar donde olvidarte de J. de la Rosa

Una boda en invierno de Brenda Novak

El hechizo de un beso de Jill Shalvis

La tentación vive arriba de M.C. Sark

Ardiendo de Mimmi Kass

Deletréame te quiero de Olga Salar

Las hijas de la novia de Susan Mallery

Los hombres de verdad no… mienten de Victoria Dahl

Lazos de familia de Susan Wiggs

La promesa más oscura de Gena Showalter

Nosotros y el destino de Claudia Velasco

Las reglas del juego de Anna Casanovas

Made in the USA
Monee, IL
29 August 2024

64846781R00204